STEIDL

taschenbuch 189

Michael Braun
5/2006

Hugo Hamilton, geboren 1953 in Dublin als Sohn eines irischen Vaters und einer deutschen Mutter, arbeitete als Journalist, bevor er mit dem Schreiben von Erzählungen und Romanen begann. Im Steidl Verlag erschienen seine Romane *Kriegsliebe* und *Ein schlechter Verlierer.*

Hugo Hamilton

Der letzte Held von Dublin

Aus dem Englischen
von Georg Deggerich

Steidl

04 05 06 07 08 9 8 7 6 5 4 3 2 1

Umschlaggestaltung: Klaus Detjen
unter Verwendung einer Fotografie von Sean Scully
Satz, Druck, Bindung:
Steidl, Düstere Straße 4, D-37073 Göttingen
www.steidl.de
Printed in Germany
ISBN 3-86521-054-6

Für Mary Rose

Coyne war eine Vaterfigur für die Stadt Dublin, um deren Vororte er seinen väterlichen Arm legte und deren Einwohner er wie eine Familie beschützte. Er gehörte zur Garda Siochana, den Friedenswächtern; ein Bulle, Polyp, Polizistenschwein, Schnüffler, der, beide Hände am Steuer seines Streifenwagens, durch die Straßen fuhr, wachsam und jederzeit einsatzbereit. Auf der Ablage hinten im Wagen lag seine marineblaue Garda-Kappe und daneben die seines Kollegen, Garda McGuinness. Hin und wieder hörten sie über Funk die Stimme aus der Zentrale, die sie über Notsituationen, Verkehrsunfälle und kleinere Rostflecken der Kriminalität auf dem laufenden hielt. Es war ein strahlender Herbstnachmittag an einem Tag, der bislang ohne nennenswerte Zwischenfälle geblieben war. Neben ihm ließ sich McGuinness lang und breit über Golf aus und wie er Hauptkommissar Molloy eine Partie hatte gewinnen lassen.

»Molloy hat von Golf nicht den leisesten Schimmer«, sagte McGuinness. »Es war reine Barmherzigkeit. Ich hab so getan, als ob ich nicht sehen würde, wie er den Ball zurücklegte.«

Coyne hörte dem Golf-Sermon nur mit halbem Ohr zu, denn seine Aufmerksamkeit galt der Welt um ihn herum, wo er jedes noch so kleine Detail beobachtete und auf ein verdächtiges Zeichen wartete. Coyne, der Musterpolizist – eine gewaltige Datenbank voller Zahlen und Fakten, Nummernschilder, Gesichter und gesellschaftlicher Belanglosigkeiten. Jedes Detail konnte wichtig sein.

Coyne sah, wie die Frau im elektrischen Rollstuhl die Straße hoch fuhr. Er sah, wie der Geldtransporter vor der

Poststelle hielt und ein Mann in Uniform und einer am Arm festgeketteten Metallbox ausstieg. Das beruhigende Emblem auf der Seite des Transporters, wie ein päpstliches Siegel – zwei gekreuzte Schlüssel und darunter der Wahlspruch: Wachsam und wehrhaft. An der Ampel musterte Coyne die Gesichter an der Bushaltestelle so eingehend, als handelte es sich ausnahmslos um potentielle Kriminelle. Alle starrten verdächtig in die Richtung, aus der der Bus kommen mußte – wie ein Trupp Wetterhähne. Auf dem Pflaster klebten wie üblich tausende plattgetretene blaßgraue und rosa Kaugummis, die die Leute vor dem Einsteigen ausgespuckt hatten.

Garda Pat Coyne würde bei der Beweisaufnahme jedes noch so kleine Detail wiedergeben können. Euer Ehren, der Jugendliche wurde dabei beobachtet, wie er eine graue Substanz in Richtung des entgegenkommenden Busses spuckte. Euer Ehren, die Dame an der Spitze der Schlange hielt einen Besen mit der Bürste nach oben. Wenn die Zeit gekommen war, hätte Coyne sämtliche Fakten parat.

Wachsam und wehrhaft. Irgendwie paßten die beiden Wörter besser zu Coyne selbst. Gerade in letzter Zeit waren ihm eine ganze Reihe merkwürdiger Werbeslogans auf Lastwagen aufgefallen. Sachen wie: ›East Coast Verglasungen – Scherben bringen Glück‹. Oder: ›Private Rohrreinigung – Tag und Nacht‹. Der rätselhafteste Slogan aber war: ›Was Sie wollen – wir besorgen's Ihnen‹, mit dem eine Firma für jede Art von Dienstleistungen warb. Aber wie konnte man sicher sein, daß es sich hier wirklich um Warenverkehr handelte? Wollten die Iren sich wirklich für blöd verkaufen lassen? Irgendwer sollte ihnen einmal direkt ins Gesicht sagen, was für haarsträubende Idioten sie waren. Letztens hatte er in einem Jeans-Shop ein Schild mit der Aufschrift ›Levi's – Das Orginal‹ gesehen. Als Garda achtete Coyne auf präzisen Sprachgebrauch, und eines schönen Tages würde er schnurstracks in den Laden marschieren, ein Wörterbuch auf den Tresen knallen und sagen: »Ihr seid blöd wie Schifferscheiße, lernt erst mal richtig schreiben. Hier, es muß ›Original‹ heißen, ihr Dumpfbacken.«

Solche Dinge berührten das Feingefühl eines Polizisten, und nicht, ob jemand einen Golfball schlagen konnte oder nicht. Wie immer man auf das Ding eindrosch, es gab nur ein vorgegebenes Ziel, nämlich, es in einem Loch zu versenken.

»Molloy könnte genausogut mit einer Gartenschaufel spielen«, fuhr McGuinness fort. »Er hat diesen Wahnsinnsschläger von Ping, mit dem er auf den Fairway einhackt. Ich schwöre bei Gott, man könnte meinen, der Kerl sticht Torf.«

Coyne schwieg. Seine Aufmerksamkeit hatte sich der Auslage eines Miederwaren-Geschäfts zugewandt. Er starrte auf die ausgestellten Büstenhalter und Slips. Ein purpurfarbenes Kamisol; ein amputiertes Bein, das einen Solo-Cancan tanzte; ein zerstückelter weiblicher Torso, den man in Hüfthöhe abgetrennt und in ein beiges Korsett gezwängt hatte; eine schwarze Plastikbüste mit weißem Seiden-BH und einem großen Schild, auf dem in fetten Druckbuchstaben stand: WONDERBRAS REDUZIERT. Gleich daneben ein Schild mit der Aufschrift: NACHTWÄSCHE 20% RUNTER.

Was zum Teufel sollte das heißen – Wonderbras reduziert?

Coyne schlug mit beiden Händen auf das Lenkrad, und für einen Moment starrten beide Männer angestrengt auf dieses neue Schrumpfungsphänomen. Als ob die irischen Frauen geradewegs auf eine Art physische Rezession zusteuerten. *Erin go bra* – dieser große Schrei nach nationaler Freiheit mußte einer Neubewertung unterzogen werden.

Während sich die Nachmittagssonne über der Stadt senkte, wendete er den Streifenwagen und fuhr in Richtung Meer, dessen glitzernder Wasserstreifen ihm wie ein kühler blauer Drink am Boden eines Glases erschien. Obwohl es inzwischen Herbst war, konnte Coyne sich noch gut an den Sommer und die Menschen erinnern, die mit zusammengerollten Handtüchern und Ghettoblastern auf der Schulter durch die Gegend liefen; Kinderwagen mit Sonnenschirmen; Mädchen, die vergessen hatten, sich rechtzeitig umzudrehen, und eine rot verbrannte Gesichtshälfte oder rot verbrannte Waden und Oberschenkel hatten. Jetzt waren alle fort, bis auf einen alten Mann, der über die Granitmauer lehnte und zur Fähre hinüberblickte.

Die Kinder gingen wieder zur Schule, aber Coyne trug immer noch eine eher traurige Sommererinnerung mit sich herum, das Bild eines auf dem Kopf stehenden Eishörnchens, aus dem sich eine weiße Lache über das Pflaster ausbreitete, und eine Krähe mit zerzausten Holzkohleflügeln, die sich mit flinkem Schnabel am Mißgeschick eines Kindes delektierte. Coyne hatte darin ein Symbol für die Tragödie gesehen, die hinter der Fassade der Gesellschaft lauerte. Seine Aufgabe war es, die Feinde der Glückseligkeit zu vertreiben. Irgendwer mußte der ganzen Brutalität und all dem Elend Einhalt gebieten. Und Coyne würde reinen Tisch machen, wie es im Fernsehen immer hieß. Er würde es einigen dieser Scheißkerle schon zeigen. Sie eiskalt abservieren. Der Dirty Harry von Dublin. In seinem Kopf existierte bereits eine Namensliste, eine Art Top Ten der hiesigen Verbrecher.

Jeder Muskel seines Körpers war angespannt und einsatzbereit. Er befand sich in einem Zustand kataleptischer Erwartung, ein noch schlafender tödlicher Virus, der sich einiger dieser Gestalten bemächtigen würde. Den ein oder anderen Gangster hatte er bereits aus dem Weg geräumt. Aber er war noch lange nicht fertig. Im Grunde genommen, dachte Coyne, während McGuinness jeden einzelnen Schlag auf dem Golfplatz von Straffan durchging, heißt Leben Bewegung. Leben war zweifellos mehr als eine Reihe blöder Löcher auf grünem Rasen. Es gehörte ein gewisser Schwung dazu, wie in der Musik. Coyne war keiner von den Bullen, die ihre Dienstmützen schräg auf dem Hinterkopf trugen. Auf gar keinen Fall.

Und dann war er da, der Ernstfall. Die vertraute Stimme über Funk, die sich mit bestechender Eloquenz meldete.

»Stadtteil Ballsbridge. Bewaffneter Raubüberfall. Schreibwarenladen mit Postannahme. Die Täter befinden sich vermutlich noch vor Ort.«

McGuinness nahm die Sprechmuschel und ließ sich die exakten Daten durchgeben. Es war genau die Poststelle, an der sie vor fünf Minuten vorbeigefahren waren. Coyne riß den Wagen herum. Mit Sirenengeheul jagten sie durch die Straßen; blaue Lichtblitze wurden von Türen und Fenstern zurückgeworfen. Vielleicht gelang ihnen diesmal der große Coup. Sie trafen gerade noch rechtzeitig ein, um ein Motorrad vom Bürgersteig auf die Straße schlittern und davonjagen zu sehen. Wie ging noch der Hendrix-Song? *Hey Joe, where would you be going with that bag in your hand?* Mit einem Abstand von weniger als fünfzig Metern war Coyne ihnen dicht auf den Fersen.

»Die schnappen wir uns, Larry«, sagte er. Gerade als er sie eingeholt hatte und sie mit einem kleinen Schubs hätte zu Fall bringen können, drehte der Beifahrer sich um und schleuderte ein Beil in ihre Richtung. Coyne trat auf die Bremse und versuchte auszuweichen, aber das Beil krachte durch die Windschutzscheibe wie ein Haifisch durchs Aquariumglas. Ein diamantener Regen aus Glassplittern ergoß sich über ihren Schoß.

»Herr im Himmel«, sagte McGuinness und starrte so ungläubig auf das in der Frontscheibe steckende Beil, als wäre es lebendig.

Coyne rammte seinen Ellbogen in die Scheibe und räumte ein paar Splitter zur Seite, bevor er wieder Gas gab. Noch war die Sache nicht gelaufen, und hinter der nächsten Kreuzung hatte er sie wieder, gerade als sie in eine schmale Seitenstraße einbogen, an deren Ende sie das Motorrad mit laufendem Motor und kreiselnden Reifen zurückließen und über eine Gartenmauer sprangen. Coyne trat auf die Bremse.

»Mach keinen Scheiß«, sagte McGuinness flehend.

Aber Coyne war bereits hinter ihnen her. Kein Wunder, daß sie ihn auf der Wache Mr. Suicide nannten. Er sprang über die Mauer und entging nur knapp der Attacke eines Wachhunds. Danach hastete er durch die Gärten wie durch einen Hindernisparcours. Zuerst riß ihm ein Schubkarren fast das halbe Bein ab, und dann wurde er beinahe von einem Schnellzug überfahren, als er bei der Verfolgungsjagd eine Bahnlinie überquerte. Im letzten Augenblick war er zurückgesprungen.

Diese Schweinehunde. Gezwungen, die Verfolgung aufzugeben, humpelte Coyne auf eine Frau zu, die stocksteif inmitten eines Gemüsebeets stand und ihre Gartenhandschuhe wie zum Gebet aneinanderpreßte. Für einen Moment standen beide sich gegenüber wie die Figuren eines Schreins. Coyne keuchte und ging in die Hocke, um im plattgetretenen Porree die Fußspuren zu untersuchen. Es war ihm peinlich, daß er nicht schneller wieder zu Atem kam. Seine Lunge war in so schlechter Verfassung, daß er das Gefühl hatte, mit sich selbst Akkordeon zu spielen. Ein dünnes E kam fiepend aus seiner Luftröhre wie aus einer kaputten Flöte.

In Coynes Kopf hatte es immer eine Art imaginäres Publikum gegeben. Schließlich fand das Leben eines Mannes auf einer Bühne statt. In diesem Moment wäre ein kurzer, verhaltener Applaus angebracht gewesen, gefolgt von einem angespannten Schweigen, während alle seinen nächsten Schritt erwarteten. In den entscheidenden Situationen redete Coyne meist mit seinem Publikum und erläuterte ihm seine Motive. Und beinahe ebenso häufig mischten sich Leute aus seinem wirklichen Leben unter dieses Publikum – seine Frau Carmel, sein verstorbener Vater, sein Mentor Fred und sein Freund Vinnie Foley. Weiß der Herrgott, wer noch alles in Garda Pat Coynes Publikum saß. Sein Freund Billy vielleicht, der nach Australien ausgewandert war. Oder sogar seine Feinde. In der ersten Reihe jedenfalls saßen stets die Top Ten der Verbrecherliste und bewunderten die Hartnäckigkeit, mit der er allen Widernissen trotzte.

Das Neuntagegebet im Garten. Coyne sah aus, als warte er auf ein Wunder, während er heftig nach Luft schnappte. Nachdem er endlich wieder zu Atem gekommen war, fragte er die Frau, ob sie einen der Räuber erkannt habe. Sie schüttelte den Kopf. Aber Coyne hatte ohnehin seinen eigenen Verdacht und nahm eine Handvoll Humus auf, um festzustellen, ob er organisch war.

»Ja«, bestätigte die Frau nickend. »Rein organisch.«

Zurück im Einsatzwagen, dessen Boden mit Glasbröckchen übersät war, dachte Coyne zum ersten Mal an seine eigene Sicherheit. Er hatte vorübergehend jedes Gespür für Gefahr verloren und sich nicht gerade wie ein Mann mit Frau und drei Kindern verhalten. Wieder einmal hatte er den Helden und Selbstmörder gespielt. Wie ein junger Heißsporn, der seinen Kumpeln oder seiner Freundin imponieren wollte und nichts zu verlieren hatte.

»Pat, du bist vielleicht ein verrückter Hund«, krähte McGuinness in seinem Tralee-Akzent. »Du bringst dich noch selbst ins Grab.«

»Um ein Haar hätte ich die Wichser gehabt, Larry.«

»Du meinst, um ein Haar hättest du dich selbst verstümmelt.«

»Das war Perry, dieser Schweinehund. Garantiert. Na, das Sackgesicht soll mich noch kennenlernen.«

McGuinness hielt das Beil in der Hand und schien jeden Moment eine Art Kerry Golfballade anstimmen zu wollen. »Ich jedenfalls verzichte dankend darauf, so ein Teil im Schädel stecken zu haben. Auf dem Golfplatz wäre das ein extremes Handicap.«

Garda Coyne war Mitte dreißig, von mittlerer Statur und hatte ein schmales, gutaussehendes Gesicht. Er sah besser aus, als er selbst wußte. Er hatte ein sympathisches Lachen, aber weitaus häufiger lag ein Ausdruck äußerster Entschlossenheit in seinen Zügen, der ihn besorgt oder wütend oder einfach nur perplex aussehen ließ. So als hätte ihm gerade jemand mit einer Zeitung eins auf den Hinterkopf gegeben und als wollte er sich jeden Moment umdrehen und zurückschlagen. Ein Mann mit klaren Prinzipien. Ein Mann, der genau wußte, was mit dieser Welt schiefgelaufen war.

Er war mit Hingabe Polizist. Und zwar weit über seine dienstlichen Pflichten hinaus. Er verfolgte geheime Ziele, die ihm sein Vater, seine Frau Carmel und ihre Mutter, Mrs. Gogarty, mit auf den Weg gegeben hatten. Eines Tages würde er zum Kriminalinspektor oder gar Hauptkommissar aufsteigen. Aber Coyne hatte noch ganz andere Ambitionen. Er befand sich auf einem Kreuzzug, und die Straßen Dublins waren außer Kontrolle geraten, so einfach war das. Es war seine Berufung, die Gesellschaft zu reformieren und in der Stadt gründlich aufzuräumen. Und um die angeschlagene Umwelt mußte sich schließlich auch jemand kümmern.

Auf einen Nenner gebracht, die Welt war im Arsch. Das Problem war, daß Coynes Vorschläge in der Regel in den Wind gesprochen waren. Niemand wollte sich dafür interessieren. Er erläuterte seine Ansichten auf Nachmittagsvorstellungen vor gelangweiltem Publikum, das haufenweise Popcorn und klebrige Cola-Flecken hinterließ, Leute, die nichts besseres zu tun hatten. Er stand da und erzählte ihnen von der Welt, die er sich für seine Frau und seine Kinder vorstellte, und die Leute standen einfach auf und gingen, und zurück blieb nur das Reinigungspersonal mit seinen klappernden Eimern und kratzenden Bürsten, das die Fenster aufriß und den Saal mit einem gleißenden Schwall Tageslicht und dem Verkehrslärm von draußen überflutete.

Zu Hause machte Carmel sich für ihren Kunst-Kurs ›Malen in der Freizeit‹ fertig. Die Broschüre der Volkshochschule hatte wochenlang an der Pinnwand neben der Gasrechnung gehangen, umgeben von Kalenderblättern von Chagall und Egon Schiele. Einige ihrer eigenen jüngeren Werke nahmen zunehmend die Küchenwand in Beschlag.

Carmel war etwas jünger als ihr Mann. Zierlich gebaut, mit blonden Haaren, traurigen hellblauen Augen und einem runden Gesicht. Auf ihre Art war sie gleichfalls entschlossen und erweckte den Eindruck von Streitlust, konnte aber auch jeden Augenblick beherzt loslachen. Sie wollte es zu etwas bringen, aus ihrem Leben etwas machen. Sie war mütterlich, aber gleichzeitig kompromißlos unabhängig und in bescheidener Weise stolz auf ihr Aussehen, besonders auf ihre Beine. Sie wußte, daß sie Talent hatte.

Ihre Mutter war mit ihr in der Küche und trank Tee. Die Kinder spielten draußen im Flur; Jimmy war gerade dabei, seine beiden kleineren Schwestern Jennifer und Nuala zu verhaften, und versuchte sie dazu zu überreden, sich im Schrank unter dem Treppenaufgang einsperren zu lassen. Im Augenblick klärte er sie über ihre Rechte auf. »Ihr habt das Recht, die Aussage zu verweigern, aber alles, was ihr sagt, kann gegen euch verwendet werden. Na los, ihr braucht keine Angst zu haben«, versicherte er ihnen. Schließlich ließ er sich sogar als erster einsperren.

Carmel kramte ihre Malutensilien zusammen und warf Stifte und Pinsel in ihren Beutel. Sie hatte das Gefühl, wieder in die erste Klasse zu gehen. Sie nahm ihren dicksten Pinsel und tat so, als würde sie Rouge auflegen. Die beiden Frauen prusteten laut los. Ihre Mutter verschluckte sich fast an ihrem Tee und ihr traten Tränen in die Augen – was allerdings weniger an der Flüssigkeit in ihren Atemwegen lag als an dem Stolz auf ihre Tochter, der sie plötzlich überkam. Sie schneuzte in ihr Taschentuch: eine Mischung aus Schnodder, Tränen und Tee, die an die kleinen flachen Töpfchen mit Wasserfarben erinnerte, die Carmel als Kind benutzt hatte. Quadrate in Magenta, Scharlach und Purpur, die nach ein paar Tagen zu einer braunen Suppe verrührt waren.

Gerade als sie Carmel sagen wollte, sie habe immer schon Talent gehabt, ertönte vom Flur her ein lauter Schrei, und Nuala kam heulend und schniefend in die Küche gerannt und flüchtete auf den Schoß ihrer Großmutter.

»Ist ja schon gut, Liebes«, sagte Carmels Mutter, während sie ihr übers Gesicht wischte. »Das sollte dir eine Lehre sein, niemals einen Garda zu heiraten.«

»Keine Sorge, Ma. Dafür lege ich meine Hand ins Feuer«, sagte Carmel und zwinkerte ihrer Mutter zu.

Auf der Wache hatte man Joe Perry zur Vernehmung vorgeführt, und Garda Coyne nahm ihn wegen des Überfalls auf die Post gehörig in die Mangel. Perry war ein siebzehnjähriges Bürschchen mit einem flaumigen Milchbart auf der Oberlippe. Er trug weite Jeans und eine Kapuzenjacke. Genau die Sorte Kleinkrimineller, wie sie ständig auf *Crimeline* zu sehen war. Völlig gelassen ließ er sich ins Vernehmungszimmer führen, wo er sich lächelnd umsah – als hätte man ihn in eine Art

Talk-Show eingeladen und als wartete er nur darauf, daß irgendwer kommen und ihm ein Mikro ans Revers heften würde. Sein Gang war geradezu beschwingt. Der lässige Ringsend-Schlenker. Er ließ sich direkt unter dem Cannabis-Poster nieder – »Da habt ihr mal wieder den Falschen erwischt« fett ins Gesicht geschrieben.

Coyne wußte, wie mit solchen Komikern umzugehen war. Dieses breite Grinsen konnte ihn nicht im geringsten beeindrucken.

»Jetzt also Beile«, sagte er, lässig an einen Aktenschrank gelehnt wie an den Kaminsims im Wohnzimmer. Aber man sah, was Perry dachte: »Du dummer Garda-Arsch. Soll ich jetzt etwa ja sagen?«

Coyne trat auf Perry zu und versetzte ihm einen Schlag auf die Brust.

»Häuptling flinke Sohle«, sagte er und wartete, ob der Witz Erfolg zeigte. »Du flitzt mir nicht noch mal davon, du kleiner Sausack.« Coyne nahm das Beil vom Schreibtisch und hielt es Perry vors Gesicht. »Beweisstück A. Hast du das zufällig irgendwo vergessen?« Sein Privatpublikum gröhlte vor Lachen.

»Ich schwöre, ich weiß von nichts.«

»Dann wollen wir uns doch mal deine Schuhe ansehen.« Perrys Turnschuhe hatten riesige Laschen. Vielleicht wollte er damit so aussehen wie eins dieser Fabel-Pferde mit weißen Flügeln an den Hufen.

»Na, dann zeig mal her, Pegasus, du kleines Miststück.« Coyne ließ ihn aufstehen und inspizierte seine Sohlen wie ein Hufschmied.

»Organischer Humus, wie?«

»Ich will meinen Anwalt sprechen.«

Coyne ließ den Huf wieder fallen, und Perrys Schuh schlug quietschend auf dem Kachelboden auf. Aber er war noch lange nicht fertig, denn jetzt zog Coyne einen kleinen Beutel Humus aus der Tasche.

»Beweisstück B«, rief er triumphierend und drückte Perry den Beutel direkt ins Gesicht. Was war nur in ihn gefahren? Zirkulierte der Adrenalinstoß von der Verfolgungsjagd immer noch wie eine Droge in seinem Hirn? Plötzlich verlor Coyne die Beherrschung, und er versuchte, Perry mit Humus zu füttern, als litte der unter Mangelernährung, bis einige von Coynes Kollegen herbeieilten und ihn zurückhielten.

»Er hat schon verstanden, wo's langgeht, Pat.«

Perry spuckte einen Matsch aus Erde und Speichel aus und beteuerte lautstark seine Unschuld. Der Geschmack von Vollwertkost entlockte ihm nur ein gequältes Grinsen.

In dem Augenblick kam Coyne sich ziemlich beschissen vor. Perry war doch bloß ein kleiner Fisch. Doch er hatte sich zum Narren gemacht, und die Zuschauer hatten plötzlich tief enttäuscht auf *Tanz mit mir* umgeschaltet. McGuinness reichte Perry sogar ein Taschentuch, verdammt noch mal, während Coyne sein Privatpublikum um Verzeihung bat; schließlich war er auch nur ein Mensch. Irgendwann war bei jedem die Grenze erreicht. Aber seine Quote war gefallen, und sein Publikum räkelte sich gähnend auf dem Sofa und schielte mit einem Auge auf den Bildschirm, wo ein Paar einen flotten Tango hinlegte.

Das eigentliche Verbrechen ereignete sich unterdessen ganz woanders. Der Staatsfeind Nummer eins, Berti Cunningham, steuerte seinen nagelneuen glänzenden Range Rover durch die Straßen der City. Ungefähr zum gleichen Zeitpunkt, als Coyne auf der Wache in Irishtown sein spezielles Fütterungsprogramm ausprobierte, hielten Berti Cunningham, sein jüngerer Bruder Mick Cunningham und ihr erster Buchhalter »Chief« Charlie Robinson in der Baggot Street, damit Berti ein Kebab kaufen konnte. Die drei waren die Unberührbaren. Niemand konnte ihnen auch nur ein Haar krümmen. Beim Eintreten ins Abrakebabra sog Berti den Geruch ein und strebte auf die Theke zu wie eine Fliege auf einen Ketchupfleck. Er war von schmaler, drahtiger Statur, so als sei er als Kind unterernährt gewesen und mit Marmeladenbroten groß geworden. Vielleicht auch mit Pommes-Sandwiches. So wie andere Bosse der Unterwelt sich vor einem Job einen Drink genehmigten, brauchte Berti Cunningham, den alle nur Drummer nannten, einen höllisch-heißen Imbiß, irgend etwas, das für einen bösartigen Ausstoß von Magensäften sorgte, der seinem Atem den Geruch einer Gerberei verlieh und seinen Mundwinkeln ein verzerrtes Aussehen gab, das die brodelnde Galle nur unzureichend verbarg.

Sein Bruder Mick mit seinem kleinen Ziegenbärtchen und der nach hinten gedrehten Baseball-Kappe war nicht ganz so häßlich. Er saß an einem Tisch mit Chief, einem bulligen Glatzkopf, der ein lustiges buntes Vegetarier-Shirt trug, das stark an eine Pizza erinnerte. Seine Jeans wurde von Hosenträgern gehalten. Drummers Rottweiler-Paar hatten sie hinten im Range Rover gelassen, wo sie mit heraushängenden Zungen nach Luft hechelten. Auf einem Bildschirm lief MTV – drei Frauen, die knietief irgendwo im Meer standen und *Don't go chasing waterfalls* sangen, was auch immer das heißen mochte. Direkt unter einem Schild mit der Aufschrift »Kein Alkohol« riß Chief eine Bierdose auf, während Drummer drei Kebabs orderte, einen für sich mit Tomate, Zwiebeln und Salat, und zwei einfache für die Rottweiler. Abrakebabra. War wahrscheinlich eh alles nur Hundefutter.

Carmel saß hinten im Klassenraum und lauschte andächtig den Worten ihres Kunstlehrers Gordon Sitwell. Vor ihr war ein noch unfertiges Gemälde ausgebreitet, und sie rührte mit

Feuereifer Farbe an; gleichzeitig sog sie jedes einzelne Wort von Mr. Sitwell so begierig in sich auf, als teilte er gerade einen besonders wertvollen Firnis aus, von dem nur ja kein Tropfen verlorengehen durfte.

Sitwell war ein Gentleman mit vornehmem Akzent, der irgendwie gut zu seinen künstlerischen Weisheiten paßte. Er war von gedrungener Gestalt und trug eine grüne Kordjacke. Seine Inspiration schien er aus seinem Ohrläppchen zu gewinnen, das er beim Sprechen sanft zwickte. Seine Aufgabe war es, Gelehrsamkeit zu vermitteln und seine Schüler zu Höherem anzuleiten. Er schritt unaufhörlich die Klasse auf und ab und redete, als stünde er in direktem Kontakt mit den großen Meistern. Zwischendurch stoppte er, hielt seinen Zeigefinger in die Luft und schlug gegen eine imaginäre Urne, um auf deren leisen Klang zu horchen. So hatte sich Carmel einen Kunstlehrer vorgestellt: graue Schläfen und leidenschaftlich der Kultur ergeben.

Manchmal begegneten sich ihre Blicke, als wollte er überprüfen, ob sie auch alles verstanden hatte, und sie nickte dann automatisch. Ein- oder zweimal hatte er ihr auf seinem Rundgang durch die Klasse zugelächelt und dabei eine berauschende Duftwolke seines Aftershaves hinterlassen, das bestimmt einen Namen wie »Renaissance« oder »Rubens« trug und aus einem uralten Moschus stammen mußte, den man aus den Gedärmen eines mythischen Wesens gewonnen hatte. Vielleicht einer Sphinx oder eines Einhorns. Der Duft kräuselte sich um Carmels Nase und inspirierte sie zur Weiterarbeit an einem Abendhimmel über dem Meer, mit einem Baum auf der Seite. Nur nicht gleich zuviel anstreben. Die Dinge schlicht halten.

»Auf einen schönen, sanften Pinselstrich achten«, ertönte Sitwells Stimme. »Lassen Sie dem Pinsel in Ihrer Hand ruhig etwas mehr Lauf. Vergessen Sie nicht, Malen ist wie eine Geschichte erzählen. Die Farben sind Ihre Wörter.«

Er drehte sich um und tat so, als würde er den Raum verlassen. Dann machte er plötzlich eine dramatische Kehrtwendung und sah allen Teilnehmerinnen nacheinander ins Gesicht. Die im letzten Jahr schon dabeigewesen waren, kannten sein verschmitztes Grinsen und wußten, daß jetzt einer von seinen witzigen Sprüchen anstand.

»Und nicht vergessen, meine Damen, Sie halten da keine Puderquaste in der Hand.« Alle lachten pflichtschuldig, als hätten sie den Spruch schon einmal gehört. »Das ist ein Mittel, sich selbst auszudrücken.«

Als er das nächste Mal hinter Carmel trat und sich mit seinem mittelalterlichen Moschusgeruch zu ihr herabbeugte, riet er ihr, dem Himmel doch eine dramatischere Farbe zu geben. Etwas betont Sinnliches. Ein feuriges Kobalt vielleicht?

»Genau so hat es angefangen«, erklärte Coyne seinen Kollegen auf der Wache. »Mit Stammesritualen.«

Er unterbrach das Ausfüllen des Verhaftungsprotokolls für einen seiner berühmten anthropologischen Exkurse. Sergeant Devaney saß auf einem Schreibtisch und hörte mit skeptischem Lächeln zu. Das Wunder des Lebens, mit Pat Coyne.

»Alle Kunst und Kultur geht auf diesen Stamm zurück, bei dem die Männer gemeinsam scheißen gehen.«

»Du willst uns verarschen«, sagte McGuinness.

»Ich schwör's«, beharrte Coyne. »Jeden Morgen ziehen die Männer los und setzen diese kleinen Skulpturen in die Landschaft. Bei ihnen heißt das Entleerungs-Auftrag. Ich habe alles darüber gelesen. Erst viel später wurden Materialien wie Holz und Farbe verwendet.«

Coyne konnte sich nicht erinnern, woher seine Besessenheit für Fakten stammte. Vermutlich aus der Schule, als eine

Form von Selbstschutz, um sich in der Klassenhierarchie einen Platz zu erobern. Später war daraus ein echtes Interesse an der Natur geworden, und auch heute noch lieh er sich häufig Bücher und Videos zu anthropologischen Themen aus. Nach wie vor kaufte er regelmäßig den *National Geographic* und beschäftigte sich intensiv mit Fragen der Umwelt und der Zukunft. Aber all sein Wissen brachte ihn nicht näher in Kontakt mit Leuten. Es wollte ihm einfach nicht gelingen, den Kollegen seine Vision des Universums nahezubringen. Die Fakten einer guten Geschichte zuliebe auch nur ein bißchen zu verbiegen, lag ihm nicht, und so sah er sich letztlich mit seinen Vorstellungen immer allein, ein Schiffbrüchiger auf einem Floß, das die rettende Küste nie erreichen würde. Auch diesmal erschien es ihm, als ob die übrigen Gardai auf der Wache ihm von einem fernen Ufer her zuhörten.

»Coyne, du Wichser. Du willst uns bloß reinlegen.«

»Ich sag's euch, diese Scheißhaus-Parties im Busch sind allgemein bekannt. Mir fällt nur der Name des Landes nicht ein.«

Doch Coyne sah, wie ihn alle so ungläubig anstarrten, als wäre er diesmal rettungslos verloren. Als hätte ihn der Realismus der Gardai weit aufs offene Meer hinausgetrieben. Vielleicht lag es an seiner Art zu erzählen. Wie üblich fühlte er sich nicht ganz wohl dabei, das Verhalten der Eingeborenen mit dem seiner an Toiletten gewöhnten irischen Kollegen zu vergleichen. Aber sie sollten die ungeschminkte Wahrheit hören. »Im Grunde genommen sind wir bloß eine Horde zivilisierter Scheißer; jeder von uns behauptet seine Identität und seinen Platz in der Welt durch Ausscheidungen und Abfall.« Es war klar, daß niemand einen Schimmer hatte, was in aller Welt Coyne damit meinte. Wo, bitteschön, war da die Pointe?

Draußen in der realen Welt fuhren Drummer Cunningham und seine Gang den Kanal entlang zum Percy Place. Mick Cunningham saß am Steuer des Range Rover, damit Drummer seine Mahlzeit unterwegs beenden konnte. Die Rottweiler hatten ihren Teil bereits verschlungen. Nachdem der Wagen vor einem Mietshaus zum Stehen kam, stieg Drummer aus und warf sein Kebab-Papier auf den Bürgersteig, als wollte er sagen: Dies ist meine Stadt. Ich schmeiße meinen Müll hin, wo es mir gerade paßt.

Oben, in einem Mini-Apartment mit Fenster zur Straße, lag Naomi Keegan zusammengerollt auf dem Bett. Sie war noch immer im Bademantel, und das Klingeln der Türglocke war an diesem Tag ihr erster Kontakt mit der Außenwelt. Bis dahin hatte sie die Realität mit Hilfe von MTV erfolgreich ausgeblendet. Ihr Hirn war ein mit sinnlosen Bildern getränkter Schwamm, der im endlosen Strom von Leibern und Textfetzen dahintrieb. Sie ging zum Fenster, öffnete es und warf den Schlüssel nach unten.

Dann legte sie sich mit einer Literflasche *Ballygowan* zurück ins Bett, weniger, um daraus zu trinken, als um sie wie einen Teddy oder ein anderes Kuscheltier, das einem ein unbestimmtes Gefühl von Unschuld und Reinheit vermittelt, an sich zu drücken.

Sie war um die fünfundzwanzig und abgebrochene Architektur-Studentin. In einer Zimmerecke stand, unter einem Berg von Kleidern und anderem Plunder begraben, ein Zeichenbrett. Seine Platte war zudem weitaus häufiger dazu benutzt worden, sich jedwedes Zeug in die Nase zu pfeifen, das Drummer ihr mitbrachte. Als wichtigstes Utensil steckte in einem Stifthalter eine zusammengerollte Pfundnote mit dem Konterfei von James Joyce. Sie sei die Architektin ihres eigenen Unglücks, war der letzte Satz, den sie von ihren im Süden Dublins lebenden Eltern gehört hatte. Der Anblick ihrer Tochter mit einem Ohrring in der Augenbraue und schwarz lackierten Fingernägeln hatte für sie das Ende aller guten Erziehung bedeutet. Von der Tätowierung auf ihrem Hintern ganz zu schweigen. Das war sogar noch ein Schritt darüber hinaus.

Sie roch, wie das Kebab die Treppe hochstieg, und raffte sich endlich auf, ein Glas Wasser zu trinken, um zumindest einen Anflug von Klarheit wiederzugewinnen. Drummer warf ihr beim Eintreten ein süßsäuerliches Lächeln zu. Angeekelt sah er sich im Zimmer um und schob mit dem Fuß einen Becher beiseite. Auf MTV lief gerade *Can I touch you there.* Schmalzlocke Michael Bolton trieb in einem weißen Anzug irgendeinen tropischen Fluß hinab und sah einer Frau zu, die sich unter einem Wasserfall die Haare wusch. Drummer machte einen blöden Scherz über den Text des Songs, auf den Naomi nicht reagierte. Erst als er ihr eine Tablette hinhielt, wurde sie mit einem Mal lebendig. Dann ging er zum Schrank und nahm ein paar Kleidungsstücke heraus; einen goldenen Rock und einen dünnen schwarzen Pulli.

»Ich hab einen Auftrag für dich«, sagte er.

»Berti, nicht. Du weißt, ich tu alles für dich.«

»Nur ein bißchen tanzen, Baby. Kein großer Akt.«

Sie blickte ihn an, und er lächelte, als gäbe es in seinem Hinterkopf eine VIP-Lounge, die niemand betreten durfte. Selbst was den Sex betraf, gab es in Drummers Kopf ein Blaubart-Zimmer, das man lieber nicht näher in Augenschein nahm. Vielleicht war in der Vergangenheit eine junge Schönheit zu Kebab verarbeitet und unter den Fußbodendielen versteckt worden. Es war eine Herausforderung an alle Frauen. Komm und entdecke mich. Versuche, in den hintersten Winkel meiner VIP-Lounge einzudringen und herauszufinden, was noch keine Frau gesehen hat.

Doch er zerrte sie bereits aus dem Bett, nahm ihr das Glas Wasser weg und befahl ihr, sich anzuziehen. Sein Klaps auf die Tätowierung auf ihrem Po war zu hart, um als zärtliche Aufforderung zu gelten, und während Naomi sich anzog, begann er, sich mit ordinären Zuckungen, die nach einer milden Form von Veitstanz aussahen, zur Musik im Fernsehen zu bewegen. Der Anblick war grauenhaft, eine Mischung aus Tai Chi und Michael Jackson. Die Hände in den Schritt gelegt, schob er die Hüfte nach vorn, als habe er soeben einen Tritt in den Hintern erhalten. Eine Haltung, die jedwedes ästhetische Empfinden beleidigte.

Carmels Malkurs näherte sich dem Ende. Während sich alle daranmachten, ihre Pinsel auszuwaschen und ihre Utensilien einzupacken, stand Mr. Sitwell hinter ihr und kommentierte ihren Baum.

»Sieht aus wie eine Kastanie oder eine Eiche«, sagte er. »Vielleicht sollten Sie ihm noch etwas mehr Substanz geben, ihn kräftiger und muskulöser erscheinen lassen. Verstehen Sie, was ich meine?«

Carmel schaute auf. Sie verstand überhaupt nichts.

»Versuchen Sie es mit ein wenig Kastanienbraun oder Burgunder«, sagte er, nahm ihre Hand und führte den Pinsel zu den Farben, betupfte und mischte sie kunstvoll und zog dann feine weinrote Linien den Stamm hinab.

Genial, dachte sie. Er hatte das Bild verwandelt, war bereits weitergegangen und wandte sich nun an die ganze Klasse.

»Jeder Gegenstand besitzt sein ganz eigenes Wesen. Jeder Gegenstand birgt in seinem Inneren lauter dunkle, romantische Geheimnisse. Wenn Sie eine Eiche malen, sollte sie wie ein mysteriöser Mann aussehen. Ein großer, attraktiver, muskulöser Körper. Sie sollen den Wunsch verspüren, ihn zu umarmen, meine Damen.«

Alle lachten. Carmel errötete. Wie unverschämt von ihm.

Hauptkommissar Molloy befand sich an diesem Abend in einer merkwürdig gehobenen Stimmung. Und zwar aus gutem Grund. Endlich war es ihm gelungen, den Bann des Schweigens um Drummer Cunninghams Machenschaften zu brechen. Die Aussicht, ihn bald überführen zu können, erregte ihn. Ein Kronzeuge, Dermot Brannigan, hatte der Polizei seine Dienste angeboten und sich bereit erklärt, vor Gericht auszusagen. Der Mann war kein Schnüffler, sondern ein abtrünniger Mitarbeiter Berti Cunninghams, und er hatte Molloy mehr als genug an die Hand gegeben, um Drummers Herrschaft zu beenden.

Anders hingegen lagen die Dinge im Fall des bewaffneten Raubüberfalls und der Sache mit Joe Perry, dem Axtschwinger. Perrys Anwalt kam auf die Wache und beschwerte sich lautstark über die Mißhandlung seines Mandanten. Hauptkommissar Molloy erklärte, es sei nichts weiter geschehen und er könne den Verdächtigen mit Freuden entlassen, zum Zeichen dafür, daß die ganze Geschichte von den Gardai mit Augenmaß behandelt werde. Der Anwalt zog ein so langes Gesicht, daß man hätte meinen können, ihm selbst wäre der organische Humus eingetrichtert worden. Nun gut, Coyne war mit seiner Gesundheitskost ein wenig zu weit gegangen, aber da er bei der Jagd auf den kleinen Scheißkerl Kopf und Kragen riskiert hatte, entschied Molloy im stillen, von einem Disziplinarverfahren gegen ihn abzusehen.

»Er hat uns nur bei unseren Ermittlungen geholfen«, sagte Molloy.

»Er hat seine Rechte«, gab der Anwalt zurück. »Ich erwäge eine Anzeige wegen schwerer Mißhandlung.«

»Ach was, dazu besteht nicht der geringste Anlaß«, tönte Molloy. »Er wird umgehend auf freien Fuß gesetzt. Wir müssen bloß noch das Protokoll aufnehmen.«

»Mein Mandant hat schwerste Qualen erlitten«, fügte der Anwalt hinzu.

»Dann soll er gefälligst nicht mit seinem Beil in der Post rumfuchteln«, sagte Coyne, dem langsam der Kragen platzte.

»Was reden Sie da?« erwiderte der Anwalt. »Mein Mandant hat heute nachmittag seine kranke Großmutter besucht.«

»Daher stammt also der Dreck an seinen Schuhen. Der Kerl ist schuldig, das wissen Sie genau.«

Coyne deutete mit seinem Finger direkt auf den Anwalt. Aber es war, als würde er einen elektrischen Zaun berühren. Einmal mehr fühlte er sich von seinem Publikum im Stich gelassen, und die einzige Person auf der Welt, die ihn verstand, war seine Frau, Carmel. Sie saß dort hinten im Publikum, in der fünften oder sechsten Reihe, mit ihren Chips und Karamelbonbons; ein treuer Fan, die Knie gegen den Vordersitz gestützt und ihm Mut zusprechend. Aber Coyne war bereits zu weit gegangen und wurde von Hauptkommissar Molloy zurückgepfiffen.

»Nur hübsch ruhig bleiben«, sagte er.

Coyne konnte es nicht fassen. Wozu war er überhaupt über Gartenmauern gesprungen und dabei halb zu Tode gekommen? Seiner Meinung nach standen die Rechtsverdreher der Durchsetzung von Gerechtigkeit nur im Wege.

»Halten Sie ihn bitte von meinem Mandanten fern«, sagte der Anwalt.

Nachdem er gegangen war, nutzte Hauptkommissar Molloy die Gelegenheit zu einer kleinen Ansprache in eigener Sache. Coyne mußte sich sagen lassen, er sei seiner Aufgabe nicht mehr voll gewachsen. Er sei aus dem Gleichgewicht geraten und brauche Entspannung. Vielleicht sollte er für ein paar Tage aufs Land fahren.

»Auf die Tour kann man die Kerle nicht packen«, sagte Molloy. »Nicht mit der Brechstange.«

Hauptkommissar Molloy stammte wie Coynes Vater aus West Cork. Die gemeinsamen Wurzeln, die quer durch die Garda-Reihen liefen, hatten einst ein Band zwischen ihnen geknüpft, das Coyne Schutz und zukünftige Aufstiegschancen gewährte. Molloy war zu einer Art Ersatz-Vater geworden, der sich der gleichen abgedroschenen ländlichen Klischees bediente.

Hauptkommissar Molloy war ein Garda der alten Schule. Sein Haar hing ihm wie ein Deckel oder eine Falltür quer über dem ansonsten kahlen Schädel und mußte jedesmal, wenn er in den Wind trat, zurückgeklappt werden wie eine Haar-Tür, die auf einer Seite des Schädels kurz oberhalb der Schläfe mit einem Scharnier befestigt war. Coyne starrte auf die Warze direkt unter der Nase seines Vorgesetzten und dachte: Wie rasiert der sich bloß? Dann stellte er sich vor, wie Molloy die Warze abrasierte und ein Blutstrahl hervorschoß. Warzenkiller Molloy, der den ganzen Tag mit einem Pflaster im Gesicht durch die Gegend lief, unter dem das Blut weiter hervorsikkerte.

»Du mußt dich an die Spielregeln halten«, wiederholte der Warzenkiller wie ein Mantra.

»Eines Tages schnapp ich ihn mir«, gelobte Coyne.

»Hör zu, Coyne. Wir hatten das alles schon mal. Du kannst einen Verdächtigen nicht tätlich bedrohen. Natürlich weiß jeder, daß er es war, aber er hat einen gerissenen Anwalt. Und außerdem arbeitet er für dicke Fische wie die Cunninghams. Halt dich zurück, bis du etwas Konkretes in der Hand hast.«

Molloy lehnte sich zurück, drückte die Fingerspitzen gegeneinander und shampoonierte irgendeinen unsichtbaren Kopf vor sich. Coyne konnte seinen Vater vor sich sehen, mit seinen Hosenträgern und Ärmelhaltern. Er konnte die uralte Tube Rasierseife riechen – als verstoße es gegen die Prinzipien der Neuen Republik, auf Rasierschaum umzusteigen. Molloy holte tief Luft und beugte sich zielstrebig vor.

»Ich will dir was sagen, Pat. Es ist wie ein Furz in der Sauna. Solange du den Übeltäter nicht auf frischer Tat ertappst, vergiß es. So ist nun mal das Rechtssystem in diesem Land. Viel konnten wir ihm ohnehin nicht anhängen.«

»Aber darum geht's doch gar nicht«, warf Coyne verblüfft ein. »Wir können ihn deshalb noch lange nicht einfach laufenlassen.«

»Vergiß Perry«, wiederholte Molloy. »Brannigan packt aus. Wir haben ein paar Leute auf ihn angesetzt – zu seiner eigenen Sicherheit. Du weißt, was das heißt, Pat?«

»Der Drummer.«

Warzenkiller blickte mit großem Garda-Stolz über seinen Schreibtisch hinweg. Dann setzte er zu einem noch weitaus gewichtigeren Ratschlag an.

»Weißt du, man muß die Scheiße zu dem Arschloch zurückverfolgen, aus dem sie gekommen ist«, sagte er.

Das hatte nun wirklich Format. Das war eine deutliche Verbesserung gegenüber den üblichen Standard-Sprüchen. Als ob Warzenkiller Molloy die bedeutendste ökologische Botschaft unserer Tage von sich gegeben hätte. Die Lösung aller Umweltprobleme. Die Scheiße zu dem Arschloch zurückverfolgen, aus dem sie gekommen ist. Molloy zwinkerte Coyne zu, der nicht umhinkonnte, von der Tragweite dieses neuen Bildes beeindruckt zu sein. Es gefiel ihm. Es rundete die Fäkalien-Diskussion vom Vormittag ab. Ein inspirierendes Konzept, spritzig formuliert wie im Kino, wie die letzten Worte vor einer tödlichen Mission. Macht eure Sache gut, Männer. Jetzt mußten Taten sprechen.

Coyne fuhr am Meer entlang nach Hause. Er hatte eine Blues-Kassette eingeschoben, die vom raspelnden Geräusch des

Motors unterlegt wurde. Der leuchtendrote Abendhimmel über Dublin wich immer mehr der hereinbrechenden Dunkelheit. Das rote Glühen auf den Granitmauern war vorüber, und am Himmel stand ein makellos weißer Mond in der Form einer angebissenen Hostie. Der Wind vom Meer, der Staub, Blätter und Bonbonpapiere über den Bürgersteig wirbelte, ließ erste Anzeichen des Winters spüren.

Coyne lächelte vor sich hin, sicherlich die unangemessenste Reaktion auf diesen Tag. Aber er fühlte sich beschwingt und in einem Zustand gefährlicher Euphorie. Die Dinge lagen schwarz auf weiß vor ihm. Letztlich stand man immer vor der gleichen Alternative – ganz oben zu sein oder ganz unten. Der Welt die Schuld geben, oder sich selbst. Versuchen, seine Umwelt und deren Bedingungen zu verändern, oder sich selbst zu verändern. Coyne zweifelte nicht daran, daß er recht hatte und die anderen im Unrecht waren. Eines Tages würde er es ihnen allen zeigen.

Zu Hause zog Carmels Mutter gerade ihren Mantel an, als er zur Tür hereinkam.

»Dein Essen steht in der Mikrowelle«, brummelte sie.

»Hühnchen Tschernobyl«, murmelte Coyne zurück.

Er hatte große Lust, etwas ganz Ungehöriges zu tun. Zum Beispiel hinter ihrem Rücken die Hose herunterzulassen. Diese lächerlich aufgemotzte Frisur, die Lancôme-Wolke und der Chiffonschal, um Gottes willen. Letztens schon mal den Chiffonschal-Test ausprobiert, Omilein? Verzeihung, Baronin von Gogarty. Er schnitt ihrem Hinterkopf eine Grimasse und tat dann so, als wolle er ihr die Tür aufhalten. Aber sie hatte alles mitbekommen.

»Mir ist nicht entgangen, was du da veranstaltest«, sagte sie und öffnete selbst die Tür. Dann drehte sie sich um und warf ihm einen bösen Blick zu. Er sah ihr nach, wie sie die Auffahrt entlangging, gespannt darauf, ob noch ein zweiter giftiger Blick folgen würde. Jawohl.

Jennifer, eines der Kinder, stand oben am Treppenaufgang und sagte, sie könne nicht schlafen. Als er hinaufging, waren alle noch wach und warteten auf seine Geschichten. Er konnte viel besser erzählen als Oma.

»Sie erzählt immer Geschichten für kleine Mädchen«, sagte Jimmy. Coyne fühlte sich geehrt. Zumindest für sein Familienpublikum konnte er das ganze Universum neu erfinden. Er war zurück in der Seifenblase seines Heims, wo er über verschrobene kleine Scherze lachen konnte, die keine andere Familie verstehen würde. Eingeschlossen in der Wärme seiner kleinen Gemeinschaft, als ob von ihr der Neubeginn der Welt abhinge.

Dann wieder gab es Momente, in denen Coyne sich wie sein eigener Zuschauer vorkam, der sich auf dem Monitor einer Überwachungskamera beobachtete; eine stumme blaue Gestalt, die sich in einer Doppelhaushälfte in Dublin bewegte, ihre Kinder ins Bett brachte und ihnen Gutenachtgeschichten von geheimen Welten unter dem Meer erzählte.

»Und dann brachte der Unterwasser-Mann ohne Augenlider die kleinen rosa Fischchen an einen Ort, wo sie sich verstecken konnten. Er lebte in einem versunkenen Schiff. Dort waren sie sicher. Die Makrelen waren schlau, denn sie hatten weiße Bäuche und schwammen weit oben, so daß die Haifische sie gegen das Licht nicht sehen konnten. Aber die kleinen bunten Fischlein brauchten einen Ort zum verstecken.«

Die Kinder saßen auf einem der Betten um ihn herum. Nuala hatte ihre sämtlichen Stofftiere unter Coynes Arm gesteckt, wie um die Geschichte nachzuspielen. Jennifer hielt sich mit beiden Zeigefingern die Augen auf.

»Und obwohl der Unterwasser-Mann keine Ohren hatte, konnte er alles hören. Jedes kleine Geräusch. Er konnte eine

Luftblase noch hundert Kilometer entfernt im Wasser platzen hören. Und deshalb hörte er auch, als der Haifisch zurückkam.«

Coyne fiel beinahe selbst in den Schlaf, als die Geschichte zu Ende war. Coyne, der liebevolle Vater, der die Decken zurechtzupfte, seinem Sohn mit der Hand über die Stirn strich, sich nach einem Socken neben der Tür bückte und leise die Treppe hinunterstieg. Coyne, der sein abgestandenes Abendessen aß. Coyne, der in seiner eigenen Wohnung Kekse stahl.

Immer noch in Uniform, den Schlips gelockert, machte er es sich vor dem Fernseher bequem und sah, wie die Männer von Papua-Neuguinea alte Stammesrituale zelebrierten. Das Aussterben beunruhigte ihn am meisten, das Verschwinden legendärer Völker. Die letzten Exemplare alter und unverdorbener Zivilisationen, die von der modernen Zeit überrollt worden waren. Wie die Männer und Frauen von den Blasket-Inseln.

Halb ausgestreckt auf dem mit üppigen Blumen bedruckten Sofa, das Carmel auf Anraten von Mrs. Gogarty ausgesucht hatte, verfolgte er tanzende Krieger, die sich auf den Kampf vorbereiteten. Wieder wäre er beinahe eingenickt, als er einen der Männer mit einem Beil auf sich zurennen sah. Er sprang auf und stieß dabei den Teller vom Abendessen mit dem Fuß zu Boden, im Glauben, es wieder mit Perry zu tun zu haben. Er griff nach der Fernbedienung und wiederholte die Szene mehrere Male. Der Krieger trug bloß eine purpurfarbene Jacke und einen Filzhut. Seine Brust war entblößt und ließ weiße, lockige Haare erkennen. Die mit Litzen besetzte Jacke sah aus wie die Livree eines Hotelpagen, deren Hose irgendwie abhanden gekommen war. Vielleicht stammte sie aus irgendeinem berühmten Hotel wie dem Waldorf Astoria, hatte mehrmals den Besitzer gewechselt und war schließlich bis Port Moresby gelangt, um dann neben Gesichtsbemalung und bloßen, bemalten Beinen als Kriegsschmuck getragen zu werden. Der Krieger bleckte seine weißen Zähne, als würde er lächeln und auf ein Trinkgeld warten. Die rechte Hand schwang das Beil, genau wie Perry.

Plötzlich durchfuhr Coyne der Gedanke, den ganzen Tag über unbesonnen gehandelt und lauter dummes Zeug geredet zu haben. Ohne jede Kontrolle. Die Lautstärke viel zu weit aufgedreht. Er war mit Perry zu weit gegangen. Coyne mußte cleverer werden. Er mußte versuchen, cooler zu bleiben. Ein selbstbeherrschter Bulle, der mit Bedacht die Scheiße zu dem Arschloch zurückverfolgt, aus dem sie gekommen ist.

Gordon Sitwell hielt Carmel die Tür auf, als sie nach Hause ging. Sie hielt ihr Bild wie eine wertvolle Schriftrolle in der Hand und lächelte wie ein Kind. Er lachte in sich hinein und schüttelte den Kopf.

»Sie haben einen Farbklecks auf der Nase«, sagte er.

»Oh, tatsächlich?« antwortete sie. Aber als sie ihn abwischen wollte, hob er abwehrend die Hand, als wollte sie ein geheimes Zeichen entfernen.

»Nein, nein. Nicht wegwischen, meine Liebe. Daran sieht man, daß Sie auch wirklich beim Malkurs waren und nicht im Pub. Adieu«, sagte er und ging dann beschwingt in Richtung Parkplatz.

Als sie nach Hause kam, saß Coyne im Bett und las in einer Zeitschrift, die behaarten Arme auf der Bettdecke ausgestreckt. Die Erlebnisse des Tages sprudelten nur so aus ihm heraus. Er übertrieb die Verfolgungsjagd und die Sache mit dem Beil. Er schwor Rache, als ob Carmel in Gefahr geschwebt hätte und nun von ihm im Gegenzug ein ritterliches Verhalten erwarten würde.

Sie breitete ihr Bild auf dem Ankleidetisch aus und fragte: »Was meinst du?«

»Gut«, sagte er.

Tatsächlich war Coyne absolut verblüfft. Es war genau der Himmel, den er vorhin gesehen hatte, als er die Küstenstraße entlang nach Hause gefahren war; ein verblassendes Rotgelb, glühendes Metall, das sich über die Stadt ergossen hatte. Das Ende von Coynes Tag, wie der Fleck einer alten Prellung über Dublin Bay. Ihr Bild war so echt und gab sein Inneres so genau wieder, daß er das Gefühl hatte, in eine Art Spiegel zu blicken, in dem die Ereignisse des Tages in ihrer ganzen flammenden Gewalt zurückgerufen wurden, bis hinein in das weinrote Glühen entlang der Silhouette der Bäume. Coyne fürchtete sich zu sagen, es sei brillant, so sehr bestürzte ihn seine Genauigkeit. Beinahe hätte er gesagt: Das hast du doch niemals selbst gemalt.

Während sie sich auszog, redete sie über ihren Malkurs, stets ihr Bild im Blick, als fürchtete sie, irgendwer könnte es stehlen. Als sie in ein riesiges T-Shirt schlüpfte, stand sie einen Augenblick wie eine nackte Frau ohne Kopf vor ihm, die sich unter Wasser an die Oberfläche kämpfte. Dann trug sie eine weiße Creme in Streifen auf Gesicht und Ellbogen auf, wie eine Kriegerin vor einem Fruchtbarkeitsritual.

»Findest du den Baum muskulös genug?« fragte sie.

»Muskulös? Klar doch.«

Doch Carmel war unzufrieden, daß er ihre Arbeit so beiläufig abtat.

»Gott schütze dich, Pat. Du bist ja so ein Rindvieh.«

»Aber ich hab doch gesagt, er ist muskulös, oder?«

»Alter Spießer.« Sie lächelte versöhnlich.

Coyne mißtraute diesem neuen Ton. Er starrte sie an, bis sie ins Bett schlüpfte und ihm einen Kuß gab. Er erwiderte den Kuß pflichtschuldig, wie ein Mann, der auf Zehenspitzen um die Intimität von Wörtern herumschleicht. Eine Zeitlang saßen beide aufrecht im Bett, Coyne lesend, Carmel in den Anblick ihres Meisterwerks vertieft. Von nebenan drangen leise Stimmen herüber, das Klicken des Lichtschalters, das Geräusch fließenden Wassers. Die Gillespies auf dem Weg ins Bett. Vielleicht saßen sie auf der anderen Seite der Wand sogar in der gleichen Position, Rücken an Rücken, wie ein Spiegelbild von Pat und Carmel Coyne in ihrem Bett.

»Na los, Pat.«

»Na los, was?«

»Du spielst gar nicht mehr Stierkampf mit mir.«

Coyne stand auf und knipste das Licht aus, während sie sich auf Hände und Knie gestützt aufs Bett hockte. In der Dunkelheit zog er die Bettdecke zurück und stolperte zum Fußende des Bettes. Es war stockfinster, und Coyne mußte nun versuchen, Punkte zu machen, indem er ihren Po mit dem Kopf traf, während sie ihn wie ein bewegliches Ziel hin und her schwenkte. Wieder und wieder stieß er seinen Schädel wie ein junger Bulle gegen ihren weichen Hintern, während ihr freudiges Gequieke aus dem Fenster hallte.

Drummer Cunningham lenkte den Range Rover auf das Gelände einer kleinen Firma im Norden der Stadt. Die Hunde hatte er zu Hause gelassen. Er hatte mit Brannigan ein Geschäft abzuwickeln. Wie Coyne verfolgte er seine Aufgabe mit einer Hingabe weit über jedes Pflichtbewußtsein hinaus. Er war noch nie im Ausland gewesen und prahlte damit, als bestätige dies seine außergewöhnliche Loyalität gegenüber dem heimatlichen Boden. Bereits ein Kurzurlaub auf Ibiza käme einem schweren Vertrauensbruch gleich, durch den er die Herrschaft über sein Gebiet an andere verlieren würde. Bei seiner Rückkehr wären sein Imperium und seine Gefolgschaft an eine andere Gang übergegangen.

Drummer trug fast immer ein goldenes Armband zu seinem Anzug. Ab und zu hatte er auch einen Rosenkranz dabei, nur um seine Opfer zu verhöhnen, indem er für sie betete und sie segnete, bevor sie kaltgemacht wurden. Den Spitznamen Drummer besaß er schon seit ewigen Zeiten; keiner konnte genau sagen, wo er herkam, bis auf seine Opfer, die behaupteten, einen dumpfen Trommelschlag zu hören, sobald sie ihn erblickten. Ansonsten trieb Berti Cunningham sich – wie jeder andere auch – gern in Nachtklubs herum, wo er sich mit einem Mobiltelefon in der Hand und umgeben von einer ganzen Horde Dumpfbacken im Anzug wie der King fühlte. Unlängst war Drummer sogar selbst Besitzer eines Nachtklubs geworden.

Fred, Coynes ehemaliger Freund und Mentor bei der Garda, hatte ihn in zahlreiche solcher Details über die Gang eingeweiht. All die Dinge, die der Sonderkommission bekannt waren, ohne daß sie vor Gericht bewiesen werden konnten. Fred war nahe genug an der Quelle und in einer Position, um Coyne mit entscheidenden Hinweisen zu versorgen. In den vergangenen sechs Wochen waren in Dublin ein Mannerschossen, einer zu Tode geprügelt worden, und beide Male fiel der Verdacht auf Drummer. Es war klar, daß Drummer sich das Image eines respektablen Nachtklub-Besitzers zulegen und gleichzeitig seine Herrschaft über die Unterwelt zementieren wollte. Das Gesetz war machtlos. Aber er sollte sich vorsehen, wenn Coyne die Sache in die Hand nahm. Schon bald würde er sich diesen arschfickenden Halbaffen greifen und ihn zurück in den Käfig für Schwerstkriminelle im Zoo von Mountjoy stecken.

Vor Dermot Brannigans Haus schoben zwei Grünschnäbel von der Spezialabteilung für Verbrechensbekämpfung Wache, als Naomi Keegan auf sie zuging. Ihr goldener Rock, die Lederjacke und ihre langen Beine waren ein echter Blickfang.

Sie schien fast den Bürgersteig entlangzutänzeln und hatte die beiden Detektive gerade passiert, als sie laut aufschrie. Sie fuhren herum und sahen, daß sie attackiert wurde. Ein Jugendlicher versuchte ihr die Handtasche zu entreißen. Sie sprangen aus dem Wagen und rannten zu ihr, doch der Jugendliche war bereits ohne die Tasche verschwunden, und den beiden Männern blieb nichts weiter zu tun, als ihr beruhigend zuzureden.

Auf der Rückseite von Brannigans Haus zerrten Drummer und Chief unterdessen ihr Opfer den Fußweg entlang zu ihrem blauen Range Rover. Brannigan versuchte verzweifelt um Hilfe zu rufen, brachte aber unter seinem Knebel nicht mehr als ein leises Krächzen zustande. Es hatte keinen Zweck. Drummer würde über ihn Gericht halten. Brannigan schiß sich beinahe die Hosen voll. Gelähmt vor Schreck wie ein Albino-Kaninchen, das in die Augen eines hungrigen Frettchens starrt. Gehorsam stieg er in den Range Rover, der, nachdem man Naomi und Mick wieder aufgesammelt hatte, nach Brittas Bay hinausfuhr.

Sie saß auf dem Beifahrersitz, hörte die ganze Fahrt über Walkman und trommelte gelegentlich im Takt der Musik auf der Ablage. Mick hatte sich ans Steuer gesetzt; Drummer und Chief hatten auf der Rückbank Brannigan in ihre Mitte genommen. Berti bekreuzigte sich und zog einen glänzenden Rosenkranz aus der Tasche. *In nomine Patris et Filii et Spiritus Sancti.*

»Amen«, sagte Chief und lachte.

Kurz darauf zerbrach Berti beinahe sein Handy, als er es Brannigan in die Seite rammte, weil der seine Frage nicht beantworten wollte. Als sie in Brittas Bay ankamen, hatte Brannigan über die Stirn literweise Rohöl ausgeschwitzt, so daß die Fenster des Wagens rundum beschlagen waren.

Bei einem Bootshaus malträtierte Drummer sein flehendes Opfer eine Weile mit Tritten, bis er die Lust daran verlor. Brannigan schmeckte beim Schlucken den süßlichen Schrecken seines eigenen Blutes auf der Zunge. Im Licht der Wagenscheinwerfer begannen sie damit, Brannigan mit seiner Jacke an der Tür festzunageln. Er hing wie ein Gekreuzigter, als Chief ihm mit der gravitätischen Stimme eines Liquidators, der zu einem seiner dem Untergang geweihten Aktionäre spricht, ihm ins Ohr flüsterte, er werde jetzt in den Himmel auffahren, wo man gut auf ihn aufpassen werde.

»Du bist Überschußmasse, Kumpel.«

Brannigan starrte auf Drummer, als hätte er Chief gar nicht gehört. »Bitte, Berti, Herr Jesus, bitte«, stammelte er, durch seine pinkfarbenen Zähne grienend, als hätte er einen Korb Erdbeeren gegessen. Aber Drummer konnte sein Gewinsel nicht länger ertragen und befahl Chief, ihm das Paketband wieder über den Mund zu kleben. Dann ging er zum Wagen, um eine Kassette einzuschieben.

»Steig aus und mach deinen Job«, befahl er. Naomi hatte in ihrem narkotischen Nebel von dem Geschehen kaum etwas mitbekommen.

»Bitte, Berti, verschon mich damit«, sagte sie.

Aber jeder Widerspruch war zwecklos, so daß sie ausstieg und anfing, eine Art liturgischen Tanz vor Dermot Brannigan aufzuführen, während die Wellen krachend ans Ufer schlugen und die Sanddünen sich wie sanfte Bäuche und Hüften hinter ihnen ausstreckten. Eine leichte Brise raschelte durch das Seegras. Aus der Anlage dröhnte die Stimme Chris de Burghs über die einsame Landschaft: *Don't pay the fucking ferryman* – die passende musikalische Untermalung, um die Belanglosigkeit von Leben und Tod zu unterstreichen. Brannigan starrte mit aufgerissenen Augen auf das Mädchen, das mit traumhafter Eleganz seine Hüften kreisen ließ und mit der fließenden Bewegung seines Körpers den Schmerz seines bevorstehenden Dahinscheidens zu vertreiben suchte. Er fühlte das Selbstmitleid eines Todgeweihten. Von der Lust betrogen. Beine, Hüften, Brüste und Lächeln; die strahlendsten Ikonen von Leidenschaft, Wärme und Selbsterhaltung, die vor ihm tanzten. Ein Gnadentanz, bei dem Naomi sich Stück für Stück zu entkleiden begann und flüchtige Blicke auf ihren Körper freigab, die in Brannigan den Wunsch weckten, bereits tot zu sein. Als sei Sex zu einem Probelauf für den Tod geworden. Sie tanzte, bis er einen Streifen dunklen Schamhaars sehen konnte, das wie mit Klebstoff zwischen ihren Beinen angeklebt zu sein schien. Das versteckte Tattoo sah aus, als hätte man ihr das Wort ›Taiwan‹ auf die rechte Pobacke gestempelt. Es schlüpfte entlang der geheimen Pfade der Lust in Brannigans weit offenes Hirn, wo es sich wie eine stumme Katze neben dem Schmelztiegel seiner Furcht niederließ.

Dann war die Vorstellung zu Ende. Er hatte Tränen in den Augen, als sie ihm einen schwarzen Müllbeutel über den Kopf zogen. Rauchend umringten sie ihn und beobachteten, wie der Beutel sich mit seinem Atem wölbte und zusammenzog.

Naomi zog sich wieder an, aber anstatt zum Wagen zurückzugehen, lief sie aufs Meer zu, als hätte sie ihr Lebenswerk vollbracht und sei nun bereit abzutreten. Chief mußte hinter ihr herrennen und sie zum Wagen zurückschleifen.

»Du hast nicht gesagt, daß du ihn umbringst«, beklagte sie laut Brannigans Schicksal, als hätte der Tanz sie in eine Gefährtin im Fleische verwandelt.

Drummer war darauf vorbereitet und gab ihr eine Spritze. Er knipste die Innenbeleuchtung des Wagens an und half ihr, den kühlen Heroin-Stoß in den Arm zu jagen. Die ganze Heimtücke von Berti Cunninghams Gesetz floß in ihre Vene. Sie warf ihren Kopf nach hinten gegen den Wagen und verdrehte die Augen.

»Die wird sich an nichts mehr erinnern«, murmelte Drummer, um anschließend zu überprüfen, ob sein Opfer auch richtig festgenagelt war. Mit einem Hammer und zwei langen Nägeln vollendete er Brannigans Kreuzigung. Blut lief aus seinen Handflächen in langen roten Rinnsalen die blättrige, blaßblaue Tür des Bootshauses hinunter. Brannigan gab keinerlei Schmerzenslaut von sich, sondern stand nur mit nach vorn geneigtem Kopf unter der schwarzen Plastiktüte da wie ein Mönch oder Märtyrer.

»Verräterschwein«, sagte Chief, als spräche er für Drummer. Als sei die Stille nicht zu ertragen und als müsse angesichts solcher Gewalt etwas gesagt werden. »Der macht sein verfluchtes Maul ganz bestimmt nicht mehr auf und redet erst wieder, wenn er beim Nachtklub des lieben Gottes vor der Tür steht.«

Drummer lachte, sagte aber nichts.

Reden war überflüssig. Sie traten ein paar Schritte zurück und beobachteten, wie die Tüte sich blähte und zusammenzog. Chief blickte zu Drummer und wartete auf ein Zeichen, daß er die Tüte vom Kopf ziehen sollte. Aber Drummer rührte sich nicht. Der Kopf des Opfers sank in seiner Tüte nach vorn und Brannigan hörte auf zu atmen. Danach zogen sie ab.

Am frühen Morgen fand man Brannigans Leiche. Der Strand wimmelte von Männern der Sonderkommission, die den Sand nach Hinweisen durchkämmten und das Gelände weiträumig mit Plastikband absperrten, um mögliche Schaulustige vom Tatort fernzuhalten. Eine Gruppe von Ponyreitern hatte die Leiche in der Frühe entdeckt. Eine Frau mußte wegen eines Schocks behandelt werden.

Hauptkommissar Molloy schritt auf und ab – er wußte, daß er nicht nur einen wertvollen Zeugen verloren hatte, sondern in gewisser Weise auch für dessen Tod verantwortlich war. Sein Privatkrieg gegen die Drummer-Gang hatte einen neuen Höhepunkt erreicht. In seiner Wache in Irishtown war bereits eine Sonderkommission eingerichtet worden. Es wurde behauptet, man verfolge eine klare Strategie, aber das war alles nur leeres Geschwätz. Jetzt war ein wirklich harter Kerl wie Coyne gefragt. Jemand, der mit Drummer und Konsorten endgültig aufräumen würde. Molloy und die Leute der Sonderkommission hatten doch viel zuviel Schiß, ihm auch nur einen Strafzettel für falsches Parken zu verpassen, diese Weicheier.

Coyne spielte nach dem Frühstück mit den Kindern. Er ließ sie den ganzen Morgen von Tischen und Schränken in seine Arme springen. Es war wie Bungee-Jumping für Kleinkinder. Nuala zeigte nicht die geringste Furcht. Sie ließ sich aus jeder Höhe in Coynes sichere Arme plumpsen. Alle vertrauten ihm, nur ging Nuala noch einen Schritt weiter, indem sie sich rückwärts und mit geschlossenen Augen in seine Arme warf.

Carmel gefiel das nicht. Sie fand das Spiel kindisch und gefährlich und hatte Angst, sie würden sich eines Tages noch irgendwo runterwerfen, wenn er gerade nicht zur Stelle wäre.

»Er bringt ihnen bei, wie man Selbstmord begeht«, war Mrs. Gogartys Meinung.

Aber Coyne ermunterte die Kinder, höher und höher hinaufzuklettern, neue Gipfel der Furchtlosigkeit zu erklimmen und sich vor den Augen der Nachbarn vom Dach des Wagens zu stürzen. Drinnen versuchte Carmel ihre Mutter abzulenken, die am Fenster stand und die ganze Zeit schockiert und bangend den Kopf schüttelte.

»Er zeigt ihnen, wie man sich umbringt.« Dabei rümpfte sie ihre Nase, als würde sie von einem penetranten Gestank belästigt.

»Du bist vielleicht ein Hornochse, Pat«, sagte Carmel, als er endlich genug hatte und ins Haus kam. »Warum baust du ihnen keine Schaukel? Das wäre mal etwas Sinnvolles. Und außerdem normaler.«

»Hältst du das etwa für sinnvoll?« gab Coyne zurück, während er ein halbfertiges Porträt von Mrs. Gogarty betrachtete, auf dem ihr Gesicht so rot angelaufen war, als litte sie unter Atemnot.

Coyne ging in die Küche. Unter der Oberfläche seines spontanen Wutausbruchs dachte er über seine Rolle als Vater nach. Er hatte das Gefühl, vor seinen Kindern versagt zu haben. Natürlich sollten sie eine Schaukel haben. Das war nicht zuviel verlangt, und vielleicht machte er sie mit seinen Spielen auch unempfindlich für Angstgefühle. Er hatte die Kinder vernachlässigt und schwor, ihnen eine Schaukel zu bauen. Und zwar eine erstklassige. Aber er würde es nicht auf Carmels Befehl hin tun. Er würde es nicht für Mrs. Gogarty tun, der Stimme der Selbstgerechtigkeit. Auf gar keinen Fall. Er setzte sich auf einen Küchenstuhl und blickte verächtlich auf die Bilder von Chagall und all den anderen an der Wand.

»Verpiß dich, Chagall«, murmelte er.

Vielleicht hatte es mit Coynes eigener Erziehung zu tun. Vielleicht hatte ihn die leidenschaftliche Strenge seines Vaters so werden lassen. Sein Vater war aus West Cork nach Dublin gekommen, um seinen Teil am Aufbau des neuen Irlands zu leisten. Einem irischen, katholischen Irland. Als Angestellter im öffentlichen Dienst hatte Coynes Vater die ganze Familie in seinen persönlichen Feldzug für die Sprache verwickelt. Er wollte das neue Irland am Beispiel seiner eigenen Kinder gestalten, indem er sie ausschließlich Irisch sprechen ließ. Im Bus mußten sie Irisch sprechen, wie Fremde im eigenen Land. Später erkannte Coyne, daß sein Vater recht hatte, aber da war es bereits zu spät. Als Coyne erwachsen wurde, hatte der Rock'n'Roll seinen Intellekt fest im Griff. Die irische Sprache funktionierte nicht in Neonbuchstaben. Sie paßte nicht zur elektrischen Gitarre und auch nicht zu Handel und Verkehr. Es war genauso, wie von Autodächern zu springen.

Coyne wurde mit neun Jahren zum Gaeltacht nach Connemara geschickt, wo man ihm das Rauchen beibrachte. Die alte Hausmutter gab ihm Sweet Afton-Zigaretten gegen sein Asthma. *»Puffail siar ain sin«*, sagte sie. »Davon wird die Lunge wieder frei«, und es dauerte zwanzig Jahre, bis er es sich wieder abgewöhnt hatte. Er hatte immer noch den Singsang ihrer Stimme im Ohr, wenn sie nach ihm rief, das Gackern der Hühner nach einem frischgelegten Ei und das Klappern der Emailleeimer randvoll mit Milch. Coyne liebte das irische Irland, die Wärme und unprätentiöse Vornehmheit des Westens. In Colaiste Mhuire, dem rein irischen Gymnasium im Stadtzentrum, das Coyne besuchte, bestand der einzige Erziehungsgedanke der christlichen Bruderschaft in der Entkolonialisierung. Und zwar Schlag auf Schlag. Die Panik einer jungen Nation. Sie hatten nichts gemein mit der Bevölkerung der Blasket-Inseln oder den Hütten zur Zeit der großen Hungersnot in West Cork.

Jetzt war es an Coyne, die Nation zu gestalten. Nur war sie dabei, ihr Gesicht erneut zu verändern, und es war abzusehen, daß die alten historischen Wahrzeichen von den abscheulichen Altären des Verbrechens überschattet werden würden. Als Garda sah er dies alles kommen. Mord am Felsen von Cashel. Bewaffneter Raubüberfall in Enniscorthy. Ein pädophiler Priester im Sommerlager von Glendalough. Das alte Gedicht von Yeats, »Folge mir, o Menschenkind ...« bekam eine völlig neue Bedeutung. Die heiligen Stätten der irischen Geschichte von immer neuen Schandtaten befleckt. Und jetzt der Mord in Brittas. Mord war der Industriezweig mit den größten Zuwachsraten der Nation.

Als sie an diesem Nachmittag wieder im Streifenwagen saßen, erzählte Coyne McGuinness beiläufig von dem, was er in einem seiner Natur-Magazine am Vorabend gelesen hatte. Sie überquerten gerade die Toll Bridge am East Link, von wo aus ihr Blick auf das grüne Band des Flusses und die hintereinander gestaffelten Brücken fiel.

»Hör mal, Larry. Weißt du, was ich gestern abend über Skorpione herausgefunden habe?«

»Was?«

»Du kennst die Geschichte mit dem Stachel im Schwanz und so weiter.«

»Klar!«

»Aber das ist längst noch nicht alles. Wußtest du, daß sie einen Einweg-Penis haben?«

McGuinness lachte. Aber Coyne blieb ernst und suchte nach einem tieferen Sinn seiner Worte, einer neuen Allegorie, die sich auf den Menschen übertragen ließ.

»Ohne Scheiß, Larry. Ein Schuß, danach wächst ihnen ein neuer.«

Als sie nach Ringsend kamen, passierten sie einen Konvoi von Polizeifahrzeugen. Hinten in einem der Fahrzeuge saß Drummer Cunningham, der zur Vernehmung gefahren wurde. In einem anderen saß Molloy, der darauf hoffte, dem Mann endlich ein Geständnis entlocken zu können. Aber Berti Cunningham hatte ein breites Grinsen im Gesicht; er schien die Fahrt zu genießen. Er sah aus wie ein Staatsgast.

»Irgendwer sollte das Sackgesicht pfählen«, bemerkte Coyne.

»Der gehört zum Klub der Teflon-Ganoven«, gab McGuinness zurück. »An dem bleibt nie was hängen.«

»Ich wünschte, dem würde der Pimmel abfallen«, sagte Coyne, der sich Drummer liebend gern höchstpersönlich vorgeknöpft hätte.

Statt dessen drehte sich Coynes Leben um banale Alltagsdelikte. Kurz darauf wurden sie zu einem Überfall auf eine alte Dame gerufen, die verwirrt vor einer Geschäftszeile am

Straßenrand stand und den Riemen ihrer Handtasche in der Hand hielt.

»Ich habe alles genau gesehen«, wiederholte einer der Umstehenden, als Coyne aus dem Streifenwagen stieg und auf sie zuging. »Ich hab gesehen, wie sie nicht loslassen wollte, die arme Frau. Sie haben sie einfach den Bürgersteig entlanggeschleift.«

Coyne kannte diese Geschichten zur Genüge. Irgendein durchgeknallter Junkie, der nur noch die Kohle für seinen nächsten Schuß im Kopf hat und dabei eine alte Frau fast ins Grab bringt. Da stand sie nun, verängstigt und verloren, und schob den Riemen ihrer Tasche durch die Hand wie die Perlen eines Rosenkranzes. Sie zitterte und weinte.

»Wir fahren mit ihr zum Friedhof raus«, sagte McGuinness, und sie geleiteten sie behutsam zum Wagen. Während sie am Kanal entlangfuhren, hielten sie Ausschau nach auf dem Wasser treibenden neuen Handtaschen. Dann hielten sie unter einer Eisenbahnbrücke an, die bei ihnen ›Friedhof der Handtaschen‹ hieß. Überall lagen Handtaschen und anderer Müll herum. Sie halfen der alten Frau auszusteigen, damit sie sich nach ihrer eigenen Handtasche umsehen konnte.

»Welche Farbe hatte ihre Tasche, Mam?«

»Morgen«, antwortete sie.

»Welche Farbe?« versuchte es Coyne noch einmal.

»Mittwoch«, sagte sie. »Mein Termin ist Mittwoch, nicht wahr?«

»Tiere«, raunte Coyne McGuinness zu.

»Kommen Sie, wir bringen Sie nach Hause«, sagte er und führte die alte Frau zum Wagen zurück. Während er sie hinten einsteigen ließ, dachte Coyne an seine eigene Mutter. Er sollte die Sicherheitseinrichtungen überprüfen, bevor etwas passierte.

Coyne entging nichts. Er sah Tauben, die vertrocknetes Erbrochenes und weggeworfene Pommes frites aufpickten. Er sah die Opfer und die Verbrecher – die glücklichen und die glücklosen. Coyne konnte mehr über den Zustand der Gesellschaft erzählen als jeder andere. Die Kinder auf der Parkbank. Jugendliche Stricher. Es war nicht leicht, nicht in Mitleid zu versinken. Aber Warzenkiller Molloys goldene Regel für alle Gardai lautete: Man darf die Dinge nie zu nahe an sich heranlassen. Nie unnötig auf seinen Gefühlen herumreiten.

Coyne hatte alles miterlebt. All die Leute, die er zum *Focus Point*, der Anlaufstelle für Obdachlose, gebracht hatte. Frauen, die mit einer ganzen Schar Kinder mitten in der Nacht unterwegs waren. Ganze Junkie-Familien. Prügeleien, Raubüberfälle, Selbstmorde. Ladeninhaber, die mit Spritzen bedroht wurden. Das Elend einer vergewaltigten Frau. Eines Nachts hatten sie einen Mann im Schlafanzug aus dem Kanal gefischt. Einen bekannten Politiker mit einem Knaben im Auto erwischt. Ein anderes Mal Ausschreitungen nahe der Britischen Botschaft eingedämmt. Hooligans. Pädophile. Alkoholiker, die Jahr für Jahr weiter abrutschten. Reiche Bürgersöhnchen, die sich aufführten, als gehöre ihnen die Stadt. Und die endlose Liste der aufgebrochenen Wagen und Verkehrsunfälle.

Coyne sah den Schmutz und die komische Seite der Stadt. Einmal hatte er am hellichten Tag eine alte Streunerin festnehmen müssen, die mit einem Ruder auf einer belebten Kreuzung stand und damit auf die vorbeifahrenden Autos und Busse einschlug. Oder der Junge, der seiner Mutter versehentlich einen Pfeil in den Nacken geschossen hatte. Dann der Einbruch, bei dem der Täter die Gardai herbeitelefoniert hatte, damit sie ihn vor einer Schlange retteten. Der verdächtig geparkte Wagen, in dessen Windschutzscheibe der nackte Hintern einer Frau zum Vorschein gekommen war. Und dann mußte dies alles noch für die breite Öffentlichkeit aufbereitet werden. Jeder kleine Zwischenfall mußte in offizielle Worte gepackt werden, fürs Archiv und für die Presse. ›Gardai in Irishtown zu einem Sittenstrolch am Kanalufer gerufen. Betrunkener randalierender Jugendlicher bellt Spaziergänger im Shelbourne Park an.‹ Vieles wiederholte sich laufend. Vieles hatte Coyne auch schlichtweg vergessen, oder es interessierte ihn einfach nicht. Die Regenbogenpresse auf der anderen Seite des Wassers brachte manchmal vielleicht spektakulärere Geschichten, aber das hier war Dublin. Und Dublin hatte alles. Er wollte kein politisches Urteil abgeben. Er hatte zwar seine eigenen Vorstellungen von Politik und Staatsführung, aber ihn interessierten nur Gerechtigkeit und Fair play. Coynes Gerechtigkeit.

Mick Cunningham wurde im Snooker-Salon verhaftet. Als Mitglieder des Sondereinsatzkommandos zu Tisch Nummer fünf traten, drehte er sich um und sagte: »Einen Augenblick. Ich muß gerade noch diesen Stoß machen.« Die Gardai sprangen vor, um zu verhindern, daß er die letzte rote Kugel versenkte. Beim Verhör rächte er sich dafür, indem er sie nacheinander vorführte. Ein Polizist nach dem anderen trat zu ihm ins Zimmer, wo er in einer Mischung aus überdrehtem DJ und Sprecher der Anti-Abtreibungsbewegung in einem Pseudo-Juristenjargon unablässig daherschwadronierte. Das Recht auf Verweigerung der Aussage bekam eine völlig neue Bedeutung. ›Wir möchten Sie inständig bitten, die Aussage zu verweigern und verdammt noch mal endlich damit aufzuhören, sich auf Artikel soundso und Artikel soundso der Verfassung zu berufen.‹

Chief wurde zu Hause verhaftet. Er hatte einen Zwei-Tage-Bart und versuchte gerade, die Katze seiner Freundin betrunken zu machen. Dazu erfand er immer ausgefallenere Delikatessen, die sich in Alkohol marinieren ließen, um das mißtrauische Tier zu überlisten. Aber der Katzen-Kater mußte wohl zu den übelsten überhaupt zählen. Und als Chief zwei Polizisten in Zivil die Tür öffnete, war die Katze prompt entwischt.

Drummer Cunningham und seine Gang saßen schließlich in verschiedenen Untersuchungsräumen der Irishtown Garda-Wache. Drummer wurde von Hauptkommissar Molloy und Spitzenkräften der Sonderkommission umringt, die eigens für diesen Fall eingerichtet worden war. Im Hof einer anderen Wache wurde der Range Rover sorgsam von Experten der Spurensicherung untersucht, die jedes feine Staubkorn und jeden Sandpartikel in Plastiktüten pinselten. Warzenkiller Molloy hatte sein Jackett abgelegt und führte das Verhör, in dem er unzählige Fragen stellte, aber nie eine Antwort bekam. Wie sein Bruder und Stellvertreter Mick folgte Drummer konsequent einer Verwirrungsstrategie, indem er völlig abwegige Kommentare – mal alltäglicher, mal philosophischer Natur – von sich gab, die keinen Zweifel daran ließen, welche Zeitverschwendung hier betrieben wurde. Also fing Molloy wieder ganz von vorne an.

»Okay, Cunningham. Das ist ja alles sehr interessant, aber laß mich eine einfache Frage stellen. Du hast den Range Rover am Nachmittag vollgetankt. Am nächsten Morgen ist der Tank leer. Das sind eine Menge Meilen, Drummer. Hast du dafür eine Erklärung?«

»Du hast eine kleine Spritztour unternommen, nicht wahr?« fügte einer der Ermittler hinzu. »Vielleicht eine kleine Mitternachtsparty am Strand?«

»Wer war dabei, Berti?«

Aber Drummer lächelte bloß. Man sah, daß ihn das alles sehr amüsierte. Sie versuchten, in die VIP-Lounge hinten in seinem Kopf einzudringen, also starrte er einfach die Wand an.

»Gentlemen«, war sein einziges Wort. Denn selbst mit banalen Antworten war ihnen geholfen. Weiterführende Auskünfte bekamen sie von ihm höchst selten. Erst als Hauptkommissar Molloy die Geduld zu verlieren schien und ihm wieder und wieder dieselbe Frage ins Ohr brüllte, beschloß Berti Cunningham, es sei an der Zeit, ihnen etwas mehr zu geben.

»Also gut. Ich erzähl euch was. Nur, damit ihr glücklich seid.«

Cunningham griff in seine Jacke und zog ein paar Freikarten für seinen Nachtklub hervor. Er verteilte sie an die verblüfften Polizisten. Sie mußten sich zusammenreißen. Insgeheim waren sie aber auch neugierig – als ginge es hier um einen versteckten Hinweis, der ihnen nicht entgehen durfte.

»Mein Klub«, sagte Drummer. »Nächste Woche ist Eröffnung. Bringt eure Frauen mit.«

Molloy starrte ihn an. Er weigerte sich, auf das unterhaltsame Zwischenspiel einzugehen, und blieb ernst. Um nicht sein Gesicht zu verlieren, setzte er gleich eine weitere Frage hinterher. Und zwar eine gefährliche Frage, die Drummer Kopfzerbrechen bereiten würde, bei der ihm Hören und Sehen vergehen würden. Er beugte sich vor, so daß Drummer sein nach Minze und Blutwurst riechender Atem ins Gesicht schlug, starrte ihm direkt in das Weiß seiner Augen und sagte in ruhigem, unheilschwangerem Ton: »Wo kommt der ganze Sand in deinem Wagen her, Cunningham?«

Die Frage schien Drummer kalt erwischt zu haben. Er lächelte stolz und wurde plötzlich ernst. Er sah sich mit dem unschuldigen Blick eines Neugeborenen um und gab dann eine denkbar klare Antwort.

»Die Hunde«, sagte er. »Ich gehe jeden Tag mit den Hunden am Strand spazieren. Sie brauchen Auslauf.«

Coyne hatte Nachtdienst. Es war kaum etwas los, nur das Übliche: Bellende Hunde und Trunkenheit am Steuer. Ein Jugendlicher hatte gegen das Geländer der Amerikanischen Botschaft gepinkelt; irgendwer hatte bei Pizza Hut vors Fenster gekotzt, eine Art Schnelldurchlauf für die Gäste drinnen; Einbrüche, Autodiebstähle und jede Menge Familienstreitigkeiten. Erst in den frühen Morgenstunden, kurz vor Dienstschluß, erhielten sie einen interessanteren Ruf. Ein Mädchen auf den Bahngleisen. Balancierte wie eine Todessüchtige über die Schienen. Mit der ersten Schnellbahn, die jede Minute eintreffen mußte, war sie verloren, ein Engel der Pendler-Verzweiflung, der barfuß über den silbernen Schienenstrang tänzelte.

Coyne hielt beim Bahnübergang. Während McGuinness im Wagen blieb, rannte er die Schwellen hinter den Häusern der Lansdowne Road entlang. Coyne hatte die Gewohnheit entwickelt, Momente wie diesen in einem scharfgestochenen Relief zu sehen, wie ein Symbol dessen, was aus seinem Leben geworden war, ein Mann, der keuchend über die Gleise stürzte. Das hast du nun also aus dir gemacht, würde sein Freund Vinnie Foley sagen.

Er schrie, aber das Mädchen hörte ihn nicht. Als er näherkam, bemerkte er, daß sie vor sich hinsummte oder leise weinte. Sie trug glänzend violette Shorts und ein weites Träger-Top; ihre Schuhe hielt sie in der Hand. Ein tanzendes junges Ding, das offenbar jede Selbstkontrolle verloren hatte.

»Was soll das, willst du dich umbringen?« rief er.

Sie schaute ihn aus trüben, glasig-blauen Augen an und zitterte, dabei summte sie einen irren, leisen Refrain, der Coyne an Lady Macbeth erinnerte. Vollgepumpt mit Heroin oder irgendwelchem anderen Zeug. Dann wurde ihm klar, daß sie im Begriff war, sich umzubringen.

»Nun komm, Mädchen. Laß uns gehen. Es wird alles wieder gut.«

Er faßte ihren bloßen Arm und spürte das zarte, cremigweiße Fleisch in seiner Hand. Der Streifenwagen war eine Ewigkeit weit weg, und er mußte sie den ganzen Weg führen. In ihrem weggetretenen Zustand bemerkte sie nicht einmal, daß er sie vor sich herschob. Die Chemie in ihrem Blut ließ sie zittern. Wie ein kleines Häufchen Elend blieb sie immer wieder stehen, um laut zu jammern und ihre Schuhe an die Brust zu drücken.

»Wir sind gleich da, Liebes«, sagte Coyne sanft wie ein Vater, der eins seiner Kinder mitten in der Nacht ins Badezimmer bringt. Doch sie riß sich unvermittelt los und rannte auf ein paar Gleisarbeiterhütten zu. Er folgte ihr rufend, bis sie im Schatten einer der Baracken stehenblieb. Als er auf sie zutrat, zog sie ihr Top hoch und entblößte ihre Brüste. Er stockte einen Moment und betrachtete sie. Die Warzen und ihre dunklen Aureolen starrten ihn herausfordernd an. Er hatte bei solchen Frauen immer ein Gefühl bodenloser Unzulänglichkeit, weil er die Verpflichtung spürte, sie erobern zu müssen. Die ganzen Macho-Sprüche in seinem Hinterkopf waren mit einemmal da. ›Laß mich dein Badewasser trinken, Süße. *Suas do Guna, Una.*‹ Sie warf sich an seine Brust, bedeckte sein Gesicht mit Küssen und Tränen und versuchte, seine Hand auf eine ihrer Brüste zu pressen. Aber Coyne wich zurück.

»Reiß dich zusammen«, sagte er fast mehr zu sich selbst als zu ihr. Er zog das Top herunter.

»Wie heißt du?«

»Naomi«, sagte sie resignierend, wie um anzudeuten, daß sie schon wieder an einen Versager geraten war.

»Hör zu, Naomi. Wir müssen jetzt nach Hause. Also los.«

In den umliegenden Häusern gingen vereinzelt Lichter an. Silhouetten in Badezimmern. Dampfende Wasserkessel in

Küchen mit eingebauten Kiefernschränken. Man konnte ungehindert in die Wohnungen blicken. Hinter einem Fenster sah Coyne, wie eine Bettdecke zurückgeschlagen wurde. Anderswo erstrahlte ein kahles Zimmer im Licht einer nackten Glühbirne. Der Morgen sickerte mit seiner ganzen Traurigkeit in die Stadt. Er kroch die Bahnstrecke von Wexford herauf und bedeckte die Schläfer unaufhaltsam mit einer blauweißen Woge der Einsamkeit. Das trostlose Dublin. Die Nacht war vorüber, und die kalte Realität eroberte Stück für Stück ihr Reich zurück, breitete sich unter Brücken und entlang der menschenleeren Straßen aus und sank hinab in die abfallenden schmalen Gärten. Irgendwo ertönte Hundegebell. Bald wären überall Leute unterwegs.

Er hatte schon häufig Junkies zur Methadon-Ausgabe gebracht, aber diesmal war es, als wäre es seine eigene Tochter. Als er zum Einsatzwagen zurückkam, öffnete er die Hintertür und ließ sie einsteigen.

»Großer Gott – die ist wie Madonna nach einer Austern- und Guinness-Party«, flüsterte er seinem Kollegen zu.

Am Morgen hatte Warzenkiller Molloy die Cunningham-Gang widerwillig auf freien Fuß setzen müssen. Es gab keinerlei Beweise, nichts, das man ihnen anhängen konnte. Drummer verließ triumphierend die Wache, schüttelte seinem Anwalt die Hand und bedankte sich bei den Experten der Spurensicherung, daß sie den Range Rover so gründlich vom Sand befreit hatten.

Coyne war dabei, als Mick Cunningham und Chief kurze Zeit später entlassen wurden. Die Gardai standen da wie ein Satz Blumentöpfe. Das Gesetz war ein Haufen Scheiße. Auf dem Heimweg fuhr Coyne bei seinem Freund Fred Metcalf vorbei, einem einige Jahre älteren Ex-Garda, der inzwischen als Wachmann im Dubliner Hafen arbeitete. Fred wiederholte ständig, es sei an der Zeit, eine härtere Gangart einzulegen. Irgendwer müsse sich nun mal die Finger schmutzig machen und sich über die Gesetze hinwegsetzen.

»Was erwartest du denn, Pat? Kriminelle genießen inzwischen Designer-Status, gar keine Frage. Kilkenny-Design. Nimm doch nur dieses Gelände. Nacht für Nacht treibt sich hier irgendwelches Pack herum, um was mitgehen zu lassen oder einfach nur seine Zerstörungswut auszutoben. Das sind die Hunde der Illusion, Pat.«

»Die Hunde der Illusion«, wiederholte Coyne verwirrt.

Fred besaß alle Attribute eines Gurus. Er kannte die Stadt in- und auswendig. Er war eine Enzyklopädie des Verbrechens und der Anthropologie Dublins, wußte zu jedem vor Gericht verhandelten Fall die Hintergründe und kannte sämtliche beteiligten Personen. Fred hatte vorzeitig seinen Dienst quittiert, wenngleich Coyne den Grund dafür nie erfahren hatte. Er hatte verschiedene Ausflüchte gehört, und inzwischen war es für Nachfragen zu spät. Außerdem war Coyne in gewisser Weise sein Protegé, zum Erfolg bestimmt, wo Fred gescheitert war.

Fred Metcalf war die Person, von der Coyne sich ernsthafte Ratschläge erhoffte. Mit seinem grauen Schnäuzer und seinen langsamen, gemessenen Bewegungen strahlte er große Zuversicht aus. Coyne bewunderte die Art, in der Fred seine Ermittlungen betrieb, indem er einfach die Zeitungsverkäufer, Metzger und Automechaniker der Nachbarschaft abklapperte und mit ihnen quatschte. Er plauderte zwanglos mit ihnen über das Wetter, Fußball und die Regierung, um hier und dort versteckte kleine Fragen über verdächtige Personen einzustreuen. Fred war der geborene Mann des Volkes, egal, wo er sich rumtrieb.

Wenn Coyne seine eigenen verdeckten Ermittlungen anstellte, war das Ergebnis stets unausgewogen; entweder kam er zu gut ins Gespräch und gab mehr von sich preis als er Neues erfuhr, oder aber die Unterhaltung kam nicht über das Wetter hinaus. Einmal hatte er sich mit einer alten Frau in ihrem Laden über den Wind unterhalten, den sie als schneidend bezeichnet hatte, und Coyne hatte beim Hinausgehen bloß gedacht, was für ein komischer Ausdruck: schneidender Wind.

Fred war ein so begnadeter Schnüffler, daß nur irgendein persönliches Unrecht ihn aus der Garda herausgedrängt haben konnte. Vielleicht die ausbleibende Beförderung. Fred besaß die Fähigkeit, sich unsichtbar zu machen. Er verstand sich darauf, zuzuhören und immer nur kleine Häppchen als Köder auszulegen. Die berühmte irische Art, mit Informationen zu handeln – ein bißchen geben, ein bißchen nehmen. Irgendwer brennt immer darauf, etwas loszuwerden, war seine Devise. Fred und Coyne hatten bereits beachtliche Dossiers über zahlreiche Top-Kriminelle zusammengetragen.

»Wie geht's Carmel?« fragte Fred bei einer Tasse Tee und Kerry-Creme-Biskuits.

»Die hat nur noch ihre Malerei im Kopf«, erwiderte Coyne.

Fred trug auch zu Coynes moralischem und intellektuellem Wohlbefinden bei. Er ließ sich gern von Coynes Kindern erzählen und interessierte sich auch für Carmels jüngsten Spleen.

»Das legt sich«, verkündete Fred. »Wart's nur ab.«

»Diese Reflexzonen-Geschichte hat damals lange genug gedauert«, warf Coyne ein. »Ich sag's dir Fred: Sie ist total fanatisch mit ihrer Malerei. Tag und Nacht kann sie an nichts anderes mehr denken. Die ganze Küche ist voll mit Kalenderblättern von diesem Chagall oder wie der Kerl heißt.«

»Das legt sich. Das ist doch nur wieder so eine Modewelle. Dieser ganze Quatsch über den Ausdruck des Selbst. Jede Menge Ausdruck und wenig Verstand«, erklärte Fred.

»Nicht bei Carmel. Die ist Feuer und Flamme.«

»Hast du mal dran gedacht, mit ihr wegzufahren?« fragte Fred.

»Wegzufahren?«

Coyne überlegte. Wann waren sie zuletzt allein unterwegs gewesen, ohne die Kinder? Offen gesagt, hatte Coyne Angst davor. Angst, daß sie sich wie vor einem imaginären Familiengericht gegenüberstehen und sich gegenseitig ihre Fehler vorrechnen würden. Er fürchtete sich vor der Offenheit eines Wochenendausflugs mit Carmel.

»Denk drüber nach. Ein Wochenende im Westen. Würde euch guttun«, sagte Fred.

Zuletzt jedoch kehrte ihr Gespräch wieder zum Verbrechen zurück. Während Coyne seinen Mentor auf dem Rundgang um das Gelände begleitete, bei dem dieser seine Taschenlampe unter abgestellte Lkw hielt, die tödlichen Schatten hinter Containern ausleuchtete und die stacheldrahtbewehrten Mauern seiner Festung überprüfte, erläuterte Fred ihm seine Theorie.

»Soll ich dir verraten, was letztlich alle Kriminalität verursacht, Pat?«

»Was?«

»Autos! Die Privatwagen der Leute sind für alles verantwortlich. Siehst du, soviel Privatsphäre ist nicht gut für die Menschen. Sie entfremdet sie untereinander, macht sie unfreundlich. Eine kranke Gesellschaft. Man sollte alle Privatwagen abschaffen.«

»Dann müßten wir alle im Regen herumrennen«, bemerkte Coyne.

»Wozu gibt es Taxis? Es sollte nur noch Taxis und Züge geben, das wäre weitaus geselliger. Die Leute wären beschäftigt, und die Verbrechensquote würde sinken. Eine Nation von Taxifahrern und Lieferanten.«

»Und Streifenwagen«, fügte Coyne hinzu.
»Die Hunde der Illusion, Pat.«

Drummer Cunningham war kein Mann großer Worte. Nur wenige Stunden nach seiner Freilassung spazierte er durch seinen neuen Nachtklub in der Leeson Street, als ob nichts weiter vorgefallen wäre. Er sonnte sich nicht einmal in seinem Triumph oder feierte seine Entlassung wie ein primitiver Gangsterboss. Er nahm ganz einfach wieder seine Geschäfte auf und nickte leise, während der Bauunternehmer, Brendan Barry, ihm versicherte, man werde in ein oder zwei Tagen fertig sein.

»Wir müssen nur noch die Spots anbringen, und dann kann die Show rollen.«

»Rock'n'Roll«, ergänzte Drummer.

Die Arbeiter waren fleißig mit den letzten Renovierungsarbeiten beschäftigt. Ein DJ probierte bereits das neue Sound-System aus, und zwei Go-Go-Girls bewegten sich mechanisch auf der Tanzfläche.

Chief war ebenfalls anwesend und tippte emsig auf einen Taschenrechner ein. Mick Cunningham lehnte an der neuen ovalen Bar. Drummer machte einen leicht verstimmten Eindruck, als er einen Schritt zurücktrat und die Tanzfläche inspizierte. Bei ihm mußte alles hundertprozentig stimmen. Seit er eine ehemalige Architektur-Studentin aufgetan hatte, glaubte er, etwas von der Materie zu verstehen. Mit seinem neuentdeckten Talent für Raumgestaltung erläuterte er dem Bauunternehmer einige minimale Korrekturen. Dann blickte er sich argwöhnisch um; irgend etwas stimmte nicht.

»Hier fehlt was«, sagte er und verwandelte Brendan Barry umgehend in ein Nervenbündel.

»Aber Berti? Es ist alles an seinem Platz.«

»Irgendwas stimmt hier nicht«, insistierte Cunningham.

»Ich schwör's. Die Jungs haben ganz bestimmt nichts mitgehen lassen, Boss. Du kannst jeden durchsuchen.«

»Quatsch, ich rede doch gar nicht von Mitgehenlassen«, sagte Drummer. »Ich meine, hier müßte noch was hin, ein Springbrunnen vielleicht.«

»Ein Springbrunnen?« Barry lächelte erleichtert.

»Yeah. Ein Springbrunnen wäre prima.«

»Und wo?«

»Dort drüben«, sagte Berti und deutete mit den Händen unbestimmt in Richtung Tanzfläche, bevor er weiterging, um die Beleuchtungsanlage und die Spiegel zu inspizieren. Derweil überlegte Barry fieberhaft, wie er die Schnapsidee von einem Springbrunnen binnen kürzester Zeit umsetzen konnte. Ein Brunnen brauchte einen Wasseranschluß. Das bedeutete, der Boden müßte wieder aufgerissen und Leitungen verlegt werden. Der reinste Alptraum. Während Drummer sich dem DJ zuwandte, flüsterte Chief dem Bauunternehmer leise aber bestimmt ins Ohr: »Sieh zu, daß hier ein verdammter Springbrunnen hinkommt. Egal, wo du ihn auftreibst. Bis morgen steht das Ding hier.«

Einige Tage später ergab sich für Coyne die Gelegenheit zu einer persönlichen Begegnung mit den Cunninghams. Sie sollten wissen, daß die Brannigan-Geschichte längst noch nicht ausgestanden war, auch wenn die Sonderkommission die Sache fallengelassen hatte. Sie kannten Coyne noch nicht. Zieht euch warm an, lautete die Botschaft, die er ihnen mit auf den Weg geben wollte.

Unterwegs in der Stadt, jagte Mick Cunningham mit dem Range Rover um die Ecke am Percy Place in Richtung Kanal, um aller Welt und seiner Mutter zu demonstrieren, was für ein Wahnsinns-Fahrer er war. Er hätte Stuntman werden sollen, Experte für kleine Schleudermanöver. Nur daß Coyne ihm zufällig am Steuer des Streifenwagens entgegen kam. Die Unterhaltung mit McGuinness, die sich darum drehte, warum er nicht ins Kino ging, mußte verschoben werden. Coyne war der Meinung, es gäbe ohnehin zuviel Eskapismus. Die Straßen von Dublin seien sowieso wie ein einziger Film, was im nächsten Moment durch Mick Cunningham illustriert wurde, der mit einem Affenzahn um die Ecke schoß.

Coyne brauchte lediglich das Blaulicht einzuschalten und die Fahrbahn zu blockieren, um das entgegenkommende Fahrzeug zu stoppen. Als er ausstieg, stellte er fest, daß ihm das Brüderchen von Staatsfeind Nummer eins ins Netz gegangen war. Angesichts der besonderen Umstände des Falles hätte Coyne die Angelegenheit besser auf sich beruhen lassen. Aber er begann die Sache immer mehr als einen persönlichen Feldzug zu betrachten, eine Art heimlicher Wettbewerb mit Warzenkiller Molloy, wer von beiden die Jungs hinter Schloß und Riegel bringen würde.

»Aussteigen«, rief er, während McGuinness mit einer Taschenlampe in der Hand hinter ihm stand.

Mick Cunningham war die harmloseste Person, die einem in der Dunkelheit über den Weg laufen konnte. Er glaubte, er würde wieder einmal verhaftet, und leistete keinerlei Widerstand. Er stand da wie der Papst, bewegte die Hände in Zeitlupe auf und ab wie eine Aufziehpuppe. Die Baseballkappe saß ihm verkehrt auf dem Kopf, und in der Tasche seiner Bomberjacke steckte sein Handy. Das Kinn war glatt rasiert, die Haare frisch geschnitten und mit hellen Strähnen versehen. Coyne starrte geradewegs in Mick Cunninghams Augen, um keinen Zweifel aufkommen zu lassen, mit wem er es hier zu tun hatte. Eine stumme Aggressivität lag in der Luft.

»Ihr glaubt also, mit dem Mord an Brannigan davonzukommen«, sagte Coyne. »Wartet nur, bis ihr es mit mir zu tun bekommt.«

Coyne hob seinen Schlagstock, als wolle er Mick Cunningham auf offener Straße zu Brei schlagen. McGuinness trat im Hintergrund nervös von einem Fuß auf den anderen und hoffte, die Sache werde einen friedlichen Ausgang nehmen.

»Du darfst mich nicht anrühren«, sagte Mick Cunningham.

»Das meinst auch nur du«, sagte Coyne. Impulsiv schubste er Cunningham gegen den Wagen und hielt ihm den Schlagstock hin.

»Schon mal Bekanntschaft mit so einem Ding gemacht?«

»Da mußt du meinen Anwalt fragen«, gab Cunningham unbeeindruckt zurück.

Coyne lachte. McGuinness hüstelte hinter seinem Rücken, als wolle er Coyne eine wichtige Nachricht übermitteln, fürchte aber, ihn zu stören.

»Bist du gut krankenversichert?« fragte Coyne und packte Cunningham an der Kehle.

Statt einer Antwort erhielt er bloß einen ungläubigen Blick. Coyne ließ ihn los und wandte sich ab, zufrieden damit, seine Botschaft überbracht zu haben. Er wußte, daß er zu weit gegangen war. Noch war es nicht soweit. Aber der Tag würde bald kommen. Cunningham war sichtlich überrascht, daß man ihn laufenließ. Er sah Coyne mit großen Augen an.

»Sieh zu, daß du in eine gute Krankenversicherung kommst, wenn ich mit euch abrechne, Sackgesicht. Am besten mit Invalidenrente.«

Coyne ging zum Streifenwagen zurück. Kurz davor drehte er sich noch einmal um, deutete mit seinem Schlagstock auf Cunningham und schickte ihm eine letzte Warnung hinterher: »Für euch lasse ich mir ein paar hübsche mittelalterliche Methoden einfallen.«

Als sie wieder im Wagen saßen, äußerte McGuinness seine Besorgnis über den Zwischenfall.

»Halt dich zurück, Pat. Du reitest dich nur selbst in die Scheiße.«

Aber Coyne kochte immer noch vor Wut. Jetzt gab es kein Zurück mehr. Diese Cunningham-Brüder sollten ihn kennenlernen. Coynes Gerechtigkeit war auf dem Vormarsch.

»Das war noch harmlos, Larry. Denen werd ich's zeigen. Die werden sich wünschen, als Skorpione geboren zu sein.«

»Mir gefällt die Sache nicht. Wir können Mick Cunningham nichts anhängen. Der Fall gehört nicht in unser Gebiet.«

»Du mußt die Scheiße zu dem Arschloch zurückverfolgen, aus dem sie gekommen ist«, verkündete Coyne.

Aber McGuinness versuchte sich in der Rolle des Psychologen und riet Coyne, mal auszuspannen. Ob er schon mal daran gedacht habe, es mit Golf zu versuchen.

»Geh mir weg, Larry. Golf ist was für emotional gestörte Dumpfbacken.«

Noch vor Dienstschluß bestellte Hauptkommissar Molloy Coyne über Funk zurück auf die Wache. Molloy stand kurz vor einem Herzinfarkt.

»Verdammt noch mal, Coyne. Was hast du dir dabei gedacht?« brüllte er. »Bedrohst einen Mordverdächtigen mitten in den Ermittlungen.«

»Ich hab bloß ein Auge auf ihn geworfen«, sagte Coyne kleinlaut.

»Ein Auge auf ihn geworfen? Stehst du auf den Kerl, oder was?«

Molloy sah aus wie ein verwundetes Pferd, das mit seinen gelben Zähnen Dreck kaut und jeden Moment anfängt aus dem Mund zu schäumen. Er schielte zur Decke, als hätte er mit besonders hartnäckigen gastritischen Problemen zu kämpfen. Sein Mund verzog sich zu einem staunenden kleinen Kreis. Die Haarklappe war wüst zerzaust.

»Hör zu, Coyne. Du läßt die Finger von den Typen. Ignoriere sie. Sie sind Luft für dich. Hast du in der letzten Zeit zuviel vor dem Fernseher gehangen? Du bist ein stinknormaler Garda im Streifendienst, mehr nicht. Das ist ein Fall für die Sonderkommission, und du hältst dich da raus. Kapiert?«

»Jawohl«, bestätigte Coyne.

Molloy starrte ihn an, als hätte man ihm eine Lanze in den Magen gebohrt und Pferdeinnereien träten hervor. Warzenkiller Molloy, der sich neben seinen Eingeweiden in Agonie am Boden wand.

»Was zum Teufel ist in dich gefahren, Pat? Entspann dich. Du solltest Golf spielen. Das würde deine Nerven ein wenig beruhigen.«

Coyne blickte ihn voller Empörung an. Golf? Das sollte wohl ein schlechter Witz sein. Als ob man der Kriminalität in Dublin mit Golf begegnen könnte. Coyne war kein stinknormaler Bulle. Er würde es ihnen schon zeigen. Coynes Gerechtigkeit war unterwegs. Er hatte bereits ein paar dieser Mistkerle das Handwerk gelegt und eine ganze Reihe anderer fest im Visier. Er hatte einige scheinbar unlösbare Fälle geknackt und einen gewissen Brian Quinn hinter Gitter gebracht. Und seit Sergeant Moran der bekannteste Alkoholiker der Wache geworden war, stand Coyne ganz oben auf der Beförderungsliste. Er brauchte nur noch einen größeren Fall. Einen dicken Fisch, den er fein säuberlich in einen Beutel der Spurensicherung verschnüren und Hauptkommissar Molloy auf den Tisch knallen konnte.

Coynes Gerechtigkeit ging auf einen Zwischenfall in der Schule zurück. Es war ein auf Fair play basierendes Konzept, das nicht frei von Bedauern war, weil Gerechtigkeit immer mit einer gewissen Schuld und einem Gefühl des Mitleids für die verbunden war, die dabei auf der Strecke blieben. Schon als Kind hatte Coyne über die Grausamkeit göttlichen Rechts nachgedacht. Wie konnte man Gott durchgehen lassen, Menschen auf ewig in der Hölle zu rösten? Bestimmt waren auch zahlreiche Unschuldige darunter, verurteilt aufgrund falscher Geständnisse. Coyne wußte alles über die Unschuldigen. Und Coynes Gerechtigkeit ging zurück auf Bruder O Maolbheannaigh und seinen kleinen Hund Bran, der durch die Schuld seines Herrn ein böses Ende fand. O Maolbheannaighs unschuldiger kleiner Terrier kassierte über Jahre sämtliche Prügel, die eigentlich den Schülern zugedacht war.

Jeden Mittwoch spielte Coyne Hurling auf einem der Sportplätze in Chapelizod am Ufer der Liffey. Gleich daneben lag übrigens der Garda-Ruderklub. In einem gesunden Körper wohnt ein gesunder Geist. Daran führte kein Weg vorbei. Hurling war Pflichtfach, selbst wenn man auf dem Gebiet ein absoluter Blindgänger ohne jeden Orientierungssinn war und den Schläger wie ein Schwert oder *Claimh Solais* über den Kopf schwang, als jage man einer Wespe hinterher. Das schnellste Spiel der Welt. Als Coyne zum ersten Mal einen Ball schlagen wollte, hätte er beinahe Proinsias De Barra, den alle nur ›Spunk‹ nannten, mit einem mordsmäßigen Hieb gegen den Hinterkopf enthauptet.

O Maolbheannaigh war mittwochs immer mit von der Partie und schwärmte von der gesunden Luft. Scharen von Möwen warteten darauf, daß auf dem Müllplatz auf der gegenüberliegenden Seite des Flusses eine neue Fuhre abgeladen wurde. Zankend und zeternd flatterten sie hinter dem Bulldozer her, der die Abfälle der Stadt für sie umpflügte. Die Spielfelder selbst waren gewöhnlich mit Schafskot übersät. Unter der Woche hatten die Brüder die Fläche an einen Schafbauern vermietet, so daß die Jungen mittwochs getrocknete schwarze Kothaufen vom Boden auflesen und mit den Schlägern in die Luft knallen konnten. Zwischendurch steckte man sich auch große Klumpen in den Nacken oder drückte sich gegenseitig den Kopf ins Gras und ließ den anderen probieren. Junge, Junge. Die Schafsköttel flogen nur so durch die Luft, bis O Maolbheannaigh mit einem richtigen Ball und seinem kleinen Hund Bran auf den Platz kam. Manchmal schickte er einen der Streber los, für den Hund ein Stück Luftschokolade zu holen.

Coyne erinnerte sich auch an den permanenten Gestank, der vom Fluß, von der Müllhalde und von der Guinness-Brauerei herüberzog. Eine Mischung aus Fäulnis und Ferment, die wie O Maolbheannaighs Atem über das Spielfeld wehte, während er ohne Unterlaß brüllte: »Na los, Junge. Lauf, du Schnecke, oder muß ich dir Beine machen?« Es war nie ganz klar, ob die Spieler freiwillig dem Ball hinterherjagten oder aus Furcht vor O Maolbheannaigh, der manchmal hinter einem Spieler herrannte und ihm eine Kopfnuß verpaßte, weil er nicht wie Christy Ring oder Jack Lynch gespielt hatte. Den kleinen *sliotar* aus Leder behandelte er wie ein Museumsstück, indem er ihn in die Höhe hielt, als hätte bereits die verdammte Fianna zu Urzeiten auf den grünen Hängen Irlands damit herumgebolzt.

Bis zu dem Tag, an dem Coynes Gerechtigkeit auf den Plan trat und er im Namen seiner Freunde und aller anderen Mitschüler zurückschlug und für alle willkürlich ausgeteilten Schläge O Maolbheannaighs Rache nahm. Und zwar an O Maolbheannaighs Hund. Bran trieb sich immer an der Seitenlinie herum und hielt nach Ratten Ausschau; dabei hätte jeder ihn gern einmal als *sliotar* benutzt. Coyne konnte sich nicht erinnern, je einen Ball getroffen zu haben, bis auf das eine Mal, als er über die Siebzig-Meter-Marke schlagen sollte. Zehn Minuten lang prügelte er mit dem Schläger auf die Luft ein, bis O Maolbheannaigh zu ihm kam und sagte: »Laß gut sein, Schaumschläger.« Ängstlich versuchte es Coyne ein letztes

Mal, warf den Ball sanft in die Luft und traf ihn genau an der richtigen Stelle, so daß er wie einer der legendären Schläge des Ulster Cycle weit ins Blaue davonschoß. Die Wucht des Aufschlags setzte sich durch das Schlägerholz fort, stach ihm in die Finger und lief dann prickelnd die Arme entlang bis hinab zur Leiste. Der Ball segelte über den Spielfeldzaun hinaus auf den Fluß zu, wofür O Maolbheannaigh ihm umgehend ein paar Kopfnüsse und Seitenhiebe verpaßte.

»Du Trampel«, rief O Maolbheannaigh und gab Coyne einen gewaltigen Tritt in den Hintern, der ihn beinahe ebenfalls über den Zaun beförderte.

Die anderen spielten mit einem abgewetzten Ersatz-*sliotar* weiter, während Coyne im Schilf und in den Büschen des Liffey-Ufers herumstöberte. Bran beteiligte sich an der Suche, und ehe er es sich versah, segelte der Hund in hohem Bogen durch die Luft in das grüne Wasser. Kurz darauf tauchte er an der Oberfläche auf und versuchte zu schwimmen, obwohl die viele Schokolade ihn nach unten zog. Als er sich der Uferböschung näherte, warf Coyne, der zur Sicherheit immer mit ihm auf einer Höhe blieb, mit Steinen nach ihm und stieß ihn mit seinem Schläger zurück. Und dann ging Bran unter. Coyne schaute vom Ufer aus zu und empfand plötzlich Mitleid mit dem unschuldigen Tier. Vielleicht auch mit O Maolbheannaigh, der ohne seinen Gefährten der einsamste Schweinehund Irlands wäre. Coyne war ganz elend zumute. Er versuchte, den Hund zu retten, watete in das brackige Wasser und wäre fast selber untergegangen, aber es war zu spät, denn der leblose Körper des Hundes trieb bäuchlings den Fluß hinab, die Schnauze weit offen und die Zähne in Agonie gebleckt. Coynes Gerechtigkeit.

Carmel saß zeichnend im Bett, und das kratzende Geräusch des Bleistifts marterte Coynes Hirn. Er stand am Fenster, blickte über die Gärten und sah Mr. Gillespie nebenan in der Dunkelheit Golf spielen. Der winzige Garten, in dem sein Nachbar das Eisen schwang, wurde nur vom Licht der Küchenlampe erleuchtet. Nach jedem Zischen des Schlägers folgte ein leises Plock, mit dem der Plastikball hinten gegen die Mauer prallte.

Gillespie, du bist schon ein trauriger Fall. Trägst du jetzt die Irish Open in deinem Garten aus? Armer Irrer. Hältst dich wohl für Bernhard Langer, wie?

Carmel zeichnete unverdrossen weiter. Der Digitalwecker zeigte 12:12. Immer wieder fiel sein Blick auf solche Doppel-Zahlen, und Coyne glaubte verrückt zu werden, umgeben von all diesen kleinen Zeichen vorstädtischer Melancholie. Sein Leben bestand nur noch aus Zischen, Plocken, Kratzen und dem Geräusch der Wasserspülung. In Momenten wie diesen wurde Coyne bewußt, wie sehr einen Geräusche vereinnahmen konnten. Die Wahrzeichen seines Heims. Und alles nur wegen dieser verdammten Malerei. Sie war genauso schlecht wie der nächtliche Golfer nebenan. Jede Nacht hockte sie mit ihrem Skizzenblock im Bett und kratzte wie ein Hühnchen drauflos, während Coyne langsam in den Schlaf sank. Obstschalen, Blumenkörbe, Bäume, Kindergesichter – das ganze Haus war inzwischen mit ihren Bildern übersät. Alles mußte in der Kunst verewigt werden, als ob es in Gefahr wäre, sich sonst zu verflüchtigen. Und wie oft hatte sich Coyne im letzten Monat die Geschichte von Matisse anhören müssen, der sich nicht einmal die Früchte leisten konnte, die er malte. Wie er in einem kalten Studio gemalt hatte, weil er Angst hatte, die Früchte würden bei Wärme faulen. Wieder sah er, wie Mr. Gillespie den Plastik-Golfball auf dem Rasen plazierte, sich seitlich aufstellte und in seinem Fliegenschiß von Garten ausholte.

»Alle spinnen nur noch vom Golf«, brummelte Coyne, ohne daß Carmel, die gerade einen fabelhaften Einfall hatte, darauf reagierte.

»Was hältst du davon, wenn ich dich male, Pat?«

»Das soll wohl ein Scherz sein?«

»Bitte, Pat. Tu mir den Gefallen.«

»Wie, in dem Aufzug?« Er wollte schon einwilligen, obwohl er nur seine Boxershorts und eine Weste anhatte.

»Aber nein, du Dummchen.«

»Du meinst in meiner Uniform?«

»Nein, Pat. Als Akt, ohne was an.«

»Niemals«, entfuhr es Coyne, während er sich zu ihr umdrehte. Das könne sie sich gleich aus dem Kopf schlagen. Unter keinen Umständen würde er sich für ihr ständig wachsendes Kunst-Archiv hergeben. Er würde sich nicht auf der Leinwand einsperren lassen. Und schon gar nicht im Adamskostüm. Egal, wie er in der Realität zurechtkam, er würde sich ganz bestimmt nicht als verdammtes Kunstobjekt verewigen lassen.

»Vergiß es, Carmel. Du bist schon weit genug gegangen. Die Malerei ist dir zu Kopf gestiegen, Liebes.«

Ihr Kunstlehrer, Gordon Sitwell, meinte, Carmel sei ausgezeichnet. Woche für Woche beobachte er ihre großen Fortschritte.

»Sie machen sich sehr gut, Carmel. Ich glaube, Sie haben echtes Talent.«

Am Ende des Kurses, als die meisten anderen Schüler bereits gegangen waren und Carmel ihre Utensilien einpackte, stützte sich Sitwell auf einen Tisch und sagte, er wolle noch mit ihr reden.

»Ich bin beeindruckt von Ihrer Arbeit.«

»Vielen Dank«, sagte sie. Aber sie würde sich nicht erlauben, allzu geschmeichelt zu sein. Sie war eine verheiratete Frau mit drei Kindern, die sich davor fürchtete, bei ihrer Kunstbegeisterung das Augenmaß zu verlieren.

»Und Sie haben auch nicht mehr so viele Farbkleckser auf der Nase«, witzelte er. Instinktiv strich sich Carmel mit dem Handrücken über die Nase.

»War nur ein Scherz«, sagte Sitwell. »Ich glaube aber tatsächlich, Sie haben Talent. Sehen Sie sich nur Ihre Himmel an. Sie haben so etwas ... Emotionales.«

»Ich habe nie zuvor ernsthaft gemalt«, sagte sie. »Nur mit den Kindern zu Hause. Sie wissen schon, Wachsmalstifte und so weiter.«

Sitwell war enttäuscht. Ihm mißfiel es, wie sie ihr Talent herabsetzte. Er wollte, daß seine Schüler Großes von sich dachten. Sie sollte all die emotionalen häuslichen Bindungen sprengen, die den freien Ausdruck ihrer Persönlichkeit behinderten.

»Sie sprechen die Sprache der Farbe«, sagte er. »Ich leite hin und wieder einen Workshop. Nur für die wirklich Talentierten, versteht sich. Ich glaube, Ihnen würden Porträts und Körper sehr liegen.«

»Ein Workshop«, stammelte Carmel.

»Denken Sie darüber nach. Sie könnten Karriere machen.«

»Oh, nein, Mr. Sitwell. Ich bin doch bloß Hobby-Malerin.«

Vielleicht hatten die anderen recht. Coyne brauchte eine Ruhepause. In den nächsten Wochen versuchte er, die Dinge gelassener zu sehen, sich intensiver um seine Familie zu kümmern. Er wollte zu Hause alles wieder ins Lot bringen. Als sein alter Zechkumpan Vinnie Foley ihn anrief, verschob er ihre Sauftour auf unbestimmte Zeit. Die meisten seiner alten Freunde hatte er aus den Augen verloren, oder sie waren aus

Dublin fortgezogen. Zwar ging er gelegentlich noch ein Bier trinken, lebte aber ansonsten ganz für seine Arbeit und seine Familie. Vinnie Foley arbeitete inzwischen bei einer Werbeagentur. »Das also ist aus uns geworden«, sagte Vinnie, bevor er in seinen endlosen Werbe-Monolog verfiel. Man konnte ohnehin schlecht mit jemandem reden, der das Leben als einen ständigen Kampf um Marktanteile betrachtete.

Coyne hatte zuviel zu tun. Er mußte sich um die Sicherheit seiner Mutter kümmern, die draußen am Stadtrand lebte. Seine Schwester war in England. Sein Bruder Jim lebte auf dem Land. Also blieb es Coyne überlassen, sie zu beschützen. Er fuhr zu ihr raus und brachte Drahtgitter vor den Parterre-Fenstern auf der Rückseite des Hauses an. Er hatte plötzlich das Gefühl, seine Mutter schwebe in großer Gefahr und könne überfallen werden. Mittlerweile blieb sie den ganzen Tag im Haus und sah fern. Nachdem er die Hintertür mit einem massiven, häßlichen Riegel gesichert hatte, fühlte er sich besser. Er verließ sein Elternhaus mit dem beruhigten Gewissen, seine Mutter sicher verbarrikadiert zu haben, wie die *Sean Bhean Bhocht*, das alte Mütterchen Irlands, belagert und eingekerkert von starren Drahtgittern.

Coyne fühlte sich ganz Herr der Lage. Im Kreis seiner Familie erlebte er Momente tiefster Verbundenheit. Eines Tages ließ er sie alle in den Wagen steigen und verkündete, er wolle ihnen eine Portion Pommes frites spendieren. Jennifer und Nuala saßen giggelnd auf der Rückbank des Escort und berührten sich mit den Zungenspitzen, bis Carmel sie anherrschte, das sei widerlich. Die Pommes-frites-Bude in der Nachbarschaft hatte geschlossen, so daß Coyne einfach ziellos weiterfuhr.

»Links oder rechts?« fragte er vor jeder Straßenkreuzung, worauf alle wild durcheinanderredeten, bis sie schließlich weit draußen in Bray in einem Vergnügungspark am Meer landeten. Sie kauften Pommes frites und fuhren Autoscooter. Carmel und Jennifer gegen Coyne und Nuala. Jimmy fuhr allein. Sie waren die einzigen Besucher und hatten die ganze Bahn für sich. Jimmy fuhr lauter Achten, betrachtete dabei die Funken oben im Gitterkäfig und verursachte ständig Kollisionen. Nualas Pommestüte segelte im hohen Bogen durch die Luft, und sie fing an zu weinen. Die ganze Bahn war mit plattgefahrenen Pommes frites übersät. Carmel lachte wie noch nie, während ihr Kopf nach hinten gerissen wurde und ihre Haare wie in einer Shampoo-Werbung wild durch die Luft wirbelten.

Coyne hörte ausnahmsweise nichts weiter als den Lärm des Autoscooters, der Video-Spiele und des Kamel-Rennens. Keine inneren Stimmen, die ihm einflüsterten, irgendein hochgestecktes Ziel anzustreben. Er lächelte der Frau in der Wolljacke zu, die in ihrer Glaskabine hinter aufgetürmten Tenpenny-Münzen saß. Über dem Ganzen schwebte die Melodie eines Pop-Songs wie eine weiche Wolldecke, löschte Vergangenheit und Zukunft aus und vermittelte nur ein Gefühl von Wärme, Liebe und grenzenloser Lebensfreude. *Can't live, if livin' is without you – Can't live, can't live any more.* Coyne hatte das Bewußtsein verloren. Er gab sich seinen Gefühlen hin, überwältigt von dem einen großen Wunsch, für immer in dieser Comic-Blase des Glücks zu schwimmen.

Dann gingen sie weiter zum Wurfstand, wo die ganze Familie bunte Bälle in einen roten Mülleimer warf, aus dem alle paar Sekunden eine Wollkatze herausschaute. Die halbleeren Pommes-frites-Tüten in die Jackentaschen gestopft, hob Coyne eine Handvoll Bälle nach der anderen auf, um die Punkte für ein Freispiel zusammenzubekommen und immer weiterspielen zu können, Spiel um Spiel. Jimmy war stolz auf den Ernst und die Entschlossenheit seines Dads. Jennifer und Nuala warfen sich hin und wieder gegenseitig einen Ball zu.

Und Carmel lehnte nur kraftlos an der Brüstung und krümmte sich vor Lachen.

»Was hältst du davon, wenn wir ein paar Tage wegfahren?« fragte er sie abends, als sie wieder zu Hause waren. Er hatte schließlich den Mut gefunden, sie zu fragen, und sie blickte ihn ungläubig an.

»In den Westen. Mal abschalten. Nur wir zwei.«

»Wie Frischverliebte?« Sie lachte.

»Eine Art Herbstferien. Ich dachte, wir sollten versuchen, öfter mal gemeinsam wegzufahren.«

»In den Westen. Großartig«, sagte sie.

Carmel hatte bereits begonnen, sich ihren Ausflug als eine große Kunst-Exkursion auszumalen, die ihr Gelegenheit bieten würde, im Freien zu arbeiten. Berge, Küste und Meer, vorausgesetzt, es würde nicht regnen. Er überließ ihr die gesamte Planung. Sie rief im Reisebüro an und fragte nach einem billigen Hotel. Außerdem kaufte sie sich eine Staffelei, damit sie den Sonnenuntergang über der Bucht von Galway malen konnte.

Und dann ging's los. An einem späten Freitagmorgen winkte ihnen Mrs. Gogarty zum Abschied, und Carmel und Pat fuhren davon. Die Kinder hatten sie mit Süßigkeiten und versprochenem neuen Spielzeug bestochen. Der letzte Ton der Autohupe hatte geradezu etwas Endgültiges.

Auf der Fahrt lief eine Blues-Kassette. Es war das erste Mal seit Jahren, daß Coyne und Carmel gemeinsam Musik hörten. Mein Gott, warum waren sie nicht früher darauf gekommen? Wie grün alles war. Sie hatten ganz den Kontakt zur Natur verloren. Carmel glaubte, auf Kühe aus Pappmaché zu blicken. All die vertrauten Orte aus Tramper-Tagen – Newland's Cross, Maynooth, Kinnegad. Sie fuhren westwärts, der Sonne entgegen. In Gedanken sahen sie bereits den Atlantik blau aufblitzen wie ein Hologramm vergangener Fahrten. In Athlone aßen sie zu Mittag, und auf dem letzten Teil der Strecke verwandelte sich Carmel in einen Teenager. Sie giggelte und sang lauthals die Lieder im Radio mit. Als sei ihr das Glas Wein beim Essen zu Kopf gestiegen, versuchte sie, auf dem Vordersitz zu tanzen, indem sie ihre Schultern hin- und herschob. Sie fühlte sich sonderbar glücklich; ein Glück jenseits ihrer wildesten Träume.

In ihrem Hotel in Galway entschuldigte sich der Mann am Empfang für die Renovierungsarbeiten. Überall lag Staub, und wo die Abdeckfolie sich verschoben hatte, waren auf den Teppichen die Fußabdrücke der Handwerker zu sehen. An einigen Stellen waren ganze Wände eingerissen, anderswo neue aus Gipskarton hochgezogen worden. Nur die Bar war unverändert geblieben. Das Fenster im Speisesaal war mit einer dicken Sperrholzplatte vernagelt.

Sie wurden durch ein Labyrinth von Korridoren und Treppenaufgängen geleitet, die mal hoch, mal runter und dann wieder hoch in einen Anbau führten, der noch nicht fertig war. An einigen Stellen fehlte sogar das Dach. Es roch penetrant nach Farbe und Bitumen. Überall hämmerten und pfiffen die Handwerker. Ein Schild im Flur bat im Namen der Hotelleitung um Entschuldigung für die Unannehmlichkeiten. Direkt daneben hing der goldfarbene Druck eines Kindes, das mit einem Kätzchen spielte und mit dem offenbar das Gefühl von Gastlichkeit wiederhergestellt werden sollte. Alles war mit einer dicken Staubschicht überzogen. Am Ende des Gangs wurden sie in ihr Zimmer geführt, das auf den Fluß Corrib hinausging. Der Geruch der frischen Farbe war schwindelerregend, und an der Wand hing ein neues Gemälde, auf dem Pferde bei Nacht durch einen Canyon galoppierten. Das Badezimmer war rosa. Mit seinem Garda-Tick für die genaue Uhrzeit registrierte Coyne, daß der allgegenwärtige Digitalwecker 4:44 anzeigte. Wir wünschen einen angenehmen Aufenthalt.

»Das ist eine verdammte Baustelle, Carmel.«

»Ist doch egal, Pat. Wir haben fünfundzwanzig Prozent Nachlaß bekommen.«

Carmel warf sich quer aufs Bett. Vor dem Fenster liefen Männer vorbei und stiegen polternd die stählerne Feuertreppe hinab. Coyne zog die Vorhänge zu und tauchte den Raum in das gelb-grüne Licht eines tropischen Waldes. Die Bettdecke war mit einem Muster aus Apfelblüten und roten Äpfeln bedruckt. Über ihnen hämmerten die Arbeiter und verschoben pfeifend und lachend Dachpappen und Sperrholzplatten. Die Aussicht auf den bevorstehenden Feierabend und das Bier im Pub schien ihre Anstrengungen zu beflügeln.

»Na los, Cowboy«, sagte Carmel.

Coyne zeigte nach oben in Richtung des Publikums. Aber sie zog ihn zu sich aufs Bett. Im nächsten Moment zerrte sie an seiner Hose, so daß er zuerst dachte, sie suche in den Taschen nach Kleingeld. Dann zog sie ihr Kleid hoch, um ihm zu zeigen, daß sie auf der ganzen Fahrt von Dublin her keinen Slip getragen hatte. Und bei der Ankunft in Galway war ihr der Atlantikwind um die Hüften gepfiffen. Was, wenn ein Windstoß ihr Kleid hochgehoben hätte vor dem Hotel, als sie aus dem Wagen stieg? Wollte sie das ganze Wochenende so rumlaufen, bis sie auf dem Eyre Square von einer mächtigen Bö gepackt und wie ein umgestülpter Regenschirm dastehen würde, den Blicken der gesamten Westküste freigegeben? Aber es hatte keinen Zweck, jetzt etwas zu sagen, weil draußen jemand einen Steinbohrer angesetzt hatte, dessen Lärm alles übertönte. Sie begann, ihn zu küssen. Im Lärm des Hämmerns und Sägens und lauten Rufens liebten sie sich. Ausgestreckt auf der Apfeldecke, zog sie ihn über sich. Ihre Zunge erstickte ihn fast, während ihre Hände seinen Hintern herabdrückten. Und alles vor den Augen des gesamten Bautrupps. Soviel Raserei und entfesselte Leidenschaft an einem Freitagnachmittag. Der Lärm um sie herum befeuerte ihren Liebesrausch. Sein Atem klang wie der eines Arbeiters, ihre Schreie vermischten sich mit denen der Männer auf dem Dach, die über ihnen die letzten Nägel vor dem Feierabend in die Holzplanken trieben.

Der Lärm dröhnte in ihren Ohren und sie sanken in den Schlaf. Ein tiefer Nachmittagsschlaf, aus dem sie nie mehr erwachen würden. Sie konnten genausogut tot sein. Kein Lärm der Welt konnte sie aus der satten Benommenheit ihres liebestrunkenen Schlummers reißen. Erst nachdem die Handwerker gegangen waren, erwachte Coyne aus seinem Koma, schweißgebadet und in panischer Angst, man habe ihn in völliger Leere zurückgelassen. Nie zuvor hatte er eine so vollkommene Stille erlebt.

Als Carmel erwachte, sah sie Coyne nackt und mit nassen Haaren am Fußende des Bettes sitzen; er rieb sich den Rükken mit einem Handtuch ab. Er war gerade aus der Dusche gestiegen. Sie beugte sich vor und gab ihm einen Klaps auf den Hintern.

»Da war ein nackter Mann in meinem Zimmer, Euer Ehren«, sagte sie lachend und verschwand im Badezimmer, bevor sie eins mit dem Handtuch abbekam.

Pat Coyne war der komplizierteste Mann Irlands. Auf seinem Gesicht lag der leicht besorgte Ausdruck eines Mannes mit unbestimmter Mission. Er war kein Spinner. Er wartete auf eine Krise, ein apokalyptisches Geschehen, das ihm zu seinem großen Auftritt verhelfen würde. 1916 hätte ein gutes Jahr für ihn sein können, aber er war ein halbes Jahrhundert zu spät zur Welt gekommen und wartete nun auf das nächste größere Ereignis. Die Selbstgefälligkeit seiner Landsleute widerte ihn an; als könnte ihr Scherzen und Lachen das Desaster verbergen, das unter der Oberfläche lauerte. Carmel hatte von Anfang an erkannt, daß er sich vorgenommen hatte, die Welt in Ordnung zu bringen.

Darüber hinaus war er ein unbelehrbarer Dickschädel und steckte voller Widersprüche. Ständig hielt er einem Vorträge, wie man sich zu verhalten hatte, bis zu den kleinsten Details, ob man beispielsweise Wäscheklammern aus Holz oder aus Plastik kaufen sollte. Er gehörte zu der Sorte Männer, die einen daran erinnern, in welchem Gang man gerade fährt, oder einem ausführlich den kürzesten Weg von A nach B erklären. Die einerseits die Waschmaschine reparieren, als hätten sie es mit einem Fall von gebrochenem Herzen zu tun, andererseits aber mit der Kälte eines Gynäkologen die Knöpfe deiner Bluse lösen, um mittendrin anzuhalten und das Design deines BH-Trägers zu bewundern.

Trotzdem war er ein liebenswerter Kerl. Und er hatte auch seine zarten Seiten. Ein echter Gentleman, der sich nur zu rasch von anderen Leuten irgendwelche Flöhe ins Ohr setzen ließ. Ihr Mann, der sie beschützte und umwarb wie ein Ritter aus vergangenen Zeiten.

Er fürchtete sich jedoch vor Zärtlichkeiten. Als ob zärtliche Gesten immer etwas Progressives seien und nur einem bestimmten Ziel dienten. Die körperliche Liebe war eine Sache, aber Zärtlichkeit hatte etwas Bedrohliches. In Irland spielten Körperkontakte nicht gerade eine große Rolle. Die Leute berührten einander mit Worten. Oder mit Liedern. Oder Witzen. Die Art verbaler Intimität von Insulanern. Und Coyne war wahrlich kein Fummler, oder Stellungsspezialist, oder sonst eine Sorte Schlafzimmerheld. Seine Vorstöße kamen in Form von Ideen. Gedanken. Beobachtungen. Statements zur Lage der Umwelt. Projektionen in die Zukunft. Er berührte sie mit Worten und den Pausen zwischen den Worten.

In gewisser Weise heiratet man nicht bloß eine Person, sagte Carmel immer. Man heiratet einen Ort, eine Zeit, eine Reihe von Pop-Songs und weltgeschichtlichen Ereignissen, die einen schließlich zu einer bestimmten Person führen. Man hat seine Clique geliebt, seine Stammpubs, die Cafés, den Bogen in Stephen's Green und den Taxifahrer, der einen einmal zum halben Fahrpreis mitgenommen hat. Damals hatte man ein Gruppenbewußtsein. Sie erinnerte sich an die Kleider, die Art, wie sie ihr Haar trug, die klobigen Plateauschuhe, die Ausdrücke, die alle zu der Zeit benutzten. Die Witze, die Wiederholungen und Vinnie Foleys Geschichten, in denen sie alle wie die Figuren einer Seifenoper auftraten. Billy Burkes rätselhaftes Lachen. Der Wagen von Deirdre Claffeys Vater. Und Pat.

Sie war bei Pat hängengeblieben, hatte einen Garda geheiratet. Ein guter Ehemann. Hätte sie ihrem Ehrgeiz nachgegeben, wäre sie mit Vinnie Foley ins Verderben gerannt. Es hatte einige Zeit gedauert, bis sie ihr Glück erkannte. Auch wenn sie nach wie vor jenem Kollektiv-Gefühl nachhing, jenen Songs, die sie damals gehört hatten, den Seen von Ponchartrain, den Rolling Stones, sogar den Bee Gees, so war sie inzwischen zum Individuum gereift. Jemand mit einer Biographie. Erst Jahre später, mit drei Kindern und einer einzigartigen Erinnerung, hatte sie daran gedacht, etwas nur für sich zu tun. Und sie würde es nicht zulassen, daß dieser Augenblick, in dem nur sie allein zählte, der Familie geopfert wurde. Sie war entschlossen, Künstlerin zu werden.

An diesem Abend saßen beide beim Dinner in einem Restaurant in Galway, als seien sie ganz an den Anfang zurückgekehrt, zu dem Moment, als sie das erste Mal zu zweit auswaren. Ein gefährlicher Moment. Die Stille, die die Handwerker hinterlassen hatten, klingelte immer noch in ihren Ohren.

Sie entschied sich für das Hähnchen Butler Yeats, knusprig-goldbraun in Paniermehl gebraten. Coyne explodierte fast, als er Steak Bernard Shaw auf der Speisekarte entdeckte; er ließ sich lang und breit über die Ignoranz der Hotel-Leitung aus, bis Carmel ihn bat, sich zu beruhigen. Schließlich waren sie auf einer Urlaubsreise. Und wen kümmerte es schon, daß Shaw Vegetarier war.

Carmel schob die letzten Krümel ihrer Schokoladentorte auf ihrem Teller herum, während Pat ihr einen Vortrag über das allgemeine Konsumverhalten hielt. Er überschüttete sie mit einer Flut von Zahlen. Ob sie wisse, wie viele Flaschen Cola pro Kopf in Irland getrunken würden. Ob sie wisse, daß in Nordirland mehr Coke getrunken würde als im Süden. Er näherte sich dem Fazit, seiner Vision der Zukunft. Alles lief auf einen Kataklysmus, auf eine globale Verschmutzung hinaus – also auf das Ende der Welt. Aber er legte einen solchen Enthusiasmus und soviel Hingabe in seine Vision des Weltuntergangs, daß Carmel die Worte wie Liebesgeflüster vorkamen. Wenn das Universum in diesem Augenblick zum Stillstand käme, würde Pat Coyne sagen: ›Und, hab ich's dir nicht immer gesagt, Carmel?‹

»Ist dir bewußt, was sie alles in die Seen pumpen?« fuhr er mit glänzenden Augen fort. »Und ins Meer? Sieh dir nur die irische See an, voll mit Nuklearmüll.«

»Pat, kau jetzt nicht auch noch die ganze Ökologie-Debatte durch.«

Coyne schenkte Wein nach.

»Sieh dir das Schwarze Meer an«, sagte er. »Eine Kloake voller Dreck und Schmiere, wie eine zähe Suppe, in der dicke Klumpen schwimmen. Tote Pferde und dergleichen. Treibende Inseln aus Unrat.«

»Bitte, Pat. Wir essen grade.«

»Die Welt ist im Arsch, Carmel. Ich sag's dir.«

Carmel sah bezaubernd aus. Sie trug eine Perlenkette, die sie von ihrer Mutter geliehen hatte. Ihr Haar hatte sie hinten mit einer Spange hochgesteckt, vor der die Kinder Angst hatten, weil sie Haifischmaul dazu sagte, sie auf und zu schnappen ließ wie ein Gebiß und sie damit durchs Schlafzimmer jagte. Das Kerzenlicht verlieh ihrem Gesicht eine Art mediterraner Wärme.

Aber Coyne redete in einem fort, als hätte er einen Schuhkarton auf dem Kopf. Er warnte vor riesigen Eisblöcken, die sich in der Arktis gelöst hätten. Irgend etwas war da im Gange. Die Permafrostschicht wurde mit jedem Jahr dünner. Wollte sie wissen, was aus den abschmelzenden Polkappen würde? Regen. Immer mehr Wolken und immer mehr Scheiß-Regen. Und das ganze Zeug käme genau über Irland runter, ohne Scherz. »Ich sag's dir, Carmel«, beschwor er sie, während die Macht seiner Prophezeiung sich wie ein düsterer Bann über sie legte, »wir haben bald eine neue Sintflut. Warte nur, bis das Wasser bei uns an der Türschwelle steht.«

In einer Geste der Kapitulation angesichts des unausweichlichen Untergangs bestellte Coyne zwei Brandys. Ein Zeichen, daß er alle Hoffnung aufgegeben hatte.

»Und doch ist der Tag nahe«, setzte er seinen Vortrag nahtlos fort, »an dem Wasser alles bedeutet. Wir werden die größte Dürre der Menschheitsgeschichte erleben. Der ganzen Welt wird die Zunge aus dem Hals hängen, und Wasser wird so teuer sein wie Öl. Dann haben wir Iren gut lachen mit unserem vielen Regen.«

Mit triumphierendem Blick lehnte er sich zurück und beschnupperte das exotische Getränk in seinem Glas, als ob er dessen toxischen Gehalt überprüfen wolle. Er dachte an Holzfässer, in denen an der Giebelseite jedes Hauses das Regenwasser aufgefangen würde. Regen-Reichtum. Wasser-Scheiche. In Flaschen abgefüllte Wolken aus Croke Patrick, die an Touristen verkauft würden. Der vage Gedanke zukünftigen Wohlstands berauschte ihn. Carmel blickte ihn über den

Tisch hinweg bestätigend an. Sie wartete auf einen geeigneten Moment zum sprechen.

»Pat«, flüsterte sie, »ich bin noch nie so glücklich gewesen.«

»Ja«, sagte er, als habe sie soeben seinen unheilvollen Prognosen zugestimmt.

»Ich kann gar nicht beschreiben, wie ich mich fühle.«

Er reichte ihr über den Tisch seine Hand: »Schon gut, Carmel. Nicht ausgerechnet hier im Restaurant.« Er mußte sich leicht zur Seite neigen, um an der Kerze vorbeizusehen. Er konnte es nicht ertragen, wenn sie weinte, weil er dann selbst ganz rührselig und pathetisch wurde.

»Ich habe etwas Unersetzliches für mein Leben gefunden«, sagte sie mit tränenfeuchten Augen.

»Na klar.«

»Meine Kunst«, brachte sie schließlich hervor. »Die Möglichkeit, kreativ zu sein, hat meinem Leben einen neuen Sinn gegeben, etwas, worauf ich mich freuen kann. Sie gibt mir ein Gefühl der Erfüllung.«

Coyne konnte seine Enttäuschung nicht verbergen. Er blickte über den Tisch des Verrats, zog seine Hand zurück und verschränkte die Arme, um seiner Überraschung Ausdruck zu geben. Es war, als habe sie etwas über das Universum gesagt, das seine Prognose widerlegte, eine verblüffende Enthüllung, die ihm nachwies, daß er sich auf dem Holzweg befand. Die Welt war außer Gefahr, und nur er wußte es nicht.

»Was ist los, Pat. Ich dachte, du freust dich darüber.«

»Carmel, es gibt bereits viel zuviel Kreativität auf der Welt. Das ist ja das eigentliche Übel, es wird zuviel Müll produziert. Dadurch wird alles nur noch schlimmer, glaub's mir.«

»Du verstehst mich nicht, Pat. Ich muß etwas für mich tun. Ich bin nicht der Typ, der den ganzen Tag zu Hause hockt und Blätterteigröllchen oder Soufflés backt. Ich kann mein Talent nicht darauf verschwenden.«

Coyne nutzte die Gelegenheit, die Rechnung zu bezahlen. Der Höhepunkt einer romantischen Illusion, zerplatzt wie eine Seifenblase.

»Du hast bloß Angst, ich könnte was aus mir machen«, sagte sie ihm unvermittelt ins Gesicht, aber Coyne hörte schon nicht mehr zu. Er war mit Plänen für eine leuchtende Zukunft beschäftigt. Eine Welt ohne Veränderungen, in der jeder er selbst sein konnte und sich nicht kreativ zu betätigen oder seine Mitmenschen auf der Leinwand festzuhalten brauchte.

Auch im Hotel hielt Coynes Höhenflug neuer Ideen weiter an, und er stellte ihr plötzlich eine absurde Frage. Warum sollten sie nicht mit der ganzen Familie in den Westen ziehen, in ein Gaeltacht, wo die Kinder Irisch sprechen würden und Teil des richtigen Irlands wären? Er würde rasch befördert und ein gefeierter Connemara-Bulle werden, in Nah und Fern berühmt bei den einfachen Leuten; eine Art Edelmann des Westens. Dort draußen in der rauhen Natur hätte sie kein Bedürfnis nach diesem ganzen Kunst-Theater. Sie würden sich an der Schönheit der steinigen Landschaft erfreuen und zwischen Moor und Himmel ein genügsames Leben führen. Mehr nicht. Vielleicht würden sie ein paar Lieder lernen. Und dann wäre da noch das Geschäft mit dem Wasser. Ganz bestimmt würden sie etwas mit Wasser aufziehen.

Aber Carmel starrte ihn bloß an, als hätte er sie zu einer sexuellen Perversion aufgefordert.

»Bei dir muß irgendwo eine Sicherung durchgebrannt sein, Pat, wenn du glaubst, ich würde hierbleiben und dieses Kauderwelsch sprechen.«

Sie mußte erneut lachen und nannte ihn einen Teddybären. Sie kicherte hysterisch, während er todernst blieb. Irgend etwas in ihrer Ausgelassenheit zielte geradewegs ins Herz seiner düsteren Vision. Als ob ihr Lachen den Weltuntergang schneller herbeiführen würde, als er sich ausgerechnet hatte. Er konnte beim besten Willen nicht erkennen, was daran so lustig sein sollte. Sein ganzer Vortrag war umsonst.

Carmel warf sich aufs Bett und wippte auf und nieder. Sie führte sich auf wie ein Kleinkind, nicht wie eine Mutter. Als sie das Radio neben dem Bett einschaltete, sang Daniel O Donnell *Whatever happened to oldfashioned love*. Sie hopste auf der Bettdecke mit den zusammengewürfelten Jahreszeiten herum, als liefe sie mit wehendem Haar über ein Feld. Ihr Blick fiel auf das weißgerahmte Bild über dem Bett, und sie hatte das Gefühl, mit den Pferden durch den im Mondlicht blau leuchtenden Canyon zu galoppieren. Coyne war das Pferd, das sich abgesondert hatte, das in eine andere Richtung strebte, einem magnetischen Impuls folgend, dem er allein Beachtung schenkte.

»Jetzt reiß dich zusammen, Carmel«, sagte er.

Aber es war zwecklos, mit ihr reden zu wollen. Sie war betrunken und aufgekratzt. Er hatte ihr seine verrückte Umzugsidee im denkbar ungünstigsten Moment unterbreitet, denn sie hatte darauf nur mit einer mäßig erotischen Tanzeinlage reagiert, trotzig gelacht und ihm ihren neuen, flaschengrünen Slip mit weißer Spitze präsentiert. Er starrte ihn an wie eine Plastiktüte aus dem Supermarkt. Doch er war absolut nicht in Einkaufslaune, verleugnete seinen Instinkt und trabte davon, einem anderen Mond entgegen.

»Du kannst nichts wirklich ernst nehmen, wie?« sagte er in barschem Garda-Ton.

Ihre Hüften vollführten kreisende Bewegungen, die jeder musikalischen Logik spotteten. Sie zog einen Schmollmund, entblößte ihre Schulter und blickte ihn mit der gespielten Unschuld eines Playmates an. Ein groteskes Sex-Häschen, dessen lustvolle Blicke nur komisch wirkten, eine Mischung aus tiefem Vertrauen und tiefem Argwohn, aus Haß und Liebe, während sie ihren nächsten Lachanfall nur mühsam unterdrücken konnte.

So lange wollte Coyne nicht warten. Er hatte genug und öffnete abrupt die Tür. Er sagte, er müsse sich die Beine vertreten, um einen klaren Kopf zu bekommen. Sie sah ihm mit leerem Blick nach – als würde ein Song im Radio langsam ausgeblendet. Sie war zu weit gegangen, und es schien fast so, als wollte er sich jetzt gleich nach einer Hütte oder einem leerstehenden Cottage umsehen, um dort den Rest seiner Tage zu verbringen.

Hatte sie ihn mißverstanden? Hatte sie seiner unbarmherzigen Vision denn nicht anerkennend zugestimmt? Dieser rabenschwarze Pessimismus war wie ein Glaubensbekenntnis, wie ein halsstarriger Vertrauensbeweis ihrer Liebe. Das ganze Gerede von einer bevorstehenden Katastrophe und die irrationale Sehnsucht nach einem einfachen Leben im Westen war letztlich nur der Versuch, die Verbindung zu jener Nacht nicht abreißen zu lassen, als sie sich in der Öffentlichkeit zum ersten Mal geküßt hatten, am Ende der Grafton Street, während alle anderen dem letzten Bus hinterhergerannt waren. Den einen Fuß in der Luft, mit dem anderen auf Zehenspitzen. Coyne hatte sich immer mehr auf die Idee eines notwendigen Endes versteift und alle Vorgänge, die nie aufhörten und in alle Ewigkeit wiederholt wurden, als sinnlos erachtet. Seiner fiebrigen Logik nach durfte es nie ein zweites Mal geben. Die Dinge mußten zu einem Ende geführt werden.

Es hatte angefangen, wie aus Eimern zu schütten. Er wurde naß bis auf die Haut, als er in seinem teuren Jackett durch die engen Straßen Galways schlurfte. Jetzt zum Hotel zurückzukehren und seinen Mantel zu holen, hätte wie ein versöhnliches Zeichen der Hoffnung gewirkt. Sein Haar klebte ihm am Schädel, Regen stach ihm in die Augen. Kühle Rinnsale liefen über sein Gesicht und sammelten sich im Nacken. Er prustete kleine Wasserfontänen von der Nasenspitze. Das Wasser spritzte unter seinen Schuhen. Erschrocken sprang er zur Seite, als er ein engumschlungenes Pärchen im Schutz eines Hauseingangs überraschte. Der Regen trieb die Menschen in Irland einander in die Arme, während Carmel im Hotel bereits im Bett lag, das Gesicht ins Kopfkissen gedrückt, und weinte.

Coyne hatte recht mit dem Regen. Die Straßen hatten sich in reißende Flüsse verwandelt, und es schien gerade so, als hätten die Dinge sich dem notwendigen Ernst der Situation angepaßt. Die Menschen hatten sich vor der steigenden Flut in Sicherheit gebracht, während das wütende Prasseln des Regens auf dem Pflaster seine Prophezeiung bestätigte. Alles am Regen war eine einzige Abwärtsbewegung hin zu einem fulminanten Ende. Er betrachtete das Fischgrätenmuster des Sturzbachs, der den Rinnstein hinab zum Strand schoß, einer vollgesogenen Fußmatte. Ein Wagen, dessen Fahrer weit nach vorn gebeugt hinterm Lenkrad saß und zwischen tanzenden Wischblättern hindurchspähte, fuhr zischend an ihm vorbei. Der Regen fiel schräg im Licht der Scheinwerfer, der Straßenlaternen und schmaler, erleuchteter Schlafzimmerfenster. Er fiel auf die Ebenen von Connemara und auf die Aran-Inseln. Der Corrib war über die Ufer getreten, und Coyne stand auf der Brücke der Verzweiflung und starrte auf die wild dahinschießende Flut, als bedeute sie seine Rettung.

Drummer Cunninghams Bild war in der Zeitung. Gleich neben der Schlagzeile des Tages – Bauern kritisieren Taoiseach – grinste er auf irgendeinem Wohltätigkeitsfest, wo er zum bestgekleideten Mann gewählt worden war, in die Kamera. Coyne entdeckte das Bild am Tag seiner Rückkehr aus Galway. Das irische Rechtssystem kam ihm wie ein Flugzeug vor, das bei dichtem Nebel gegen einen Berg geprallt war. Einer seiner größten Widersacher lief frei herum und heuchelte im schicken Zweireiher Ehrbarkeit. Das mildtätige Gesicht Berti J. Cunninghams: Wohltäter, Helfer der Blinden, ein Mann von Format und Besitzer des *Fountain Club*, seiner neuen Geldwaschanlage. Über Nacht war er zu einer Berühmtheit geworden, die für das Gesetz nicht mehr übrig hatte als ein breites Grinsen, das eher einem aufgeschlitzten Buspolster glich.

Wer Drummer jetzt aus dem Verkehr zog, würde zur Legende werden. Ein aufrechter Patriot unserer Tage. Hauptkommissar Molloys Methoden waren dilettantisch. Er brachte nicht mehr zuwege, als wutentbrannt durch sein Büro zu hopsen wie irgendein neuer Rap-König, dabei rhythmisch mit den Armen zu fuchteln und unentwegt zu wiederholen: »Den Gardai sind die Hände gebunden.« Warzenkiller, du hast ja so einen Schiß.

Dabei konnte auch Coyne nicht viel tun. Wie ein verdammter Astronaut war er in seinem Streifenwagen gefangen, während McGuinness ihm die Aufnahmegebühren sämtlicher Golf-Klubs runterleierte und alles unternahm, ihn zum Eintritt zu bewegen. Der Garda-Klub in Stackstown war gar nicht so übel. Was sie allerdings bräuchten, wäre ein Klub mit Flutlichtanlage für Leute im Schichtdienst. Wer einen Vierundzwanzig-Stunden-Golfplatz eröffnete, konnte sich eine goldene Nase verdienen.

»Als ob jemand aus Kerry auf so eine Schnapsidee käme.«

»Versuch's doch wenigstens mal«, drängte McGuinness. »Es gefällt dir bestimmt.«

Aber Coyne wollte nichts davon wissen. Seine Meinung über Golf war allgemein bekannt; ein Sport für Psychopathen. Er hatte bereits den Entschluß gefaßt, auf Kraft und Schnelligkeit zu setzen. Demnächst würde er sich in der Lungenklinik untersuchen lassen und dann einem Fitneß-Klub beitreten und sich in Topform bringen. Er wollte gewappnet sein, wenn es zum großen Showdown kam.

Drummer schien in seiner neuen Rolle als Geschäftsmann, Wohltäter und Dressman eine besondere Vorliebe für Beerdigungen und Wohltätigkeitsbälle entwickelt zu haben. Der Mann, der früher Kindern auf der Straße Heroin verkauft, Banken überfallen und jeden aus dem Weg geräumt hatte, der seinem Imperium gefährlich werden konnte, gab sich nun das Image eines mustergültigen Staatsmanns. Er tauchte bei Beerdigungen auf, sprach sein Beileid aus und schüttelte Hände. Zahlte großzügig in den Hilfsfonds ein und erschien anschließend beim Benefiz-Konzert für die junge Witwe von Dermot Brannigan. Was konnte zynischer sein als Berti, Naomi, Chief und Mick an einem Tisch in der ersten Reihe, wo sie ihr Bier tranken und haufenweise bunte Lotterielose kauften, um womöglich die Satellitenschüssel zurückzugewinnen, die Drummer als Hauptgewinn gestiftet hatte? Drummer konnte sich ausgesprochen großzügig geben, wenn es galt, zu zeigen, daß er ein Herz hatte.

»Eine Satellitenschüssel im Wert von einhundert Pfund«, verkündete der Conferencier alle zehn Minuten. »Dankenswerterweise gestiftet von Berti Cunningham. Eine Satellitenschüssel im Wert von einhundert Pfund, meine Damen und Herren.«

»Den Rest hab ich nicht so schnell vom Dach losbekommen«, flüsterte Drummer seinen Begleitern diskret zu, und alle lachten.

Ihm gefielen solche kleinen Scherze, und obwohl er sich zumeist ernst und reserviert gab und nicht mehr redete als nötig, war er immer für einen Spaß gut. Er lächelte und wippte zum Takt der Musik mit dem Fuß. Er genoß die ausgelassene Stimmung im Saal und fühlte die Wärme der Menge ringsum, die klatschend auf den Stühlen stand und laut mit der Band mitsang: *Knock three times on the ceiling if you want me.* Welch ein Abend! Drummer tanzte sogar ein paarmal mit den Mädchen von Crazy Prices und verteilte an sie Freikarten für seinen Nachtklub. Danach deckte er sich großzügig mit Eier-Sandwiches und Smithwicks-Bier ein und sah einer Stripperin in schwarzem Leder und Netzstrümpfen zu, die peitschenschwingend zwei Männer auf die Bühne zerrte, die an diesem Tag Geburtstag hatten und einen ziemlich betretenen Eindruck machten.

»Wer sich ziert, bekommt meine Peitsche zu spüren«, sagte sie drohend, während die Männer brav niederknieten und ihre roten Strapse mit den Zähnen lösten.

Es müßte schon eine verdammt starke Frau sein, die Drummer Cunningham dazu bewegen könnte, sich für so etwas herzugeben. Im Grunde seines Herzens war er ein zutiefst verschlossener Mensch. Ihn würde man nicht in aller Öffentlichkeit vorführen. Wer dennoch versuchte, gewaltsam in die VIP-Lounge in seinem Kopf einzudringen, würde dies auf eigene Gefahr tun. Doch die Leute wußten, daß man sich lieber von ihm fernhielt, genauso wie man einem Priester, einem Arzt oder einem Politiker nicht zu nahe trat. Berti Cunningham verfügte über Macht und Einfluß und genoß allgemeinen Respekt.

Selbst die Sonderkommission hatte gelernt, ihn respektvoll zu behandeln. Seine Ex-Frau Eileen beispielsweise ließ sie in Ruhe. Aus Sicherheitsgründen lebte sie mit ihren zwei Söhnen in einer Wohnung in Ballsbridge, wo Berti den glücklichen Familienvater geben konnte, wann immer ihm danach war, etwa zu Weihnachten, zu Ostern, an Geburtstagen oder wenn die Fußballnationalmannschaft spielte. Die beiden Cunningham-Söhne besuchten eine gute Schule, und Berti hatte offenbar die Absicht, den Teufelskreis der Kriminalität zu durchbrechen, in den er selbst hineingeboren worden war. Seine Söhne sollten zu anständigen Bürgern erzogen werden.

Als zwei ältere Detektive einmal versucht hatten, das Apartment genauer unter die Lupe zu nehmen, war ihnen das übel bekommen. Eileen hatte ihren Ehemann angerufen, und Drummer war daraufhin so wütend geworden, daß er umgehend einen Trupp seiner Jungs vorbeigeschickt hatte, um die Situation zu bereinigen. »Das ist nicht zufällig Ihr Wagen da draußen?« hatte Eileen gefragt, woraufhin die Detektive aus dem Fenster geschaut und gesehen hatten, daß ihr Wagen lichterloh in Flammen stand.

Das war ihnen einen Lektion gewesen, Eileens Privatsphäre zu achten. Die Wohnung der Familie war für die Polizei tabu. Genauso wie Bertis Haus in Sandymount für seine Frau tabu war. Nur sein Bruder Mick durfte gelegentlich dort übernachten, oder auch ganz besondere Gäste und Bertis engste Mitarbeiter wie Chief, sowie deren Freundinnen.

Fred war der Überzeugung, Drummer habe sich so perfekt abgeschottet, daß die Sonderkommission zum gegenwärtigen Zeitpunkt nichts unternehmen könne. Er sei im Begriff, seine dunkle Vergangenheit abzustreifen, und habe Freunde in einflußreichen Positionen gewonnen.

»Man muß die Ermittlungen ganz anders angehen«, sagte Fred.

»Klar doch, man könnte sie bitten, einen aufzunehmen.«

»Wir müssen andere Saiten aufziehen, soviel ist klar. Ich hab damals selbst versucht, neue Wege zu gehen, aber die Zeit war noch nicht reif dafür.«

Coyne war gespannt, worauf Fred hinauswollte. Er sah zu, wie er sich in seiner winzigen Nachtwächterkammer Milch in den Tee goß. Danach mußte er sich weiter gedulden, während Fred ein Biskuit-Stäbchen in seinen Tee tunkte und so gemächlich kaute, als könnte er aus der pinkfarbenen Masse einen neuen, großartigen Plan herauspressen.

»Pat, jemand von deinem Schlag müßte die Initiative ergreifen. Wenn es dir gelingt, den Scheißkerl hinter Gitter zu bringen, steht dir eine glänzende Karriere ins Haus. Du mußt dich umtun und ein eigenes Dossier über die Kerle anlegen.«

»Was soll das heißen?«

»Überwach sie, Pat. In deiner Freizeit. Leg dich einfach auf die Lauer und halt die Augen auf. Früher oder später wird sich garantiert was ergeben, ich schwör's dir.«

»Und was ist mit den Grünschnäbeln von der Abteilung zur Verbrechensbekämpfung und dem Drogendezernat?«

»Mach dir um die keine Sorgen«, sagte Fred. »Ich hab da enge Kontakte. Ich weiß zum Beispiel, daß sie die Überwachung auf Eis gelegt haben.«

»Der Chef flippt aus, wenn er davon Wind bekommt.«

»Vergiß Molloy. Der ist blöd wie ein Stück Scheiße. Du kriegst, was du brauchst, Pat. Nicht von heute auf morgen, aber irgendwann. Du mußt nur lange genug dranbleiben. Sieh dich in seinem Nachtklub um.«

»Du meine Güte, Fred. Meine Disco-Zeit habe ich längst hinter mir.«

Coyne wußte schon jetzt, wie es dort aussah. Mädchen in Hot pants, Männer mit Handys und Trauringen in der Tasche. Und beim Einsteigen in den Wagen fragt die Braut: »Was macht denn der Babysitz da hinten?« – »Oh, Scheiße!«

»Du solltest dir den Laden trotzdem mal ansehen«, drängte Fred. »Paß nur auf, daß dich keiner erkennt.«

Statt dessen aber begann Coyne damit, Cunninghams Luxus-Domizil in Sandymount auszuspionieren. Jeden Morgen spazierte er in aller Frühe die Hawthorn Avenue auf und ab und warf einen Blick durch das Fenster von Cunninghams gemütlichem Wohnzimmer: tiptop eingerichtet, von den Lampenschirmen bis zur Blumentapete. Bis eines Morgens Drummer mit seinen Hunden vor die Tür trat. Er hatte seinen Mantel lose über die Schultern geworfen, als sei er Napoleon höchstpersönlich, und marschierte mit den beiden Rottweilern die Straße entlang. Bei den Tieren handelte es sich um wahre Monster, die an ihrer Leine zerrten und Drummer fast hinter sich her zogen, als könnten sie das Abrakebabra auf eine halbe Meile gegen den Wind riechen. Berti rauchte lässig eine Zigarette und riß brutal an der Leine.

»Stehengeblieben, ihr Mistviecher.«

Coyne beschleunigte seine Schritte und folgte ihnen; der Gedanke, seinem Feind als vermeintlich harmloser Nachbar auf der Straße zu begegnen, bereitete ihm ein mulmiges Gefühl. Er wollte einen genauen Blick auf seinen Gegner werfen, in das Weiß seiner Augen sehen, einen Eindruck von seiner Statur bekommen.

Beim Näherkommen war Coyne überrascht, wie klein Drummer eigentlich war. Er sah zwar kräftig aus, aber Coyne hatte ihn sich viel größer vorgestellt. Zudem hatte er einen vollkommen dämlichen Haarschnitt: an den Seiten kurz und hinten lang, wie einer dieser Halbaffen bei der *Wrestlemania*.

Als Coyne nur noch wenige Schritte entfernt war, blieb Drummer plötzlich stehen und öffnete seinen Hosenschlitz. Während die Hunde an einem der Weißdornbüsche ihr Bein hoben, pinkelte auch Drummer in aller Öffentlichkeit, um damit sein Territorium zu markieren und seine tiefe Verachtung für die Bewohner von Sandymount zum Ausdruck zu bringen.

Wie ein normaler, peinlich berührter Nachbar wechselte Coyne auf die andere Straßenseite. Immerhin war ihm ein erster Blickkontakt gelungen. Perfekt getarnt, war er Cunningham unmittelbar gegenübergetreten. Du pißt bald in der Hölle, Berti. Da kannst du mit den Hunden der Unterwelt um die Wette pinkeln und für alle Zeit schmoren, wart's nur ab.

Coyne hatte dem Wort Reform einen neuen Sinn abgewonnen und beschlossen, seinen Körper auf Vordermann zu bringen. Der neue Coyne würde nur noch aus Muskeln und Schnelligkeit bestehen. Er würde sozusagen mit seinem Körper auf Tuchfühlung gehen. Zuvor allerdings brauchte er grünes Licht vom Arzt. Seine Lungen spielten in letzter Zeit nicht mehr recht mit, so daß er sich zur Untersuchung in der Warteschlange vor der Röntgenabteilung des Vincent-Hospitals einfand. Er hatte das Gefühl, wieder in kurzen Hosen dazusitzen, in Begleitung seiner Mutter, und von Bank zu Bank zu rutschen, um endlich dem Onkel Doktor von dem Dinosaurier in seiner Brust zu erzählen. »Was macht denn unsere Bronchitis?« Und Coyne saß da mit seinem röchelnden und hustenden Seehundsgebell, bis ihm die Tränen in die Augen stachen. Mit Lungenflügeln wie ein klammes irisches Cottage, dessen Türen im Wind klappern.

Wieder ging er die gebohnerten Flure entlang, eine pinkfarbene Patientenkarte und einen dicken Umschlag unter dem Arm, in dem die Röntgenaufnahmen seines Brustkorbs steckten; schmächtige Rippen und Lungenflügel, die über die Jahre ihren eigenen medizinischen Ruf erworben hatten. Für seine Nase war es wie eine Heimkehr – das Desinfektionsmittel, die stickige Luft und der schwere Geruch der Krankenhauskost, die wie ein alter Onkel auf ihn zustürmten und Reue und Demut erzwangen. Das alarmierende Scheppern von Nierenschalen. Schwestern, die in ihren weißen Sandalen quietschend die Linoleumflure entlangeilten, während die Patienten sich überall gegenseitig ein tiefes Gespür für Sterblichkeit einimpften.

Ein harter Kerl? Er fühlte sich ungefähr so hart wie eine Schleimkugel in einem Plastikbecher. Während er vor dem Labor wartete, lauschte er, was drinnen vor sich ging. »Würden Sie bitte hier in diesen Becher spucken, guter Mann. Nur sauber zielen, wie beim Tennis.« Ein alter Mann servierte ein knallhartes grünes As, und die Laborassistentin sagte: »Ausgezeichnet, gut gemacht. Du meine Güte, was ist das denn? Kann mal einer die Geisterjäger rufen?« Dann waren sie stolz und dachten an ihre rekordverdächtige Speichelprobe, die eingeschickt wurde, um sie auf Radioaktivität zu untersuchen.

Coyne beobachtete seine Mit-Patienten wie Gespenster seiner eigenen Zukunft. Einige von ihnen waren hier in stationärer Behandlung. Ihm gegenüber saß ein dürrer Mann im Schlafanzug, unter dem die Rippen deutlich hervorstachen, während sein gesamter Oberkörper wogte und dröhnte wie ein Satz Dudelsackpfeifen. Seine elfenbeinfarbenen Füße steckten in karierten Schlappen, und seine knochige Hand hielt eine Art fahrbaren Metallständer, an dem ein durchsichtiger Beutel hing, der über einen Schlauch mit seiner Nase verbunden war. Sein Gesicht erinnerte an die Moorleiche von Tolund mit ihrer dünnen Lederhaut über dem Schädel.

Alle klammerten sich verzweifelt ans Leben. Eine alte Frau beklagte sich die ganze Zeit über, daß man sie so lange warten ließ. Als ob irgendwer von ihnen Dringendes zu erledigen hätte. Eine andere hielt Coyne einen Artikel aus *Hello!* hin.

»Sehen Sie nur, wie meine bessere Hälfte lebt«, sagte sie. »Hier, Burt Reynolds. Er holt mich ab, wenn ich hier fertig bin.« Dann warf sie ihren Kopf nach hinten wie ein junges Mädchen, schlug ihren schmutzigen rosa Bademantel übereinander und schüttelte sich vor Lachen. Jesus, man hätte denken können, sie habe eine Kettensäge im Leib.

Coyne fand in *Hello!* keine Seelenverwandten, nur lauter körperlich durchgestylte Sackgesichter. Wartet nur ab, ihr Drecksäcke, irgendwann spuckt auch ihr eure Daiquiris und Baileys mit Eis auf die Tischplatte. Burt, du Oberarsch. Glaubst wohl, du kannst mich verscheißern? Demnächst sitzt auch du mit deiner Braut bei der Vorsorgeuntersuchung.

Dann stand St. Patrick auf und schlurfte mit seinem Bischofsstab auf Rädern ins Labor. Coyne überkam eine Art hypnotischer Ruhe, als er seinen Vorgänger zum Singsang der Laborassistentin schnauben hörte.

»Setzen Sie bitte Ihren Mund auf den Aufsatz, und dann pusten Sie bitte ganz, ganz kräftig für mich. Tief einatmen, und jetzt pusten – ja doch, mehr, und noch mehr, und noch mehr. Prima.« Als Coyne an die Reihe kam, pustete er wie ein angestochenes Kalb. Er legte sich so sehr ins Zeug, daß die Anzeige verrückt spielte und die Zahlen auf dem Computermonitor wild durcheinanderwirbelten, um mit seinem Kohlendioxidausstoß mitzuhalten.

Aber letzten Endes kam er auf nicht mehr als sechzig Prozent Lungenkapazität. Wie konnte sie nur so weit gesunken sein? Der Arzt erklärte ihm, seine Bronchien seien sehr stark vernarbt, und deutete mitleidig auf weiße Schatten auf der Röntgenaufnahme. »Sie werden sich an ein Inhaliergerät gewöhnen müssen.« Coyne fühlte die Euphorie des nahenden Todes. »Ich sterbe«, sagte er im Stil der berühmten letzten Worte großer Persönlichkeiten zu sich selbst.

»Es besteht kein Grund zur Panik«, sagte der Arzt beschwichtigend. »Keiner schafft einhundert Prozent. Und man kann auch prima mit weniger als sechzig Prozent auskommen. Aber Sie brauchen den Inhalator, damit wir die Entzündungen in den Griff bekommen.«

Schöne Scheiße. Coyne hatte das Gefühl, betrogen worden zu sein. Nun gut, er würde weiterleben, aber er hatte gehofft, er würde als Held vor die Tür treten. Er hätte lieber etwas wirklich Ernstes gehabt, das alle bewundernd zu ihm aufschauen ließ. Etwas Endgültiges, das seinem Publikum einen leisen Pfiff entlockt hätte. Nicht so ein stinknormales, alltägliches Lungenleiden, das ihn für den Rest seiner Tage begleiten würde, bis er zuletzt im Schlafanzug und mit einem verdammten Schlauch in der Nase herumlaufen würde. Mitten im Einsatz würde Coyne erst einmal stehenbleiben und an seinem kleinen blauen Fläschchen saugen. Vlad, der Inhalierer.

Dann meldete er sich im Fitneß-Klub an. Er würde sich in Topform bringen. Bruce Willis, zumindest vom Hals an abwärts. Carmel hatte ihn in der Sorge um seine Gesundheit bestärkt, als sie sagte, es sei höchste Zeit, auf seine Linie zu achten. Was konnte nerviger sein, als von jemandem gesagt zu bekommen, was man sich ohnehin bereits vorgenommen hatte.

»Soll ich dich begleiten?« fragte sie, ihre moralische Unterstützung anbietend.

»Ja doch, du kannst meine Hand halten.«

»Ich frag ja nur. Ich dachte, du gehst nicht gern alleine.«

»Was soll das? Hab ich meinen ersten Schultag? Bleib auf dem Teppich, Carmel.«

In peinlichen Momenten wie diesem hätte Coyne seine Familie am liebsten verleugnet. Als sei sie eine Gefährdung seiner geheimen Mission. Er wollte als Einzelgänger auftreten, der einsame Wanderer mit reiner Weste und unbekannter Vergangenheit. Er befürchtete sogar, eines Tages wie sein Vater zu enden und den eigenen Sohn auf der Straße nicht wiederzuerkennen. Es war gerade so, als ob seine Familie jene geheimnisvolle Aura zerstören könne, die ihn umgab. Coyne, der Familienvater, hieß es dann. Wohingegen der wahre Coyne ein weitaus komplexerer Charakter war, ein Mann mit vielen Gesichtern. Er wollte sogar verheimlichen, daß er ein Garda war, und erzählte dem Mädchen mit dem karottenroten Gesicht bei der Anmeldung, er sei in der Werbebranche tätig, wie Vinnie Foley.

»Früher schon mal trainiert?« fragte der Trainer unverblümt.

»Klar doch. Bin nur ein bißchen aus der Übung.«

»Hab ich mir gedacht.«

Aber es zeigte sich bald, daß er keinen blassen Schimmer hatte. Als vom Deltamuskel die Rede war, deutete er auf seinen Brustkorb. Beim Bizeps lag er richtig, aber aus dem Blick, mit dem er die Multifunktionsbank betrachtete, ließ sich unschwer erahnen, daß Coyne dabei an eine menschliche Mausefalle dachte, die bei der leisesten Berührung über ihm zuschnappen würde.

»Dein Brustkorb könnte etwas Aufbauarbeit vertragen«, sagte der Trainer, nachdem er sein Maßband angelegt hatte. Er hatte ihn schon ungefähr sieben Mal mit seinem Vornamen angeredet, doch Coyne, eingeschüchtert durch die Muskelpakete des Trainers, blickte nur verschämt zu Boden.

Nur gut, daß Coyne sich eine ruhige Tageszeit ausgesucht hatte. Am Ende des Studios stand ein Mann, der in regelmäßigen Abständen ein fürchterliches Grunzen ausstieß. Ein Aufschrei übermenschlicher Agonie. Dabei tat er nicht einmal viel, sondern stierte nur auf zwei Hanteln und spreizte seine Finger, als würde er meditieren. Zwei weitere Männer rackerten sich an den Geräten zu Tode. Einer von ihnen stellte sich plötzlich vor einen Spiegel und prügelte wie verrückt auf einen unsichtbaren Gegner ein, während der andere im Kreis herumlief und seine Beine ausschüttelte. *Girl, I'm going to make you sweat*, plätscherte es aus den Lautsprechern. Überall der Geruch von Achselschweiß.

»Schlag mir auf die Brust«, befahl der Trainer.

Doch Coyne war viel zu sehr Gentleman. Er sah nicht ein, wozu das gut sein sollte.

»Na los, Pat. So fest du kannst.«

Coyne schlug zaghaft mit der Faust auf ein ausgeblichenes Bild von James Dean und tat anstandshalber so, als habe er sich die Hand wehgetan.

»Und? Kapiert?«

»Was?«

»In vier Wochen bist du auch soweit, Pat. Garantiert. Nur durch dieses Gerät hier, das sogenannte Pec Deck.«

Als Coyne sich hinter das Gerät klemmte, konnte er sich ein leichtes Lächeln nicht verkneifen. Hier sitz ich also auf dem Pec Deck. Wie es wohl klingen würde, wenn er Declan hieße – hier sitzt Deck auf dem Pec Deck.

Ein Poster an der Wand zeigte ein Mädchen, das auf einem ähnlichen Gerät saß; mit dem Unterschied, daß sie lächelte und zu sagen schien, sie verdanke diesem Teil ihren Riesenbusen. Coyne ging nach wenigen Sekunden die Puste aus. Überall brach ihm der Schweiß aus. Er wollte grunzen wie der Mann am Ende des Studios, doch es schien ihm unter seiner Würde. Verstohlen sog er an seinem blauen Fläschchen. Nach geschlagenen zwanzig Minuten war er völlig ausgepumpt und hockte kraftlos auf der Bank.

Den Versprechungen des Trainers nach hätte er jetzt richtig high sein müssen, aber Coyne fühlte sich nur schlapp und ausgepowert; vor allem, als er einem der Männer zusah, der an einer Stange Klimmzüge vollführte und jeden Aufschwung mit einem abgewürgten »Schei ...« begleitete. Anschließend sah Coyne ihn breitbeinig zum Pec Deck watscheln, als habe die übergroße Anstrengung zu einem kleinen Mißgeschick in seiner Trainingshose geführt. Er fing an, Nackenübungen zu machen.

Komischer Kerl, dachte Coyne, und gab ihm insgeheim den Spitznamen Neck Deck. Das Gerät ist für die Brustmuskulatur, du Hornochse.

Coyne hielt nicht lange durch. Vier Wochen lang litt er bei jedem seiner Besuche immer nur unter klaustrophobischen Anfällen. Es war klar, daß sportliche Ertüchtigung in einem geschlossenen Raum bei ihm nicht nur eine Art Delirium bewirkte, sondern auch einen unerklärlichen Haß auf Leute, die er kaum kannte. Den gleichen irritierenden Haß hatte er damals in der Schule empfunden, wenn er auf die beiden Speckrollen im Nacken seines Vordermanns O Ceallaigh gestarrt hatte. Dabei hatte ihn immer unbändige Lust gepackt, ohne besonderen Grund mit der bloßen Handkante auf O Ceallaighs Stiernacken einzuschlagen.

Carmel versuchte ihm einzureden, daß es sich nur um eine Sache der Gewöhnung handelte. »Bald grunzt du mit den anderen um die Wette«, sagte sie und lachte hysterisch.

»Tut mir leid, Pat«, sagte sie entschuldigend, nachdem sie sich einigermaßen gefangen hatte. »Ich stelle mir nur gerade vor, wie du grunzend auf einem dieser Geräte hängst.« Im nächsten Moment verlor sie erneut die Fassung und prustete los.

Coyne strich die Segel. Nicht die Übungen gaben ihm den Rest, sondern die anderen Fitneß-Jünger. Der endgültige Entschluß fiel an jenem Abend, als er völlig erschöpft in den Umkleideraum kam und ausgerechnet auf Neck Deck stieß, der seine Übungen im Adamskostüm fortsetzte. Er war gerade bei den letzten Rumpfbeugen und streckte dabei sein Arschloch ungeniert jedem, der zur Tür hereinkam, entgegen. Zu allem Unglück traf Coyne ihn kurze Zeit später in der Sauna wieder. Zuerst unterhielten sie sich sogar leidlich und plauderten über die neue Fähre, bis eine Gruppe anderer Männer aufkreuzte und die Kabine mit einemmal rappelvoll war. Und dann passierte genau das, was Warzenkiller Molloy prophezeit hatte: Irgendein Scheißkerl furzte.

Neck Deck, du alte Schweinebacke, dachte Coyne im stillen.

»Oh, Jesus«, stöhnten alle und flüchteten durch die schmale Tür. Der Gestank erinnerte an Superkleber kurz vor dem Siedepunkt. Hätte man ihn farblich beschreiben sollen, ließe sich nur ein dunkles Aquamarin mit gelben Kräuseln denken.

Dummerweise war Coyne als letzter draußen, so daß der Verdacht zwangsläufig an ihm hängenblieb und alle ihn anstarrten. Es war die altbekannte Geschichte – was er verbrochen hatte, blieb ungestraft, doch was andere ausgefressen hatten, blieb an ihm hängen.

Als letzten Versuch in Sachen Fitneß probierte Coyne es mit Querfeldeinlauf. Zumindest bliebe er dabei von einer Horde grunzender Männer mit Gummiärschen verschont. Und so fuhr er mit der ganzen Familie zum Picknick in den Phoenix Park. Die Kinder konnten in den Zoo gehen, während er das siebenhundert Hektar große Areal umrundete.

»O nein«, sagte er im Wagen. »Wir haben Oma vergessen. Wollte sie heute nicht eigentlich zurück?«

»Was soll das heißen?« zischte Carmel.

Coyne spielte wieder für sein Publikum, in der Hoffnung, zumindest die Kinder auf seiner Seite zu haben. Er drehte sich um und erzählte ihnen, Oma Gogarty käme aus dem Zoo. Sie sei nur auf Bewährung draußen. Coyne hätte beim Zoodirektor ein Dokument unterschreiben müssen, daß er für sie die Verantwortung übernehme.

»Sehr witzig«, sagte Carmel. »Ist das euer Garda-Humor?«

Coyne rannte wie ein Verrückter um den Phoenix Park, den Blick fest auf das Gras, den Lehm und die Kastanienblätter am Boden gerichtet. Immer wenn er aufblickte, sah er das Papstkreuz, das wie ein häßlicher riesiger Pfahl im Herzen Dublins steckte, und die Stimme des Papstes hallte in seinen Ohren.

Coyne rannte zurück zu seiner Familie, als wäre sie sein ein und alles. Er setzte sich nahe des Wellington-Obelisks zu ihnen ins Gras, und sie aßen Butterbrote, Apfelschiffchen, Crunchys und Kitkat-Riegel. Vom Zoogelände her drang Tiergeschrei herüber, und auf der grünkarierten Decke stand eine große Flasche Fanta wie ein Denkmal, umgeben von weißen Plastikbechern. Er war durstig wie ein Hund. Jennifer betrachtete fasziniert seine dampfende Stirn, zog mit ihrem Finger eine Linie durch die Schweißperlen und sagte: »Ich finde, Daddy riecht toll.«

Man konnte in Irland nie wirklich ein harter Kerl sein, weil früher oder später immer irgendwer, der einem nahestand, dazwischenkam. Sobald Coyne an seinen Vater dachte, spürte er eine ererbte Sanftheit, ein tiefsitzendes Bedauern, das an seinem Herzen nagte und ihm den Boden unter den Füßen wegzog. Man konnte so lange hart bleiben, bis irgendwer *Dirty Old Town* anstimmte, aber dann war man geliefert.

Genauso ließ sich auch ein gewisses Maß an Selbstironie nicht vermeiden. ›Das Fahrrad braucht eine Klingel‹, und solche Sachen. ›Was glauben Sie, wen Sie vor sich haben?‹ Flann O'Briens *Dritter Polizist*. Man mußte den Spott der anderen vorwegnehmen und sich der Verletzlichkeit seines Landes und dessen Bewohnern bewußt sein. Coyne wußte, daß er als Garda ein offenes Buch war und deshalb cool bleiben mußte: umtriebig, aber ruhig. Hart, aber aufgeschlossen gegenüber der Komik der Situation; ein Mittelweg zwischen Dienstbeflissenheit und Verachtung.

Bullen wie Rod Steiger oder Gene Hackman, die ständig ihr Kaugummi von der einen Backe in die andere schoben, waren in Irland gänzlich fehl am Platz. Allein schon vom Wetter her. Bei dem vielen Regen konnte man schlecht mit einer dieser fetten verspiegelten Sonnenbrillen mit Metallrahmen durch die Straßen stolzieren. Und man konnte auch nicht breitbeinig in der Gegend herumstehen, weil die Leute dann meinten, man hätte sich in die Windeln geschissen. Einem wirklich harten Mann stand der Zorn ins Gesicht geschrieben, während er gleichzeitig einer Frau begehrliche Blicke zuwarf. Versuch bloß nicht, mich zu verarschen, stand in die Falten seiner Stirn eingemeißelt. In solchen Momenten genügte eine lästige Fliege, um die prekäre Balance zu kippen. Man mußte sich bereithalten, ganz plötzlich das Kaugummikauen einzustellen, ein breites Grinsen aufzusetzen und wie eine Art Warnsignal zweimal zu blinzeln. Bloß keine falsche Bewegung, Kumpel.

Ein wirklich harter Mann kehrte Irland den Rücken, begrub seine tragische Vergangenheit, knallte mit der Faust auf den Tisch und gab Sätze von sich wie: »Okay, irgendwelche Blutspender anwesend? Appetit auf Krankenhausfraß? Die werden deine Fresse schon anhand alter Fotos rekonstruieren.« Coyne hingegen hatte seine eigenen Qualitäten entwikkelt, die ihn zu einem harten Mann machten, wie etwa sein Interesse für kleinste Details. Er konnte so tun, als sei er brennend am Verlauf des unterirdischen Kanalisationsnetzes interessiert. Oder er konnte den Abstand zwischen Grashalmen oder Fingerknöcheln messen. Sein Blick brachte die Leute dazu, sich an die Gebete aus Kindheitstagen zu erinnern. Er bewegte sich langsam und voller Wachsamkeit, als würde ihm nicht das geringste Blinzeln entgehen. Liebster Herr Jesus, steh mir bei.

Letztlich aber war seine Maske brüchig. Sein Image des harten Mannes zerbröckelte, sobald er an seinen Vater dachte, der ihm immer fremd geblieben war. Nie war es ihm gelungen, offen mit ihm zu reden oder ein Gefühl von Wärme entstehen zu lassen, und dann war es zu spät. Als Coyne Carmel heiratete und seinen Vater zur Taufe seines Sohnes Jimmy einlud, wurde er endlich als gleichwertiger Gesprächspartner anerkannt. Aber kurze Zeit später, als sie sich langsam gegenseitig schätzen lernten, starb er. Er wurde von seinen eigenen Bienen getötet. Jedes Wochenende ging sein Vater in den Garten und sah nach den Bienenkörben. Sein Kopf steckte in einer

Art Drahtkäfig. Er beruhigte die Bienenkönigin mit einem Rauchkännchen, nahm die Wabenkästen heraus und stutzte der Königin die Flügel. Er hatte Coyne alles über die Bienenzucht beigebracht und ihn zu seinem Nachfolger bestimmt. Aber bei dem tödlichen Gesumme ringsum war es einfach unmöglich, mit seinem Vater ein vertrauliches Gespräch zu führen. Mit den Jahren waren die Bienen dann durch Inzucht immer angriffslustiger geworden.

Die Nachbarn haßten die Bienen noch mehr als die irische Sprache. Als Coyne noch ein kleiner Junge war, hörte man regelmäßig ein lautes Geschrei im Garten, und kurz darauf stürzte seine Mutter oder seine Schwester oder eins der Kinder aus der Nachbarschaft mit einer wütend summenden Biene im Haar panisch ins Haus. Meistens war es Coyne, der ein Küchenhandtuch nahm und die Biene mit einem leisen Knacken zerdrückte, bevor sie sich bis zur Kopfhaut vorgearbeitet hatte. Coyne konnte sich an Nächte erinnern, in denen das ganze Haus voller Bienen war, die an den Fenstern auf und ab tanzten. An manchen Abenden wurden die Bienen, angezogen vom Schein des Lichts, urplötzlich lebendig und umschwirrten wie wild die nackte Glühbirne in der Mitte des Raums.

Eines Samstagmorgens dann erwischten sie seinen Vater. Eine Biene war unter den Gesichtsschutz gekrochen und hatte ihn ins Ohr gestochen. Als er den Wabenkasten mitsamt der Bienen fallenließ, um mit der Hand an sein schmerzendes Ohr zu fassen, hatte er ihnen unfreiwillig den Weg frei gemacht. Sie überfielen seinen Nacken und krochen unter seine Arme. Die Kinder waren alle ausgeflogen. Nur Coynes Mutter war im Haus. In hilfloser Panik hatten sie auf die Bienen eingeschlagen und dadurch ihre Wut nur noch mehr angestachelt, waren schreiend auf die Straße gerannt, bis einer der Nachbarn schließlich zu Hilfe eilte und ihn ins Krankenhaus brachte.

Gerade in den entscheidenden Augenblicken überfielen Coyne die Erinnerungen und Schuldgefühle. Daran war nichts zu ändern.

Carmel verkündete, sie sei in Sitwells Studio eingeladen. Sitwell hatte sie gedrängt, an einem seiner Workshops teilzunehmen. Er hatte ihre Arbeiten in den höchsten Tönen gelobt und ihr versichert, sie besäße außergewöhnliches Talent.

»Pat, ich bin zu einem Workshop eingeladen«, sagte sie.

»Zu was?«

»Einem Workshop. Du weißt schon, da treffen sich Künstler und malen.«

»Aha, geht das wieder los«, brummelte Coyne. »Du meinst, ihr trefft euch, und der eine malt den anderen, oder wie?«

»Nur ein paar von uns«, sagte sie, während sie Creme auf ihrer Haut verteilte. »Der Kunstlehrer stellt uns sein Studio zur Verfügung. Natürlich nur denen mit Talent.«

Coyne ließ seine Blicke an ihr hinabwandern. Sie hatte sich mal wieder in ein Kunstwerk verwandelt, mit zwei weißen Streifen unter den Augen und zwei Cremetupfern auf den Ellbogen, die noch verrieben werden mußten. Gegen vorzeitiges Altern der Haut, wie sie ihm einmal erklärt hatte. Die Ellbogen waren da empfindlicher als jeder andere Körperteil.

»Talent?« fragte Coyne mit hämischem Unterton.

»Nun mach nicht so ein langes Gesicht, Pat.«

Aber er war wieder seinem ureigenen Fatalismus verfallen, der überall dunkle Gefahren witterte. Er blickte von seiner Lektüre *Die großen Flüsse der Welt* auf und lauschte auf die Geräusche von nebenan: das Klicken des Lichtschalters, das Rauschen der Toilettenspülung, leises Gemurmel, ein dumpfer Schlag gegen die Wand. Danach Stille; das Echo von Coynes stummer Unversöhnlichkeit. Von draußen drückte der Wind gegen das Glas und schüttelte das Leben aus den Bäumen.

»Bum, bum, bum«, sagte Carmel, während sie zur Decke hochblickte und sich den Hals eincremte. Coyne sah sie erschrocken an. »Was soll dieses ewige *bum, bum, bum«,* wollte er von ihr wissen. Die Kinder hatten es von ihr aufgeschnappt und posaunten es den ganzen Tag durchs Haus. Selbst Mrs. Gogarty schien einen Heidenspaß daran zu finden, als ob es sich um eine geheime Zigeunersprache handelte, die Coyne nicht verstand.

»*Bum, bum, bum*, was?« fragte Coyne.

»*Bum, bum, bum*, nichts«, gab Carmel zurück. »Mr. Sitwell sagt das bloß dauernd. Er hat diesen starken anglo-irischen Akzent und redet ständig solche Sachen. Es hat keine Bedeutung. So wie manche Leute ›hm‹ oder ›äh‹ sagen, wenn sie nachdenken, sagt er eben ›*bum, bum, bum*‹.«

»Schöner Idiot.«

»Wir müssen jedesmal lachen«, fuhr Carmel fort. »Weißt du, was er am Schluß des Kurses immer sagt? *Boom-she-boogie.* Dann wissen alle, daß die Zeit um ist.«

»*Boom-she-boogie«,* wiederholte Coyne und schielte sie ungläubig an.

»Yeah. *Boom-she-boogie*«, sagte Carmel noch einmal mit tiefer Stimme. Dann lachte sie, und Coyne starrte auf die große grüne Flut des Amazonas, der still unter seinen Händen dahinfloß.

Am Samstagmorgen erschien Carmel nervös vor Gordon Sitwells Haus. Unsicher stand sie vor dem Gartentor, gab sich dann aber einen Ruck, als würde sie von unsichtbaren Händen geschoben. Nun geh schon. Du brauchst keine Angst zu haben. Du mit deinem einzigartigen Talent.

»Ich bin ja so froh, daß Sie gekommen sind, meine Liebe«, begrüßte Sitwell sie überschwenglich.

Sie wurde durch den Flur und das Eßzimmer in einen großen Anbau auf der Rückseite des Hauses geführt.

»Willkommen in meinem Studio«, sagte er und drängte Carmel in einen hohen, weitläufigen Raum, durch dessen Oberlichter das Sonnenlicht flutete. Die anderen waren so sehr in ihre Malerei vertieft, daß sie von Carmel kaum Notiz nahmen. Ihre ganze Aufmerksamkeit war auf ein recht fülliges Modell gerichtet, das sich nackt auf einer Chaiselongue am Ende des Raums räkelte.

»Natascha war so nett, heute für uns Modell zu sitzen«, sagte Sitwell. »Eine echte Rubens-Schönheit.«

Natascha lächelte und brachte ihren vom langen Stillhalten schmerzenden Körper in eine andere Position, wobei sie eine Kettenreaktion einzelner Körperpartien auslöste. Sie war ein überaus dankbares Sujet, mit zahlreichen Faltenwürfen sowie großzügigen Schattenflächen und Konturen, die es festzuhalten galt. Ihr Körper schien aus mehreren glänzenden Ringen zu bestehen – Doppelkinn, Nacken, üppige Brüste sowie zwei bis drei Bauchrollen, unter denen ihre Scham anmutig und ohne großes Bemühen um Sittsamkeit verschwand. Schwer zu sagen, wo unter all den vielen Schichten sie sich überhaupt befand. Sie wirkte beinahe androgyn, als hätte man Pavarotti und Montserrat Caballé zu einem gigantischen menschlichen Wasserbett wogenden Fleisches zusammengerollt, aus dem links und rechts Arme und Beine wie wabbernde Buttermilch herausragten.

»Hier ist ihr Platz«, erklärte Sitwell. »Haben Sie Erfahrung mit Aktmalerei?«

»Gar keine«, sagte sie. »Aber ich werd's probieren.«

»Das ist die richtige Einstellung«, flüsterte er. »Es ist die größte Kunstform überhaupt, Sie werden sehen.«

Carmel packte unbeholfen ihre Utensilien aus, ließ verschiedene Dinge fallen und stellte klappernd ihre Staffelei auf, so daß sie von einigen Künstlern böse Blicke erntete. Sie hatte kaum zu malen begonnen, als ihr ein großer Klumpen grüner Farbe aus der Tube aufs Knie spritzte. Sie versuchte ihn zuerst mit der Hand wegzuwischen, was den Fleck aber nur noch vergrößerte. Dann nahm sie einen Stoffetzen und rieb damit, aber auch das schien alles nur noch schlimmer zu machen, so daß Sitwell, als er zu ihr herüberblickte, den Eindruck hatte, sie wolle ein intimes Signal verbergen, das sich wie ein grüner Schamfleck über ihr Knie und ihre Hüfte ausbreitete.

Boom-she-fucking-boogie.

Coyne saß zu Hause und knibbelte Papierfetzen aus der Waschmaschine. In irgendeiner Tasche mußte noch ein Taschentuch gesteckt haben, so daß nun an sämtlichen Wäschestücken kleine weiße Fusseln klebten. Während die Kinder durchs Haus tobten, versuchte er die Wäsche von der Küche in den Garten zu bringen, wurde aber immer wieder von anderen Dingen abgelenkt. Ihm fiel ein, daß er den Kindern immer noch keine Schaukel gebaut hatte, und er kramte ein altes Anzeigenblättchen hervor. Vielleicht wollte jemand eine verkaufen.

Kurz darauf sahen die Nachbarn Mr. Coyne wie von der Tarantel gestochen durch die Hintertür in den Garten stürzen und dabei jaulen und bellen wie eine Mischung aus Airdale-Terrier und dem Opfer eines blutigen Infernos. Eine schwarzweiße Katze auf der hinteren Gartenmauer verharrte einen Augenblick, um ganz sicher zu gehen, daß sie sich nicht täuschte, dann brachte sie sich mit einem Satz auf die andere Seite in Sicherheit. Im gleichen Moment knallte ein Küchensieb gegen die Mauer. Coyne versuchte gerade auf seinem Weg zurück ins Haus die Delle herauszubiegen, als es klingelte. Vor der Tür stand ein Mann mit einem riesigen Blumenstrauß und sagte, bei Nummer 5 sei niemand zu Hause. Ob er die Blumen bitte annehmen und später vorbeibringen könne. Und schon stand Coyne mit einem verbeulten Küchensieb in der einen und einem verdammten Blumengebinde für Mrs. Gillespie in der anderen Hand im Hausflur.

Schließlich gelang es ihm doch noch, die Wäsche auf der Drehspinne im Garten aufzuhängen und dabei die Verarbeitung von Carmels Wonderbra, der aussah wie ein rüschenbesetzter Harnisch, genauer zu untersuchen. Wie gut, daß Mr. Gillespie nicht im Haus war, weil Coyne ungern dabei beobachtet werden wollte, wie er Carmels winzige String-Tangas auf die Leine hängte.

Im Fernsehen lief nichts Besonderes, nur eine Sendung über tropische Fische, die Coyne sich ansah, während Nuala auf seinem Schoß hockte und ihm die Haare bürstete. Er erklärte ihr, wieso die Fische so bunt waren. Es gab Maler, die mit Pinsel und Farbkasten zu ihnen hinabtauchten. Sie hatten keine leichte Aufgabe. Zuerst mußten die Fische mit einem Netz gefangen und dann angemalt werden. Es dauerte viele Jahre, bis sie mit ihrer Arbeit fertig waren, und dann konnten sie mit den Babys wieder von vorne anfangen.

Jimmy verdrehte die Augen, und Coyne lächelte. Aber Nuala und Jennifer kauften ihm die Geschichte ab und wollten noch mehr von den Fischen hören. Also erzählte er ihnen, ihre Mutter würde auch dieser Arbeit nachgehen, und zwar genau in diesem Moment.

»Sie schwimmt gerade da unten im Meer und malt kleine Fischlein an«, sagte er, und bald darauf hatte Coyne das Gefühl, mit seinen Kindern in einem großen blauen Aquarium zu sitzen und vor sich hin zu träumen, während aus seinem Mund ein Strom schillernder kleiner Luftbläschen emporstieg. Er sah sich umgeben von wogenden Algen, Korallen und einem Unterwassergeknister aus Nualas Nase, die ihm die Haare wie einem Mönch in die Stirn kämmte und dabei regelmäßig direkt in sein Ohr schniefte. Plötzlich schwebten aus Jimmys Mund Luftblasen.

»Dad, ich glaube, es fängt an zu regnen.«

»Scheiße«, sagte er und sprang auf.

Wieder sauste er durch die Hintertür hinaus, seinen Fluch bereuend, den Jennifer ganz bestimmt gegenüber Mrs. Gogarty wiederholen würde. »Weißt du, was Dad heute gesagt hat? Und weißt du auch, daß Dad einmal Pipi ins Waschbekken gemacht hat?« Mrs. Gogarty würde alles glauben, denn sie war wie die Stasi oder der KGB. Ihr allgegenwärtiges Porträt hing drohend in der Küche, im Herzen ihres Heims, wie ein Gesicht mit Verbrennungen dritten Grades.

Coyne kam zu spät. Es goß bereits in Strömen, so daß er einfach die ganze Wäschespinne aus der Halterung zog und mit ihr ins Haus rannte. Er beschloß, sie zwischen zwei Sessel geklemmt im Wohnzimmer aufzustellen, so daß die Kinder sich darunter ein Haus bauen konnten. In kürzester Zeit waren sämtliche Fensterscheiben beschlagen. Als er das Fenster öffnete, sah er Mr. Gillespies Wagen in der Einfahrt. Der Regen hatte zumindest einen positiven Nebeneffekt. Er hatte Mr. Gillespie vom Golfspielen abgehalten. Coyne rannte mit dem Blumenstrauß vor die Tür und war im Nu pitschnaß, als er über die Vorgartenmauer kletterte, um endlich dieses verdammte Grünzeug loszuwerden.

Durch das Wohnzimmerfenster seiner Nachbarn sah er, wie Mr. Gillespie auf dem Teppich Pitch- und Chip-Schläge übte. »Du heiliger Strohsack. Ich glaub, ich seh nicht richtig«, sagte Coyne zu sich selbst. Im nächsten Augenblick vollführten die beiden Männer eine stumme Pantomime, als hätte es beiden urplötzlich die Sprache verschlagen. Es sah aus, als tanzte ein mit BSE infizierter Coyne wie ein Wahnsinniger mit einem

Blumenstrauß durch den Vorgarten, um Gillespie zu warnen: Wenn du nicht sofort mit deinem beschissenen Wohnzimmer-Golf aufhörst, schieb ich dir dein Eisen in den Arsch. Sieh dich vor, Gillespie. Gleich hast du ein Riesen-Handicap.

»Blumen«, formte Coyne mit stummen Lippen, wie ein dikker Fisch im Regen. »Für Ihre Frau.«

Voller Argwohn trat Mr. Gillespie schließlich vor die Tür, wie jemand, den man am hellichten Tag bei einem bizarren sexuellen Vergnügen überrascht hatte, den Golfschläger hinter seinem Rücken verbergend und den Mund staunend geöffnet.

»Die sind nicht von mir«, sagte Coyne, um jeden Verdacht sofort zu zerstreuen. »Sie waren vorhin nicht im Haus, als der Bote kam.«

»Oh«, sagte Gillespie bloß.

Coyne drehte sich um und verschwand wieder in seinem Aquarium. Als Carmel nach Hause kam, lagen alle schlafend auf der Couch, nur Jimmy hockte vor einem Computerspiel und imitierte die Geräusche eines U-Boots. Die Wäschespinne hing schräg über dem Fernseher.

Dann kam ein neuer Tip von Fred. Aus höchst vertraulicher Quelle hatte er offenbar erfahren, daß die Polizei eine Verbindung Drummers mit der Metzgerei Fennellys in Sallynoggin vermutete. Erst kürzlich war Fennellys in Verdacht geraten, als Geldwaschanlage zu fungieren.

»Von Heroin zu Schweinshaxen«, bemerkte Coyne.

»Von zarten Lendensteaks zu zarten Annäherungen im Nachtklub«, fügte Fred hinzu.

»Und was hat das eine mit dem anderen zu tun?«

»Fleisch ist Mord«, verkündete Fred, während er bedächtig eine neue Packung Biskuits öffnete. »Dieser Metzgerladen verkauft nicht bloß Blut- und Leberwurst, verstehst du.«

Coyne wartete, daß Fred etwas konkreter wurde. Doch Fred nickte nur vor sich hin und klopfte mit einem Ingwer-Keks auf den Rand seiner Tasse, wie eine Art Oberguru, der seine Jünger auf das Weltende vorbereitet. Coyne wartete nur darauf, daß er als Startzeichen für den kollektiven Selbstmord seinen Keks in die Tasse tunkte.

»Erinnerst du dich an die schwarze Plastiktüte?« fragte Fred.

»Yeah«, sagte Coyne und versuchte, betont cool zu wirken.

»Brannigans Totenhaube?«

»Du sagst es.«

»Sieht so aus, als ob sie aus dieser Metzgerei stammte. Die im Labor haben Spuren von Tierblut und Sägemehl darin entdeckt. Erst gestern hab ich es mit viel Mühe aus ihnen rausquetschen können. Kümmere dich darum.«

Coyne schoß los wie ein Champagnerkorken. Endlich eine heiße Spur, der er nachgehen konnte. Er beschloß, die Metzgerei unter die Lupe zu nehmen, undercover, getarnt als Familienvater. Carmel erzählte er, er habe einen Laden entdeckt, wo man billige Lammkoteletts kaufen könne. Lamm im Oktober? Er nahm die ganze Familie als eine Art Nebelkerze mit, um ein paar diskrete Fragen stellen zu können. »Woher beziehen Sie Ihr Lammfleisch?« »Wicklow«, sagte der Inhaber voller Metzgerstolz. Das Rindfleisch stammte von einer Farm bei Trim, County Meath. »Außerdem gibt's bei uns hausgemachte Würste.«

Und wozu brauchen Sie Ihre Plastiktüten?

»Ich nehme ein halbes Pfund Würste«, sagte Carmel.

»Kann ich sonst noch etwas für Sie tun, meine Dame?«

Und ich weiß auch, womit Sie Ihre Würste stopfen. Dreckiges Drogengeld. Ecstasy-Würste. Blutwurst mit Crack.

Coyne paßte den richtigen Moment ab, um zu fragen, ob er mit den Kindern einmal die Farm besuchen dürfe. Er wolle ihnen die Schafe zeigen und auch die Schweineställe. Wo die Milch herkomme und all diese Dinge. Der Metzger zeichnete ihnen gerne eine Wegbeschreibung. Zwei Wegbeschreibungen sogar, die mit Blutspritzern übersät waren. Zuerst fuhr Coyne an einem Samstagmorgen zu einem kleinen Gehöft in der Nähe von Roundwood. Carmel hatte ihren Skizzenblock dabei, als sei sie eine Expertin der Spurensicherung und für eine genaue Beschreibung des Tatorts sowie Phantombilder zuständig. Der Tatverdächtige hatte braune Augen und eine lange Nase. Er trug einen Schaffellmantel und sprach mit Wicklower Akzent: Määäh.

Coyne war fest entschlossen, mit peinlichster Genauigkeit vorzugehen und jeden Flecken Boden zu untersuchen. Er kickte mit dem Fuß ein paar Brocken Schafskot durch die Luft, um sie anschließend von seiner Untersuchungsliste zu streichen.

Doch auch die zweite Farm in der Nähe von Trim war eine glatte Fehlanzeige. Nichts als jede Menge Kuhfladen und Rindviecher, die mit ihren breiten Gesichtern und dem kleinen Haargekräusel zwischen den Ohren in der Gegend herumstanden. Sie leckten und schnalzten mit großen grauen Zungen, während aus ihren runden Leibern ein hohles Grummeln drang. Carmel zeichnete den Kopf einer Kuh, die mit ihrem grinsenden Gesicht und ihrem klugen Blick fast schon menschlich wirkte. *La vache qui fucking rit.* Eine Tatverdächtige mit viehischem Grinsen. Jennifer wollte wissen, wieso die Kühe so dreckig seien, und Coyne erklärte, der Bauer würde ihnen den ganzen Matsch hinten draufklatschen. Die Kuhfladen waren mit Fliegen übersät, die von dort direkt zu Nualas Gesicht weiterflogen. Den Höhepunkt ihrer Nachforschungen aber erlebten sie nachher beim Melken im Stall. Coynes gesamte Familie hatte sich hinter einer Kuh aufgestellt, als sich ihr Schwanz hob und eine dampfende, grünbraune Flüssigkeit laut plätschernd auf den Betonboden spritzte. Nuala begann zu schreien. »O mein Gott, zurück«, rief Carmel. Coyne war baff, daß eine Kuh gleichzeitig kauen, Milch geben und scheißen konnte. Das plätschernde Geräusch klang wie ein Stapel Telefonrechnungen, die alle gleichzeitig durch den Briefkastenschlitz geschoben wurden. Dampf stieg vom Boden auf, und Carmel bekreuzigte sich.

Man sagt, eine Familie hält zusammen oder fällt zusammen. Oder eine Familie liebt einander und vergibt einander. Die Familie aber, die beim Anblick einer scheißenden Kuh gemeinsam lacht, wird für alle Zeiten unter dem besonderen Schutz des Herrn stehen. Keine Frage, Coyne war dabei, die Scheiße zu dem Arschloch zurückzuverfolgen, aus dem sie kam. »Mach davon eine Skizze in deinem Block, Carmel.« »Nur wenn du eine Probe zur Untersuchung ins Garda-Labor mitnimmst.«

Ermittlungstechnisch gesehen war die ganze Sache natürlich ein Witz. Andererseits hatte es sich um eine verdeckte Operation gehandelt, hinter der selbstverständlich weit mehr steckte, als der Verwandlung von Gras in Kuhscheiße zuzusehen. Als Grund für den Ausflug hatte Zauberer Coyne noch einen ganz besonderen Trumpf in der Hinterhand. Er hatte von einer Stelle namens Echo Gate gehört, die sich an der Straße nach Trim befinden sollte. Dort könne man ein einmaliges Echo erleben. Das legendärste Echo in der Geschichte Irlands, bis zurück in die Zeit des Celtic Dawn. Fionn MacCumhaill hatte dort einmal seine Stimme so klar gehört wie auf einer modernen Tonbandaufzeichnung und geglaubt, seine Seele habe ihn verlassen. Auf der Rückfahrt hielt Coyne alle hundert Meter an, stieg aus dem Wagen und rief wie ein Blöder über Gatter in grüne Felder. »Hallo. Hallo. Hallo, du.«

Aber statt eines Echos kam nur von allen Seiten kläffendes Hundegebell, das über die abendliche Landschaft hallte, während die untergehende Sonne durch die Wolken stach und lange Schatten warf, aus denen in der Ferne leuchtende Hügelkuppen wie eine Bühne hervorragten.

Carmel lachte sich halbtot. »Da vorne ist noch ein Gatter. Versuch's doch mal damit.« »Hallo. Hey. Hey.« Kühe unterbrachen vorübergehend ihr Kauen und blickten ihn fragend an. Bis er zuletzt die richtige Stelle fand und alle rufend, heulend und bellend am Straßenrand standen. Glasklar drangen ihre Stimmen über das Gatter hinweg in die Dämmerung. Danach lauschten sie schweigend ihrem Echo, das von den Klosterruinen auf der anderen Seite des Tals zurückgeworfen wurde. Es klang wie die Hilferufe einer fremden Familie, die an einer einsamen Küste gestrandet war.

Carmel hörte gar nicht mehr auf zu lachen. Auch wenn es gar nichts zu lachen gab, verlor sie ganz plötzlich die Fassung und kugelte sich auf dem Sofa. Ernst war sie nur noch, wenn sie malte. Aus heiterem Himmel wurde sie von Lachkrämpfen geschüttelt und hielt sich unter Tränen den Bauch. »Du meine Güte, Carmel, das ist ja schlimmer als Wehen.« Woraufhin sie zu einer langen Geschichte ansetzte, mit der sie kaum vorankam, weil sie nach jedem zweiten Wort erneut losprustete. Und am Ende war sie nicht einmal lustig.

Coyne hatte manchmal den Verdacht, sie würde über ihn lachen, bis ihm einfiel, daß dies nur einer Paranoia aus Kindheitstagen entspringen konnte. Die Paranoia eines Insulaners. Die uralte Furcht, von den anderen ausgelacht zu werden, die in kleinen Käffern herrschte, deren Bewohnern die Spottlust ins Gesicht geschrieben stand.

In einer anthropologischen Zeitschrift hatte er einmal eine Erklärung für das Lachen gelesen. ›Das Lachen beginnt mit den Affen. Man vermutet, daß es zunächst der Selbstverteidigung diente und erst sehr viel später mit Ausgelassenheit assoziiert wurde. Als eine vorgetäuschte Geste der Unterwerfung zielte es darauf ab, den Kampf auszusetzen und den Affen so eine gewisse Überlegenheit gegenüber anderen Spezies zu sichern.‹

Kein Wunder, daß die Iren ständig lachten.

Aber Carmel wollte davon nichts wissen.

»Das ist doch ausgemachter Blödsinn«, sagte sie. »Warum soll man den Spaß analysieren? Ich lache bloß, weil ich nicht anders kann.« Coyne konnte ihr noch so gut zureden, sie wollte den tieferen Sinn des Lachens einfach nicht verstehen.

»Wenn man erst einmal anfängt, groß darüber nachzudenken, ist die ganze Freude futsch«, schloß sie.

»Aber das sage ich doch. Es gibt ein verstecktes Motiv. Ein Sprichwort sagt: *In risu veritas.* Hinter jedem Witz steckt eine tiefere Wahrheit.«

»Du meine Güte, Pat. Es geht doch bloß um ein harmloses Lachen.«

Aber es steckte mehr dahinter. Und dann erinnerte sich Coyne wieder an die Zeit, die er als Fünfzehnjähriger auf den Aran-Inseln verbracht hatte, um dort sein Irisch aufzufrischen. Vom ersten Tag an hatten die anderen ihn *Donkey-shite* gerufen, so als wollten sie *Don Quixote* sagen, es aber wie *Don Quix-shite* aussprachen. Erst später, als sie ihn mit zur Kaninchenjagd nahmen, wurde ihm klar, daß der Name als besondere Auszeichnung zu verstehen war. In Irland brachte man seine Zuneigung dadurch zum Ausdruck, daß man seinen Freunden vermeintliche Schimpfwörter an den Kopf warf. Nur durch Beschimpfungen konnte man den anderen näherkommen und sie zu Freunden gewinnen. Sobald sie ihn nicht mehr *Donkey-shite* riefen, war irgend etwas nicht in Ordnung.

Höflichkeit war ein untrügliches Zeichen, daß Gefahr im Verzug war.

Vielleicht war es in Irland unmöglich, Freundschaften einzugehen, ohne das Gefühl zu haben, erdrückt zu werden. Es gab nur die Wahl zwischen Freundschaft oder Feindschaft, nichts dazwischen.

Auf den Aran-Inseln hatte Coyne echte Kameradschaft kennengelernt. Als sie ihm erlaubten, die Kaninchen aufzuschlitzen und deren Leber den Hunden zuzuwerfen, wußte er, daß er dazugehörte. Ein harter Kerl, der sein erstes Pint trank, die anderen Arschgesichter nannte und lernte, wie man Rauchkringel blies.

Doch auch damals hatte ständig jemand gelacht. Ein animalisches Lachen. Jedesmal, wenn sie ein Kaninchen erwischt hatten, brachen die Jungen der Insel in lautes Gebrüll und Gelächter aus. War das Kaninchen in eine Felsspalte entkommen, sagten sie: »Jetzt lacht das Miststück uns aus.« Die Wellen schlugen krachend gegen die Klippen, und weiße Gischtwolken hingen über den Glasen Rocks. Hier war der Rand der Welt, wo alle anderen Geräusche vom dumpfen Schlag der Wellen und dem Singsang des Windes, der wie Flötenmelodien durch die Felsritzen pfiff, übertönt wurden. Der jähe Abgrund der Klippen schien Coyne mit schwindelndem Sog in den Tod locken zu wollen. Die Hunde starrten mit heraushängenden Zungen und wütendem Gewinsel in die Spalte, in der das Kaninchen verschwunden war. Die Jungen stocherten mit ihren Stöcken darin herum, aber das Kaninchen blieb außer Reichweite und machte sich über sie lustig, und zwar auf Irisch.

Mit den Eseln, die sich auf der Fluglandebahn herumtrieben, war es dasselbe. Sie hatten das Benehmen einer Herde wilder Mustangs, die keinen Besitzer kannten und nach eigenen Gesetzen lebten. Nachts standen sie wie einsame Phantome der Dunkelheit mitten auf der Straße und versuchten, in fremde Kartoffeläcker einzudringen. Tagsüber wieherten sie hämisch über die Verwüstungen, die sie mit ihren Hufen angerichtet hatten. Und wenn man sie fangen wollte, warfen sie einen ab und galoppierten mit angelegten Ohren davon. Dabei machten sie wilde Bocksprünge und furzten, bis sie hundert Meter weiter stehenblieben und zu lachen anfingen.

Auf einer Insel lachte immer irgendwer. Einbrecher, Zuhälter, Sexualverbrecher, Dealer und Fleischbarone. Die *Bank of Ireland* kam aus dem Lachen gar nicht mehr heraus. Katzen, Hunde, Warzenkiller Molloy, Mrs. Gogarty, Chagall; alle lachten sich halbtot. Und am lautesten lachte in diesen Tagen Drummer Cunningham.

»Aber wir lachen zuletzt«, schwor Coyne eines Abends nach Dienstschluß seinen Kollegen auf der Wache. »Wir lachen zuletzt, jede Wette.«

Schließlich nahm Coyne sich vor, Drummers Nachtklub einen Besuch abzustatten. Auf der Suche nach einem geeigneten Vorwand mußte sein Freund Vinnie Foley herhalten. Das war vielleicht nicht ganz redlich, aber Vinnie war für eine Zechtour mit seinem alten Kumpel immer zu haben. Von einem Klub zum nächsten zu ziehen, war die ideale Tarnung für eine verdeckte Operation. Am Telefon gab Foley sich wie gewohnt einsilbig. Er nannte nur den Namen des Pubs und die Uhrzeit, als handelte es sich um den Einsatzbefehl zu einem Bombenattentat.

»Laß uns ein paar Biere niedermachen«, sagte er.

Sie trafen sich im *Conways*. Foley hatte den Abend bis ins letzte Detail geplant, wie in alten Tagen. »Heute hau'n wir richtig rein«, wiederholte er ständig, als sei es der Schlachtruf einer Untergrundorganisation. Er redete über Frauen, verflossene Liebschaften und frühere Saufgelage. Danach zählte er im Schnelldurchlauf ihre wichtigsten gemeinsamen Erlebnisse auf, um die Chronik der Vergangenheit bis zu jenem Punkt fortzuführen, von dem aus man gemeinsam fortfahren konnte. Aber als Coyne das Gespräch auf das Amazonasbekken lenken wollte, sah Foley ihn nur an, als habe er völlig den Kontakt zur realen Welt verloren.

»Es ist zum Verzweifeln«, jammerte er. »Alle meine Freunde sind glücklich verheiratet und erzählen mir was vom Amazonas.«

»Das wäre mein Traum«, sagte Coyne. »Sich irgendwo einen alten rostigen Dampfer zu besorgen und damit den Amazonas runterzuschippern. Das wär's noch, Vinnie. Alles andere kannst du vergessen.«

»Du liest zuviel im *National Geographic*, Coyne.«

»Sich einfach auf ein Floß zu setzen und davonzusegeln.«

»Warum reden wir überhaupt über Flüsse, anstatt über Frauen?« wollte Foley wissen.

Coyne war mal wieder gänzlich abgedriftet. Die Fähigkeit, mit anderen Menschen zu kommunizieren, war ihm abhanden gekommen, und niemand konnte ihn zurückholen.

»Flüsse sind wie Frauen«, sagte er.

Diesmal starrte Foley Coyne an wie einen Propheten. Er hatte auf den Boden der Realität zurückgefunden. Sein Satz war so tief und wahr, daß er ihre Freundschaft augenblicklich neu besiegelte. Als hätten sie sich beim Bier geschworen, für immer gemeinsam durch dick und dünn zu gehen.

»Sieh mich an«, sagte Foley, sich selbst als Beispiel nehmend. »Ich versuche seit Jahren, den Fluß aufzuhalten.« Er beschrieb sämtliche Frauen, denen er in den letzten zehn Jahren begegnet war. »Ich kann sie gar nicht mehr alle zählen. Ich sag dir, Mann, ich mag eine steile Karriere hinter mir haben, aber mein Privatleben ist ein einziges Desaster. Ich hab mich ins

Zeug gelegt wie ein Verrückter, und was ist mir davon geblieben?«

»Ein rauchender Schwanz«, witzelte Coyne, doch Vinnie Foley blieb ernst.

»Was ich an dir bewundere, Coyne, ist, wie du einer Frau treu bleiben kannst«, sagte er, als ob es sich dabei um eine extreme Form gegenseitiger Knechtschaft handelte.

Die Unterhaltungen mit Foley verliefen stets nur in eine Richtung, und es war klar, daß er an Coynes Leben wenig interessiert war. Es war in etwa so, als würde man mit seinem Fernsehapparat sprechen. Foley drängte sich einfach dazwischen und erklärte einem die Welt wie einen Werbespot.

»Carmel! Einfach bezaubernd«, sagte er. »Ich kann's nicht anders sagen. Sie ist eine verdammte Lady.«

»Ach komm, Foley. Du hast zuviel getrunken.«

»Ich mein's ernst, Coyne. Sie ist eine wunderbare Frau, gar keine Frage.«

Um seinen Worten den entsprechenden Nachdruck zu verleihen, packte er Coyne mit beiden Händen am Kragen. Ohne seinen Griff zu lockern, starrte er ihm mit dem vertrauensseligen Blick eines Toyota-Werbeonkels in die Augen und sagte: »Du hast ein verdammtes Schwein, Coyne. Carmel und drei entzückende Kinder.«

Coyne stand immer noch tief in Vinnie Foleys Schuld. Er hatte ihm und Jack Tansey vor Jahren mal einen Job im Hafen besorgt, wo sie Makrelen, Krabben und Hummer verkauft hatten. Außerdem hatten sie Boote an Tagesausflügler vermietet, die damit in der Bucht herumschipperten. Männerklubs, die zum Fischen kamen; Familien, deren Kinder alle in Rettungswesten steckten, und Liebespaare, die davon träumten, auf den Dalkey-Inseln zu stranden.

Wenn Coyne und Vinnie sich näherkommen wollten, wärmten sie stets diese alten Zeiten wieder auf. Sie redeten über die Lehrerin von Loreto Abbey, die immer zum Schwimmen in den Hafen kam. Alle Jungen, die einen Job im Hafen hatten, waren mit Miss Larrisseys Körper bestens vertraut, weil Jacks Hütte hinten ein schmales Fenster hatte, durch das man Frauen beim Umkleiden beobachten konnte, wenn sie eine Art Houdini-Nummer unter ihrem Handtuch vorführten. Die irische Form von Striptease. Bis sich die Lehrerin eines schönen Tages umdrehte und ein halbes Dutzend Gesichter hinter dem Fensterschlitz eingekeilt sah, die alle ihren nackten Po anstarrten. Und natürlich mußte sie sich ausgerechnet Coynes Gesicht merken. Am nächsten Abend kaufte sie Hummer bei Coyne, herausgeputzt mit Ohrringen, Stökkelschuhen und einem Kleid mit unverschämt tiefem Ausschnitt. Coyne zog den Hummerkäfig aus dem Wasser und verkaufte ihr drei Prachtexemplare; er sah schon vor sich, wie sie im kochenden Wasser rot anliefen. Anschließend vergaß er, den Behälter ordentlich zu verschließen, so daß der Deckel aufklappte und ein Hummer nach dem anderen ins Hafenbekken plumpste. Ihre Zangen waren mit Plastikbändern umwikkelt, und so krochen sie hilflos rückwärts ins Meer, wehrlos dem Untergang geweiht.

Sie waren bereits ziemlich blau, als sie zu ihrer Tour durch die Nachtklubs aufbrachen. Zumindest konnte Coyne jetzt endlich seiner Mission nachgehen. Abschätzig nahm er die Türsteher in Augenschein, grobschlächtige Kerle, die nach Aftershave stanken und Gesichter wie Radkappen hatten. Ihre Hälse waren dick wie Abflußrohre. Sie trugen Smokings oder zweireihige Anzüge, die nach Doppelverglasung aussahen und jedem, der eingelassen wurde, das Gefühl einer besonderen Ehre vermittelten.

The Fountain stand in blauer Neonschrift über der Tür, inklusive einer kleinen Palme und einem aufblinkenden Springbrunnen in Pink, der von grober Geschmacksverirrung zeugte. Darunter die Worte *Nite Club.*

Drinnen empfing sie das gleichmäßige Hämmern der Musik und die übliche Schar ausdrucksloser Gesichter, wie man sie in jedem Nachtklub findet. Die abgestandene Kellerluft roch nach Schweiß, Rauch und Parfüm. Noch mehr Männer in weiten Jacketts und mit geölten Haaren warfen mordlustige Blicke in die Runde, als wollten sie unter den Frauen ein Massaker anrichten. Die Frauen machten einen gehetzten Eindruck und tanzten mit Zigarettenpackungen und Einwegfeuerzeugen in der Hand, als hätten es die Männer bloß auf ihre Zigaretten abgesehen. Daheim mochten sie ja alle ganz brave und anständige Kerle sein, aber hier brach ihr eiskalter Killerinstinkt durch. Hot pants und kalte Hände. *You Sexy Motherfucker – shakin' that ass, shakin' that ass.* Ein Mann ließ sich von seiner Begleiterin wie ein Kalb am Schlips über die Tanzfläche zerren. Ein Pärchen tanzte Po an Po, und gleich daneben vollführte ein Solotänzer Verrenkungen, als sei er im Fitneß-Studio und versuche an einem imaginären Pec Deck eine neue persönliche Bestzeit rauszuschinden.

An der ovalen Bar bedienten ein kahlköpfiger Keeper und Mädchen mit freiem Rücken. Die Gäste saßen auf Barhokkern; neben ihnen plätscherte ein abwechselnd grün und pink angestrahlter Springbrunnen vor sich hin. Am Ende der Tanzfläche standen zwei erhöhte Metallkäfige wie aufgebockte Viehboxen, in denen jeweils eine junge Frau in seidenem Mini eine Art Marathon im Brustschwimmen absolvierte. Über ihnen flackerte ein buntes Lichtergewitter, zwischen ihren Beinen wallten Trockeneisnebel.

Coyne marschierte wie jemand von der Gewerbeaufsicht zur Bar und bestellte im Tonfall eines Nick Nolte mit Gehirnimplantat eine Flasche Wein. Vinnie folgte ihm auf dem Fuß; im Kopf stellte er vorsorglich bereits eine Hitliste der Mädchen auf der Tanzfläche auf.

Aber bevor man sich ins Getümmel stürzen konnte, mußte man sich erst alles von der Seele geredet haben. Also setzten Coyne und Vinnie ihr philosophisches Gespräch bei einer lausigen Flasche Wein fort, die ihnen die Bedienung, ohne sie eines Blickes zu würdigen, auf die Theke knallte. Sie standen sich gegenüber, und Coyne lauschte aufmerksam den heilsamen Worten seines Freundes.

»Eins darfst du nie vergessen«, sagte Foley. »Wir halten zusammen wie Pech und Schwefel.«

»Klar doch«, bestätigte Coyne.

Eine noch tiefere Verbundenheit war schlichtweg undenkbar. Es war ein Gefühl wie in alten Tagen. Mehr war einfach unmöglich. Man konnte sich nicht näher kommen, als sie es in diesem Moment waren, in dem Vinnies Arm auf Coynes Schulter ruhte.

»Wohin es mich auf der Welt auch verschlagen mag«, schwor Foley, »du kannst auf mich zählen. Was auch passiert, ich bin für dich da.«

»Das gilt auch für mich«, sagte Coyne nach kurzem Zögern.

Genau darauf hatte Vinnie gewartet. Wie ein Blutsbruder starrte er Coyne lange Zeit schweigend an, als sei er den Tränen nahe. Tränen einer unzertrennlichen Freundschaft. Er fiel ihm um den Hals, um ihm anschließend einen Schlag vor die Brust zu versetzen.

»Coyne, du alter Sausack.«

Im nächsten Moment hopste er wie ein Truthahn, der aus seinem Nickerchen erwacht war, auf die Tanzfläche. Er wedelte mit den Ellbogen zum Takt der Musik und umkurvte mit geschwellter Brust wie Mick Jagger eine Frau in pelzbesetzten Hot pants, die wie verrückt mit dem Hintern wackelte und Coyne einen genauen Blick auf ihren Po-Ansatz und noch einiges mehr gewährte. Dann versperrte ihm eine Frau mit Breitarsch die Sicht, deren übertriebene Hüftbewegungen den Eindruck machten, als mache sie Reklame für Tampons. Kondenswasser lief die Spiegel hinunter. Im Hintergrund spielte irgendein Vollidiot Luftgitarre, den Kopf nach vorn gebeugt wie Rod Stewart oder der Gitarrist von Aerosmith. Auf der Tanzfläche bewegte sich eine dichtgedrängte Menge zu *Let's talk about sex, baby*, als sei dies die neue Nationalhymne eines vereinten Irland. Ein Sondierungsgespräch, bei dem alle einer Meinung waren.

Vinnie tanzte an der Bar vorbei und forderte Coyne zum Mitmachen auf.

»Nun stell dich nicht an wie ein steifer Buchhalter«, sagte er und zog Coyne auf die Tanzfläche. Doch aus dem großen Comeback wurde nichts, denn Coyne humpelte eher wie jemand mit Meniskusschaden durch die Gegend. Er hob abwechselnd ein Bein, als wolle er sich von dessen Funktionstüchtigkeit überzeugen; der Inhalierer zeichnete sich deutlich in seiner Hosentasche ab. Mit betont coolem Blick speicherte er jedes Detail der Ausstattung und der Beleuchtung ab und untersuchte jeden dunklen Winkel des Raums auf verdächtige Zeichen hin.

Mittendrin tauchte Vinnie auf und erinnerte ihn daran, wie er ihm einmal das Leben gerettet hatte. Damals waren sie nachts mit einem von Jacks Booten auf die schwarze See hinausgerudert und hatten eine Reihe von Hummerfallen entdeckt. Sie beschlossen, ein paar Tiere zu stehlen und sie von zwei Freundinnen als eine Art Liebesmahl zubereiten zu lassen. Die Lichter entlang der Küste schimmerten wie ein Perlenhalsband. Der Leuchtturm ließ seinen Lichtkegel über die Wasserfläche gleiten, und Coyne zog eine Falle nach der anderen an Bord. In der Dunkelheit war wenig zu erkennen, so daß Coyne die Fallen ganz aus dem Wasser heben und gegen den Lichtschein der Küste halten mußte. Doch dann hatte er plötzlich die Balance verloren und war mitsamt der Hummerfalle vor der Brust rückwärts ins Wasser gekippt und sogleich versunken. Coyne wäre ertrunken, hätte Vinnie nicht im letzten Moment das Seil der Falle mit dem Ruder erwischt. Daran hatte er die Falle nach oben gezogen, bis Coyne wasserspukkend an der Oberfläche auftauchte.

»Vergiß nicht! Ich habe dir das Leben gerettet«, sagte Vinnie, der ihn einmal tanzend umkreiste und ihm einen feuchten Kuß auf die Wange drückte, bevor er wieder auf Tuchfühlung mit seiner pelzbesetzten Meerjungfrau ging. Coyne kam es beinahe so vor, als sei ihr ganzer Leib mit silbernen Makrelenschuppen überzogen und sie befänden sich tief auf dem Meeresgrund, umgeben von Hummern und Seetang.

Doch wo gab es heutzutage noch Hummer? Die See war hoffnungslos überfischt. Zwei- bis dreihundert Kochtöpfe warteten auf die eine unglückliche Kreatur, die als letzte ihrer Spezies vergeblich nach ihren Artgenossen suchte. Die waren allesamt ausgewandert. Es war ein Armageddon für Hummer. Die letzten seiner Familie hielt irgendein Mistkerl in seinem Fischrestaurant in einem Konzentrationslager aus Glas gefangen. Dort sahen die Gäste sie mitleidslos an und sagten: »Den da, bitte.« Dabei hatte ihnen früher einmal die ganze Bucht gehört. Jetzt war alles vorbei. Und weil Coyne so ein miserabler Tänzer war, versuchte er mit der Dicken mit dem Pferdearsch ins Gespräch zu kommen, indem er ihr das ganze Ausmaß der Zerstörung unterbreitete und sie mit Statistiken der bedrohten Hummer tödlich langweilte.

»Lassen Sie mich raten – Sie machen die Abrechnungen für die Fischer?« sagte sie und blickte ihn an, als sei ihr aus seiner Hose Makrelengestank in die Nase gestiegen.

Coyne verließ die Tanzfläche und setzte sich allein und betrunken an die Bar, um Vinnie Foley bei seinen Hüftkollisionen mit der Meerjungfrau zu beobachten. Kurz darauf kam Vinnie zu ihm und sagte, er würde gehen. Die Frau mit den pelzbesetzten Hot pants hing lächelnd an seinem Arm, Vinnies Lederjacke über die Schultern geworfen.

»Ist schon okay«, sagte Coyne.

»Ruf mich an«, sagte Vinnie augenzwinkernd.

Sie verabschiedeten sich mit dem festem Händedruck zweier Krieger, die sich schworen, in Kürze erneut Seite an Seite in die Schlacht zu ziehen. Dann bewegte sich Vinnie auf den Ausgang zu, und ihre Freundschaft ruhte bis zu ihrer nächsten Begegnung auf Eis, wann immer das sein mochte. In gewisser Weise war Coyne froh darüber, weil er nun bei seinen Nachforschungen vor Ort ungestört war. Er bestellte sich eine zweite Flasche Katzenpisse, die ihm die Bardame mit einem Plastikbecher servierte, als könne man ihm kein Glas mehr in die Hand geben. Als er die Flasche beinahe geleert hatte, erblickte er plötzlich am anderen Ende der Bar das vertraute Gesicht einer Frau.

Irgendwo habe ich diese Frau schon mal gesehen, dachte er, bloß wo? Ihr Aussehen gefiel ihm. Sie trug ein hautenges geripptes Top, unter dem sich ihre Brüste genauestens abzeichneten. »Aus deinem Slip würde ich Glasscherben fressen«, murmelte er betrunken vor sich hin.

Erst als die junge Frau einen Orangensaft bestellte, fiel bei Coyne der Groschen. Es war das Mädchen von den Bahngleisen, Madonna auf Austern und Guinness. Coyne war verblüfft, wie nah er sich bereits an die Cunningham-Gang herangearbeitet hatte.

Er ließ sie nicht aus den Augen und machte sich im Geist Notizen, ganz wie ein echter Detektiv. Warzenkiller konnte von ihm noch das ein oder andere über professionelle Ermittlungsarbeit lernen. »Wart's nur ab«, wiederholte er leise. Dann leerte er seinen Plastikbecher, griff die Flasche und schlenderte lässig zum anderen Ende der Bar.

»Naomi, hab ich recht?«

Sie sah ausdruckslos zu ihm auf. Hinter ihrem Blick schienen sich nur leere Zimmerfluchten zu erstrecken.

»Erinnerst du dich nicht mehr? Wir sind uns auf den Bahngleisen begegnet«, platzte Coyne heraus. Wie konnte er nur so blöd sein und gleich mit dem ersten Satz sein Inkognito verraten. Aber sie schien sich an nichts zu erinnern. Sie starrte ihn nur an, als versuche sie ihn bei einer Gegenüberstellung in ihrem Kopf unter zahllosen Kandidaten herauszupicken. Coyne setzte sich ohne zu fragen neben sie und goß ihr den Rest seiner Weinflasche in den Plastikbecher, den sie ebenfalls nur anstarrte, als sei ihr jede menschliche Geste fremd.

»Wie heißt du?« fragte sie so unvermittelt, daß Coyne in Verlegenheit geriet.

»Vinnie«, sagte er nach kurzem Zögern. »Vinnie Foley.«

Schon wieder ein böser Fehler. Unbewußt hatte er immer wie Vinnie Foley sein wollen. Er hatte sich einfach nicht mehr im Griff und war zu betrunken, um seiner Aufgabe als Bulle gerecht zu werden.

»Vinnie Foley«, wiederholte sie mehrmals. Dann drehte sie sich zu ihm hin, als habe sie ihm etwas außerordentlich Wichtiges mitzuteilen.

»Hör zu, Vinnie«, sagte sie und zeigte mit dem Finger auf eine mit braunem Leder bespannte Tür zu einer VIP-Lounge. »Wenn er zurückkommt, bist du hier besser verschwunden. Mehr hab ich dir nicht zu sagen.«

»Wenn wer zurückkommt?«

»Drummer«, sagte sie mit schwacher Stimme, die keinen Zweifel ließ, wie ernst ihr die Sache war. Coyne fühlte sich zurückgestoßen. Er wollte ihr sagen, wie besorgt er um sie war. Er könnte ihr helfen. Er würde sie beschützen, sie aus den Fängen der Gang befreien.

Coynes Alkoholpegel hatte ein so selbstmörderisches Niveau erreicht, daß er bereit war, es gleich an Ort und Stelle zum Showdown mit Drummer kommen zu lassen, und er schwor, ihre Ehre bis zum letzten zu verteidigen, als sie ihm plötzlich ihre Handgelenke hinhielt.

»Sieh her«, sagte sie als eine Art letzte Warnung, und Coyne starrte auf die Narben, wo sie das warme Blut hatte hervorsprudeln lassen. Die straffe, fast durchsichtige Haut über den dünnen blauen Adern war von häßlichen Schnitten durchkreuzt. Furchen von geschmolzenem Wachs, die wie weißes Latexgewebe über einer Flamme verheilt waren. Erschrocken fuhr Coyne vor den Malen ihrer Verstümmelung zurück, in deren Anblick er zugleich ein Zeichen von Intimität sah. Sie zeigte ihm, wo ihr Leben in einem blutroten Strahl ausgeflossen war. Coyne war betroffen und tief bewegt.

»Brauchst du Hilfe?« fragte er.

Sie blickte ihn verwirrt an. Aber noch ehe sie etwas sagen konnte, brach Coyne ein Stück aus einem Bierdeckel, schrieb eine Telefonnummer auf und hielt sie ihr hin. Doch sie wehrte ab, so daß er den Zettel in einen leeren Plastikbecher steckte.

»Der Mann heißt Fred. Er ist Nachtwächter. Er wird sich mit mir in Verbindung setzen.«

Im nächsten Moment wurde Coyne von hinten von einem großen, fleischigen Lakaien Drummers vom Stuhl gehoben. Es war Chief, der ihn am Kragen in die Höhe zog.

»Suchst du Ärger, Kumpel?«

Coyne sah auf der Stelle rot. Anstatt die Sache auf sich beruhen zu lassen und unter dem Vorwand, es handle sich um ein Mißverständnis, zu verschwinden, begann er sich mit Drummers rechter Hand anzulegen. Er würde Madonna mit den aufgeschlitzten Handgelenken nicht im Stich lassen.

»Ich unterhalte mich gerade, klar?«

»Belästigt der Typ dich?« fragte Chief sie.

Aber Naomi sah nicht einmal auf und überließ Coyne seinem Schicksal.

»Verschwinde und kümmere dich um deinen eigenen Dreck«, sagte Coyne mit lallender Stimme, der jedwede Überzeugungskraft fehlte. Der Gedanke, Vinnie an seiner Seite zu haben, schien ihn wie ein schützender Zauber zu umgeben. Er versuchte, Chiefs gemeinen Schultergriff abzuschütteln, indem er ihn mit dem Ellbogen zur Seite stieß. Dann suchte er Madonnas Augen, um ihr zu signalisieren, daß sie frei entscheiden sollte, ob sie mit ihm reden wolle oder nicht. Aber Coyne hatte nicht die Spur einer Chance. Er konnte nicht einmal gerade stehen, geschweige denn sich verteidigen.

»Raus mit dir«, rief Chief und zerrte Coyne zur Tür.

Einen Augenblick lang fand Coyne den Gedanken, daß er wie eine leblose Statue abtransportiert wurde, geradezu komisch. Seine Füße schleiften hinter ihm über den Boden, und die Tänzer drehten sich nach ihm um und sahen zu, wie er wie eine Comicfigur vor die Tür gesetzt wurde. Der Barkeeper räumte bereits seinen Plastikbecher weg und wischte die Theke ab. Naomi stierte weiter vor sich hin. Draußen wurde die Sache weniger humorvoll. Zwei Türsteher lösten Chief ab und zerrten Coyne die Eisentreppe hoch auf den Bürgersteig, wo sie ihm einen Stoß in die Rippen versetzten.

Bevor Coyne sich zur Wehr setzen oder seine berechtigte Empörung gegenüber den beiden Herren in Smokings äußern konnte, bekam er einen Tritt in den Unterleib. Er wußte nicht, wer ihm den Tritt verpaßt hatte, doch der Schmerz breitete sich wie ein bösartiges Geschwür in der Magengegend aus und ließ ihn jedes weitere Vorhaben vergessen. Artig krümmte er sich zusammen. Weitere Schläge prasselten auf ihn ein, die ihm aber im Vergleich zu dem großen purpurfarbenen Stich im Unterleib wie leichte Klapse vorkamen. Dann sank er zu Boden. Sich mit einer Hand am Geländer festhaltend und das Gesicht auf das kalte Pflaster gedrückt, spürte er die ganze Schmach seines Rauswurfs.

»Und jetzt schieb ab«, hörte er einen der Männer durch eine Wolke von Übelkeit sagen, die in seinem Innern kreiste. Sein Kopf war vollkommen leer. Er glaubte, daß die Leute auf der Straße ihn anstarrten, doch sein Gesichtsfeld war auf die polierten Schuhe und weißen Socken eines der Türsteher beschränkt, der unmittelbar vor ihm stand. Dumpf registrierte er, daß die beiden Männer sich mit verschränkten Armen über ihm aufgebaut hatten. In seinen Ohren brauste ein stechender Schmerz. Er zog sich am Geländer entlang, mußte aber nach wenigen Schritten anhalten und sich übergeben, wobei er eine Hand auf seine schmerzende Männlichkeit preßte.

Lange Zeit hockte Coyne in seinem Ford Escort am Kanalufer und kochte vor Wut. Nach und nach wurde ihm seine eigene Dummheit bewußt und daß er sich alles selbst zuzuschreiben hatte. Selbstmitleid überkam ihn. Er hatte das Gefühl, daß es auf der Welt kein Fair play mehr gab, und das versetzte ihn erneut in einen so rasenden Zorn, wie er ihn nie zuvor erlebt hatte.

Ziellos fuhr er durch die Gegend, obwohl er wußte, daß er sternhagelvoll war. Im Dienst hatte er dafür zu sorgen, genau solche Typen aus dem Verkehr zu ziehen. Mehrmals fuhr er am Nachtklub vorbei; wenn er doch nur etwas tun könnte, es den Schlägern heimzahlen, bevor er nach Hause fahren und all den aufgestauten Ärger im Schlaf vergessen würde. Vor seinen Augen stand das Bild des Mädchens. Er hatte das Gefühl, nur allein für sie gelitten zu haben.

In einer Seitenstraße entdeckte er Berti Cunninghams Range Rover, der vorschriftsmäßig im Schein einer Straßenlaterne geparkt war. Er kannte das Nummernschild auswendig. Was für ein verdammtes Glück. Er könnte ihm als kleinen Vorgeschmack alle vier Reifen aufschlitzen. Das würde ihnen eine Lehre sein, sich besser nicht mit Coyne anzulegen.

Er parkte seinen Wagen vor der Einfahrt zu einer schmalen Gasse und beobachtete eine Zeitlang die Straße. Seine einzige Sorge war, daß ein Streifenwagen aus Irishtown oder Donnybrook vorbeikam und einer seiner Kumpels seinen Wagen erkannte. Vermutlich würden sie anhalten, und er konnte seinen Plan vergessen. Nachdem einige Zeit alles ruhig blieb, setzte er den Wagen in die Gasse, die unmittelbar auf eine andere Straße führte, und stieg bei laufendem Motor aus.

Zunächst ging er ein paarmal vor dem Wagen seines Opfers auf und ab. Nachdem er sich vergewissert hatte, daß niemand in der Nähe war, beschloß er, als erstes gegen die Tür des Range Rover zu pinkeln. Seine Umgebung behielt er dabei wachsam im Auge. Es war ein symbolischer Akt der Besitznahme nach altem Hundebrauch, demzufolge Besitzansprüche dadurch geltend gemacht werden, daß man als letzter gegen etwas pinkelt.

Alles weitere mußte schnell gehen, denn es würde Lärm und einiges Aufsehen geben. Ein Stanley-Messer hatte Coyne nicht im Wagen. Also nahm er kurzerhand den Reservekanister und den Kreuzschlüssel aus dem Kofferraum. Seelenruhig spazierte er damit über den Bürgersteig zurück. Kein Nerv zuckte. Mit dem Kreuzschlüssel zerschmetterte er die Windschutzscheibe und löste damit das schrille Geheul der Alarmanlage aus. Da Windstille herrschte, bestand keine Gefahr für die anderen hier parkenden Wagen. Absolute Präzisionsarbeit. Coyne schüttete den Inhalt des Kanisters über den Vordersitz und setzte das Fahrzeug mit einem einzigen Streichholz in Brand. Coyne, der Attentäter! Er spürte den gewaltigen Luftzug der Flammen. Er brauchte sich nicht einmal umzudrehen und hinzusehen. Brennt nur, ihr Schweinehunde. Es war wie 1916. Überall in der Stadt spiegelte sich die Feuersbrunst in den georgianischen Fenstern.

»Das wird ihnen eine Lehre sein«, sagte er zu sich selbst, als er mit einer schäumenden Woge Adrenalin im Hirn in seinen Wagen stieg. Er raste durch die Gasse, überquerte eine Hauptstraße und schoß eine andere Gasse entlang. Durch seine genaue Ortskenntnis hatte er sich in Sekundenschnelle vom Schauplatz des Geschehens abgesetzt. Als er wenige Minuten später erneut die Leeson Street entlangfuhr, sah er die Männer in ihren Anzügen die Eisentreppe des *Fountain Club* hochstürmen, über das Eisentor springen und die Straße hinabrennen, als hätte man ihnen eine Chili-Schote hinten reingesteckt. Ein Bild, das ihn zutiefst befriedigte.

Coynes Gerechtigkeit.

Auf der Fahrt nach Hause entdeckte Coyne einen Igel auf der Fahrbahn. Er trat auf die Bremse, stieg aus und rannte den Bürgersteig entlang, als müsse er sich von einer schweren Schuld befreien. Dem äußeren Eindruck nach war ihm am Steuer schlecht geworden. Für die Fahrer auf der zweispurigen Straße mußte es so aussehen, als lehne er an der Betonmauer, um sich zu übergeben. Bestimmt hatte sich ihm bei der Stimme von Christy Moore, die aus der offenen Wagentür drang, der Magen umgedreht, so daß er eine stachelige braune Kugel auf die Straße gekotzt hatte. *Oh Lisdoonvarna.*

Dabei rannte er bloß hinter einem verdammten Igel her. Er wollte ihn in den Wagen packen und mit nach Hause nehmen. Die Kinder würden Augen machen, wenn sie morgen früh einen Igel im Garten entdeckten. Aber es gab auch eine praktische Seite. Schon lange hatte er nach einer dauerhaften und humanen Lösung für die lästigen Schnecken gesucht, die Jahr für Jahr in seinen Garten einfielen und alles wegfraßen. Die

Befreiung von den Schnecken. Der Igel und der irische Freiheitskampf, dachte er, als er seine Jacke aus dem Wagen nahm, die Kreatur, deren Körper sich unmerklich hob und senkte, vorsichtig von der Straße aufhob und sie in den Kofferraum legte. Wie konnte er ahnen, daß der irische Igel sechsundzwanzig verschiedene Floharten mit sich herumträgt? Coyne kannte Igel nur aus Bilderbüchern.

Als er zu Hause ankam, war der Igel verschwunden. Er durchsuchte den ganzen Wagen, schaute unter den Sitzen und sonstwo nach. Zuletzt kam er zu dem Schluß, das Tier müsse durch eins der Rostlöcher unter dem Ersatzreifen im Kofferraum entkommen sein. Die Nacht des entlaufenen Igels. Er träumte sogar von verlorengegangenen Igeln. Im Traum hatte er das Gefühl, etwas Unermeßliches verloren zu haben, etwas, das er kaum zu beschreiben vermochte und das er niemals zurückgewinnen würde. Es war weit mehr als der Verlust eines Igels.

Am nächsten Morgen war Carmel stinkwütend. Sie erzählte ihm, daß sie die halbe Nacht nicht geschlafen habe vor lauter Sorge und beinahe sogar bei der Polizei angerufen hätte.

»Ich war mit Vinnie Foley unterwegs«, sagte Coyne, als sei das eine hinreichende Entschuldigung.

»Dann hättest du mir wenigstens was sagen sollen.«

Die Kinder sahen Coyne bei dem Versuch zu, Porridge zu kochen. Seine Lippen hatten einen schwarzen Rand, und Jennifer sagte, aus seinem Mund stinke es nach Benzin. Er starrte sie aus rotglühenden Dracula-Augen an. Das grelle Licht schmerzte ihn. Die Kinder wollten den giftigen Brei nicht essen, so daß Coyne selbst in der klumpigen Lava herumstocherte, ihnen ein paar Kekse vorsetzte und sich dann in seine Gruft zurückzog, wo er den ganzen Tag schlief.

Er versank in eine Art Koma, in dem Traum und Realität nicht genau auseinanderzuhalten waren. Immer wieder wachte er mit einem Gefühl der Panik auf und sah den brennenden Wagen vor sich. Zum ersten Mal bekam er eine halbwegs klare Vorstellung von seiner Tat. Er hatte die dünne Membran von Gut und Böse durchbrochen und sich auf die kriminelle Seite der Gesellschaft geschlagen. Im Halbschlaf erkannte er die Gefahren seiner Gratwanderung, die ihn in Drummers Welt geführt hatte, aus der es vielleicht kein Entrinnen mehr gab. Zwischendurch sah er sich kämpfend im Nachtklub, schlug wild um sich und strampelte die Decke vom Bett. Er hörte, wie Nuala im Garten mit einem Löffel auf einer Plastikschubkarre herumtrommelte, und sah sie im Traum auf seinen Sarg einhämmern. Den ganzen Tag über zogen Stimmen wie murmelnde Trauergäste vorüber. Einmal bemerkte er, daß Jennifer und Nuala sich flüsternd und kichernd ins Zimmer geschlichen hatten, aber er konnte seine bleischweren Lider nicht öffnen. Dann hörte er aus der Küche das Klingeln des Bestecks, das in die einzelnen Fächer des Besteckkastens einsortiert wurde und ihm wie fernes Glokkengeläut der Mißbilligung vorkam.

Drummer hielt unterdessen in seinem Haus in Sandymount eine Konferenz ab. Bis zur Mittagszeit hatte er ein Team von sieben Männern aufgestellt, das die Stadt nach einem Typen namens Vinnie Foley durchkämmen sollte. Ganz Dublin sollte leiden, bis der Kerl gefunden war, der seinen Wagen auf dem Gewissen hatte. Er hatte sich den Schaden nicht einmal persönlich angesehen, weil es ihm das Herz gebrochen hätte. Um seine Würde zu wahren, hatte er sich lediglich von Chief ein Bild zeigen lassen, auf dem die Feuerwehr ihre Schläuche auf das verkohlte Wrack hielt, während über den Straßen dichter Rauch hing. Es sah aus wie auf einem Benetton-Poster.

Er hatte die Nachricht schweigend aufgenommen, die Fäuste geballt und ziellos in die Ferne geblickt, mit Augen, die aussahen wie zwei Zigarettenlöcher im Sofa.

Dann hatte er Naomi kommen lassen, eine ihrer Brustwarzen zwischen die Finger genommen, als ob er eine Kirsche vom Baum pflückte, und so lange zugedrückt, bis sie vor Schmerz aufgeschrien hatte und mit dem Namen herausgerückt war.

»Und was hast du ihm verraten?« herrschte Drummer sie an.

»Nichts. Ich schwör's dir, Berti. Der wollte mich bloß anquatschen.«

»Ich mag es nicht, wenn du dich mit fremden Typen unterhältst. Es könnte ein Bulle gewesen sein.«

»Laß endlich los, verdammt noch mal. Ich schwöre bei Gott, Berti, du siehst Gespenster.«

»Sollte sich herausstellen, daß es ein Bulle war, bist du erledigt«, sagte er und ließ endlich von ihrer Brustwarze ab.

Berti Cunningham gehörte zu den Leuten mit einem enormen Grundumsatz, deren erster Gedanke beim Aufwachen ist: Wen muß ich mir heute vorknöpfen? Jetzt hatte er allen Grund, an seiner Leistungsfähigkeit zu zweifeln. Von seinen Mitarbeitern verlangte er unbedingte Treue, so daß der ganze Trupp Hohlköpfe vor der Tür zu seinem Luxusbad im Erdgeschoß herumlungerte und auf Anweisungen wartete, während Berti drinnen mit einer ernsthaften Verstopfung zu kämpfen hatte. Es war gerade so wie beim Stamm der Kollektiv-Scheißer, mit dem einzigen Unterschied, daß Berti das Ritual ganz allein zu erledigen hatte. Der beißende Gestank verlieh den Vorgängen den entsprechenden Realitätsgehalt.

Drummer nahm sogar sein Mittagessen mit ins Badezimmer, in der Hoffnung, damit seiner verzweifelten Lage Abhilfe zu schaffen. Er aß einfach zuwenig Ballaststoffe. Statt dessen von morgens bis abends Fast Food, und je angespannter er war, desto mehr mußte er in sich hineinstopfen. Schon als Kleinkind hatten seine Windeln wie Big Macs gerochen.

»Ich spüre, daß meine Ration Gutwilligkeit für diesen Monat aufgebraucht ist. Die Söhne jeder Mutter in dieser Stadt sollen schreien, bis ich den Schuldigen gefunden habe. Wer auch immer es war, ich werde Eierkohlen aus ihm herausprügeln.«

Die nächsten drei Tage verbrachte die Cunningham-Gang damit, jeden ihrer Bekannten im Umkreis der Stadt mit brutaler Gewalt um Informationen anzugehen. Chiefs besonderes Markenzeichen bestand darin, Leuten brennende Zigaretten vors Auge zu halten. Mick Cunningham zog es vor, seine Stiefel reden zu lassen, während Berti über eigene subtile Techniken verfügte, um seine Opfer zum Singen zu bringen. Er verstand sich am besten auf Schmerzen und wußte, wie Schlafentzug am wirksamsten einzusetzen war. Gemeinsam tauchten sie in einer Buswerkstatt der Stadtwerke auf, prügelten eine Reihe Mechaniker durch und rückten ihnen mit Schraubenschlüsseln auf den Leib. In einem Snooker-Salon im Norden Dublins versuchte Chief, einen Mann mit einem Queue aufzuspießen. Schließlich machten sie sich in einer Seitengasse auch noch über Joe Perry her und fragten ihn aus reiner Verzweiflung, ob er etwas gegen Autos habe. Eine Menge Leute hätten Coyne für das Unheil verflucht, das er über die Unterwelt gebracht hatte.

Doch die breit angelegte Suche blieb ergebnislos. Drummers Schläger irrten in der Stadt umher, nahmen alle möglichen unschuldigen Leute in die Mangel, prügelten harmlosen Junkies das Frühstück aus dem Leib und standen am Ende doch mit leeren Händen da. In seiner blinden Wut fuhr Berti zu einem unbedeutenden, in die Jahre gekommenen Dealer aus Leitrim namens Noel Smyth, der ihm seit ewigen

Zeiten Geld schuldete. Sie platzten in seine Wohnung in Ranelagh, schlugen ihn windelweich und durchsuchten die Zimmer, während Drummer schweigend aus dem Fenster auf eine fleckige Matratze im Hinterhof starrte.

»Du abgefuckter, dreckiger Scheißkerl«, brüllte Chief. »Du schuldest uns Kohle.«

»Regt euch ab, Jungs. Was für Kohle?«

»Darfst auch gleich noch 'ne hübsche Stange Zinsen ausspucken«, befahl Chief.

»Tut mir leid. Ich bin absolut blank. Nehmt, was ihr wollt. Ihr könnt Mick Jaggers Unterhose haben. Oder ein Mars von Marianne Faithful. Nur zu. Wie wär's mit einem von Jimis Joints, die wir uns damals zusammen in Marrakesch reingepfiffen haben – dort drüben auf dem Kaminsims im Aschenbecher?«

Mick Cunningham machte sich daran, ihn mit einer Tüte Koks zu füttern, die er irgendwo gefunden hatte. Chief begutachtete unterdessen die CD-Sammlung und stieß auf *The Chieftains in China.*

»Ich werd nicht mehr. Die Chieftains bei den Schlitzaugen«, lachte er. Drummer konnte selbst das nicht aufheitern. Er starrte weiterhin auf die melancholische Landschaft verregneter Gärten und dachte nach. Blinde Gewalt war nicht seine Sache. Sie mußte zu irgend etwas führen. Aber dazu brauchte er den richtigen Mann. Also befahl er den anderen, es mit Smyth gut sein zu lassen. Nachdem der Mann aus Leitrim sich wieder aufgerappelt hatte, schüttelte er Drummers Hand und bedankte sich artig, daß man ihn am Leben gelassen hatte. Danach zogen sie wieder ab.

Carmel nahm an den Workshops ›Herbstliche Malerei‹ von Mr. Sitwell teil. Boom, boom, und schon ging's los, die Halfpenny Bridge, das Zollhaus oder die Wasserspiegelungen auf dem Kanal wurden auf die Leinwand gebannt. Mehrere Tage beschäftigten sie sich mit Motiven im Hafen. Danach fuhren sie raus nach Enniskerry, um Herbstlandschaften und die Berge zu malen. Sitwell trug ein Tweed-Jackett und einen Wollschal, den er sich um den Hals geschlungen hatte wie ein tollkühner Flugpionier. Mit einer Kapitänsmütze auf dem Kopf und eine Zigarre mit Spitze rauchend, führte er seine Künstlertruppe die Hänge von Wicklow hinauf. Nichts konnte ihn in seiner Suche nach Schönheit aufhalten. Unbeirrt von Schafherden und Düngerbeuteln, die sich in Hecken verfangen hatten, schritt er wie ein Feldherr durch die Landschaft, im Schlepptau seinen mit Staffeleien und Picknickkörben bewaffneten Troß. Mit hochroten Köpfen und schwitzend wie Käse in einem Treibhaus blieb der ganze Trupp stehen, wenn Sitwell, von der Muse geküßt, ganz plötzlich die Arme ausstreckte.

»Einzigartig«, hauchte er. »Bum, bum, bum.« Aber jedes Wort schien angesichts der Schönheit der Landschaft wie eine Beleidigung. Es war atemberaubend. Unübertrefflich. Während Sitwell in andächtiges Schweigen verfiel, tuschelte die Künstlerschar zustimmend und brachte emsig ihr Werkzeug in Anschlag. Dann hatte er die richtigen Worte gefunden.

»Meine Damen, von diesem Ort geht eine göttliche Inspiration aus. Er besitzt alles, was ein Künstler sich von der Natur erhoffen kann – einen grünen Flickenteppich von Feldern im Tal, einen Berghang mit buntem Herbstlaub und einen Himmel, den Michelangelo uns hinterlassen hat. Die Erde selbst steht in Flammen. Ein Inferno aus roten und gelben Farbtönen, die wie Flammen über die Hänge züngeln, um in der schrecklichen Finsternis der Talsohle zu verlöschen.«

Anschließend hielt er ihnen einen langen Vortrag über Licht und Schatten. Dabei paffte er seine Zigarre und fuhr mit ihr durch die Luft, als würde er eine rasche Skizze an den

Himmel werfen. Dann kehrte er wieder zur schrecklichen Finsternis zurück und sagte, sie sei der Schlüssel des wahren Genies, denn nur ein Genie besitze die Gabe, die völlige Abwesenheit des Lichts in der Talsenke auf die Leinwand zu bannen.

»Verzeihen Sie mir den Vergleich, meine Damen. Aber das Auge des Künstlers wird von dieser Abwesenheit des Lichts in der gleichen Weise angezogen, in der ein Mann von den geheimnisvollen, dunklen Schatten im Ausschnitt einer Frau angezogen wird.«

Einige Frauen lachten oder kicherten zustimmend, als könne ein Schweigen als Eingeständnis einer Brustamputation gedeutet werden. Einige setzten sogar noch eins drauf, indem sie Wonderbra-Witze erzählten. Das Tal der Finsternis. Twin Peaks. Tut mir leid, meine Dame, aber wir führen keine Zirkuszelte.

Schließlich beruhigten sich die Gemüter wieder, und alle bestaunten in stiller Ergriffenheit die reine Schönheit der Landschaft. Die Luft roch nach einem Gemisch aus Zigarrenrauch, Sitwells Aftershave und frisch gemähtem Heu. In der Ferne zeterten Krähen in den Baumkronen, und ab und zu drang vom Tal her Motorengeräusch herauf. Die Landschaft veränderte sich unmerklich mit dem Lauf der Sonne, den vorüberziehenden Wolken und den grasenden Schafen, die ihre Mäuler unablässig zum Rhythmus einer stummen Musik bewegten.

Coyne hatte Vinnie Foley wiederholt eine Nachricht hinterlassen. Er mußte ihn warnen. Er wählte sich die Finger wund, hatte aber immer nur eine dieser säuselnden Werbestimmen in der Leitung, die ihm mitteilte, Vinnie sei momentan außer Haus und nicht zu erreichen. Nach einer Woche hatte Coyne es satt, sich ständig vertrösten zu lassen, und lief höchstpersönlich im Büro von Cordawl, O'Carroll, Beatty & Banim auf. Schließlich ging es in dieser Sache um Leben und Tod. Die Dame an der Rezeption empfing Coyne, als wisse sie über alles Bescheid.

»Hi«, sagte sie und schob ihn in ein eichenvertäfeltes Empfangszimmer, wobei sie Coyne einen freizügigen Blick auf ihren Spitzen-BH gewährte. Augenzwinkernd deutete sie mit der Hand auf einen Platz neben dem Marmor-Kamin. Am Fenster stand eine wuchtige Skulptur, die aussah wie ein schrumpeliger Penis.

»Wie wär's, wenn Sie sich 'nen Moment mit den Illustrierten vergnügen«, sagte sie mit lakonischem Lächeln, als wäre dahinter eine schlüpfrige Anspielung verborgen. »Vinnie kommt in einer Sekunde.«

Bei dir würde ich auch in Sekunden kommen, dachte Coyne.

Anschließend wurde er von einer pummeligen jungen Frau, die einen weiten Pulli und einen Ring in der Nase trug, abgeholt. Sie hakte sich bei ihm unter und führte ihn in ein Großraumbüro, in dem Leute in einer Art Party-Atmosphäre plauderten, obwohl noch nicht einmal Mittag war. Der Raum erinnerte an einen großen Kindergarten mit einem Basketballkorb an der Wand. Eine Frau in schwarzer Lederhose spielte gerade die Pointe eines Witzes vor, um sich anschließend umzudrehen und im Weggehen zwei lachenden Männern mit erhobenem Arm zuzuwinken. In einer anderen Ecke des Büros lieferten sich ein alter Mann mit Bürstenschnitt und ein jüngerer Angestellter einen Fechtkampf mit ihren Linealen, während eine Frau mit einer riesigen pinkfarbenen Hornbrille stumm aus dem Fenster starrte und einen genialen neuen Slogan wie ›Shaws, gleich um die Ecke‹ ausbrütete. Was zum Teufel sollte gleich um die Ecke heißen? – Dublin, Cork oder Borris in Ossary?

Überall hingen saublöde Mitteilungen – ›Vin, ich möchte mein letztes Rollo mit dir teilen, Viv.‹ ›Memo von Mike an Moll: Spuck die Anzeige für Fisherman's Friend aus, bevor ich dir was huste.‹ ›Memo von Dan an Fran: Käpt'n Iglo will die Fischstäbchen-Poster bis Freitag.‹ ›Alfie: tolle Nummer, aber der Kaffee war miserabel.‹ Jeder wollte krampfhaft witzig und originell erscheinen. Gary Larsons Humor hatte sich wie ein Virus über das ganze Büro ausgebreitet, mit dem Ergebnis, daß alle wie in der Fernsehwerbung in kryptischen Einzeilern sprachen. Irgendwer hielt ein drei Tage altes, mit ranziger Creme überzogenes Doughnut in die Höhe und sagte: »In Ruhe gereift.«

Coynes Verachtung für diese Leute war größer als die für Künstler oder Golfer, ja sogar größer als die für Autofahrer. Sie kamen sich alle so unheimlich intelligent und kreativ vor. Dabei beschränkte sich ihr Sprachschatz auf eine Aneinanderreihung halbpoetischer, postkoitaler Satzfetzen. Sie klangen wie Männer mit Samenkoller. Madame Bovary in Leder. Eingeschlossen in ihre eigene verdrehte Welt, lebten sie wie auf einem der endlosen Transportbänder im Flughafen.

»Coyne, was willst du denn hier?« fragte Vinnie. Er war gerade mit einer Werbekampagne für Kerrygold beschäftigt und sehr in Eile.

»Ich muß mit dir reden«, sagte Coyne, während er mit suchenden Blicken zu verstehen gab, daß es sich um ein privates Gespräch handelte. Aber in einer Werbeagentur schien der Begriff Privatsphäre unbekannt. Hier herrschte der Gleichheitsgedanke einer offenen Gesellschaft ohne Geheimnisse. Vinnie vermutete, daß Coyne ihm mit einem Eheproblem kommen würde.

»Na, Coyne, ist dir das Benzin ausgegangen?« fragte Vinnie, worauf Coyne ihn ungläubig anstarrte. Welches Benzin meinte er?

»Nein, mein Tank ist voll«, gab er zurück.

»Was hast du dann auf dem Herzen?«

»Dein Leben ist in Gefahr, Vinnie. Ich bin gekommen, um dich zu warnen.«

Foley lachte, als hätte sein alter Freund aus dem Skript für einen neuen Versicherungs-Spot gelesen. Als Coyne erklärend hinzufügte, er habe mit einem Mädchen namens Naomi gesprochen, die enge Verbindungen zur Unterwelt unterhalte, nahm Vinnie seinen Arm und führte ihn zur Treppe zurück.

»Immer mit der Ruhe, Coyne. Du träumst mit offenen Augen.«

»Ich mein's ernst, Vinnie. Die Schläger aus dem Klub sind hinter dir her.«

»Schläger? Hab ich was verbrochen?«

»Tut mir leid, Vinnie. Es war mein Fehler. Ich hab mich ihr unter deinem Namen vorgestellt, nur so aus Jux. Und jetzt haben wir den Salat. Am besten, du läßt dich ein paar Tage lang nicht in deiner Wohnung blicken. Quartier dich solange woanders ein.«

Vinnie hielt das alles für einen schlechten Scherz. Es bedeutete einen Einbruch in seine Privatsphäre. In zehn Minuten mußte er seine Kerrygold-Präsentation vorlegen, und sein Hirn war wie ranzige Butter.

»Verdammt noch mal, Coyne, du siehst mir doch noch nicht einmal ähnlich.«

Carmel klagte über einen unerträglichen Gestank im Wagen. Eine Art beißender Verwesungsgeruch, der so schlimm war, daß Mrs. Gogarty das Fahrzeug mit Lancôme einsprühen mußte.

Eigentlich benutzte Carmel den Wagen nur selten. Dafür waren ihre Ausflüge jedesmal ein echtes Schauspiel. Nicht, daß sie irgend etwas rammte, aber die Art, wie sie weit vorgebeugt hinter dem Lenkrad saß, immer nur in den unteren Gängen fuhr und sich vor dem Abbiegen mit dem ganzen Körper nach hinten drehte, machte Coyne nervös. Zum Glück mußte er ihre Fahrkünste nicht aus nächster Nähe miterleben.

Bis auf das eine Mal, als sie eins der phosphorgelben Garda-Hütchen mitgenommen hatte. In dem Glauben, im Straßenverkehr Sonderrechte zu genießen, hatte sie den Wagen im Halteverbot geparkt. Beim Zurücksetzen hatte sich einer der Plastik-Poller unter dem Kotflügel verkeilt. Ohne auf das schabende Geräusch zu achten, war sie damit quer durch Dublin gefahren. An sämtlichen Bushaltestellen winkten ihr die Leute zu, und Carmel glaubte, an diesem Tag nur lauter freundlichen oder überaus grantigen Menschen zu begegnen. Das Gefuchtel eines Fahrers im blauen Mercedes hielt sie für plumpe Anmache, unterstützt von Mrs. Gogarty, die ihr vom Beifahrersitz aus zuredete, den schamlosen Kerl zu ignorieren. Noch dazu bei drei kleinen Kindern auf dem Rücksitz. Schließlich wurden sie von einer Streife des Clontarf-Reviers angehalten, der sie prompt erzählte, sie sei mit Garda Pat Coyne aus Irishtown verheiratet, so daß die Nachricht doppelt schnell die Runde machte – Coynes Braut schleift einen Halteverbot-Kegel von Blackrock nach Clontarf.

Sie hatten den Ausflug unternommen, weil es Carmels Mutter, was selten genug vorkam, zurück nach Northside zog. Sie wollte alte Freunde besuchen, einen Blick auf ihr ehemaliges Haus werfen und mit den Nachbarn plaudern. Ihre Heimkehr war jedesmal ein Triumph, wobei sie sich wie eine Lottokönigin aufführte. Mit dem stolzen Gang einer Diva schritt sie einher, während ihr die Lancôme-Wolke drei Meter vorauseilte. »Ich lebe jetzt in Dun Laoghaire, neben meiner Tochter Carmel. Eine sehr angenehme Gegend, und so praktisch.« Dennoch konnte Mrs. Gogarty nicht verbergen, wie neugierig sie war; schließlich war dies der Ort, aus dem sie kam und in dem sie so viele Jahre mit ihrem Mann verbracht hatte. Aufmerksam registrierte sie jede Veränderung in der Nachbarschaft: Hier war eine Veranda erweitert, dort ein neuer Zaun gezogen oder ein Dachstuhl ausgebaut worden. Und endlich war auch ein gewisser Mr. Donore gestorben, so daß es mit der Taubenplage ein Ende hatte. Sie konnte sich eines geheimen Neids nicht erwehren, zumal sie wußte, daß sie ihre wahren Freunde betrogen hatte und nun für immer auf die andere Seite der Stadt und zu einem vermeintlich besseren Leben verbannt war.

Der Tee in Northside schmeckte besser, wie sie auf der Rückfahrt zugeben mußte. Zurück ins Exil, wo ihre einzigen Freunde Carmel und die Kinder sowie eine Witwe namens Bronwyn Heron waren. Coyne nannte sie immer Brownwind. Mittlerweile ließ auch die Wirkung des Parfums nach und machte wieder dem fauligen Verwesungsgeruch Platz, wie Carmel und ihre Mutter auf der Fahrt über die Toll Bridge übereinstimmend registrierten. Die Art, in der Mrs. Gogarty die Nase rümpfte und sich im Wagen umsah, ließ unschwer erkennen, daß sie ihren Schwiegersohn für den Gestank verantwortlich machte. Obwohl sie mit geöffneten Fenstern fuhren, war der Gestank derart teuflisch, daß Mrs. Gogarty darauf insistierte, den ganzen Wagen mit Lancôme zu besprenkeln, als handelte es sich um Weihwasser.

Die Parfümwolke war so intensiv, daß sie den Geruchssinn sofort lahmlegte. Coynes Vermutung nach konnte es sich bei dem Gestank nur um den Igel handeln. Vielleicht hatte er vor seiner Flucht ein paar Duftmarken im Kofferraum hinterlassen. Doch außer drei kleinen schwarzen Murmeln konnte er nichts entdecken. Viel schlimmer war, daß er jetzt mit einem Schönheitssalon auf Rädern in der Gegend herumkurven mußte. Obendrein hing das Zeug auch noch in seiner Uniform und sorgte bei den Jungs auf der Wache für allgemeine Heiterkeit.

Dummerweise stand Coyne tief in Mrs. Gogartys Schuld. Mrs. Gocart, wie er sie manchmal nannte, hatte ihnen die Kaution für ihr Haus vorgestreckt. Anderenfalls würden sie nach wie vor zur Miete wohnen. Nach dem Tod ihres Mannes hatte Mrs. Gocart mit Hilfe der Lebensversicherung sowie einer erklecklichen Summe aus dem Verkauf ihres Hauses in Drumcondra ein hübsches kleines Anwesen in Southside erworben. Sie hatte ein eigenes Haus gekauft, eine nicht unerhebliche Summe in Pats und Carmels Haus investiert und zudem noch mehr als genug Geld auf der Bank übrigbehalten, um damit einen angenehmen Lebensabend zu bestreiten, um zum Beispiel mit Carmel beim Tee zu plaudern und bestimmte Wörter zu buchstabieren, damit die Kinder sie nicht mitbekamen.

Coyne befand sich insofern in der Zwickmühle. In gewisser Weise gehörte er ihr. Die Kleidung der Kinder hatte sie praktisch allein bezahlt. Dennoch war Coyne dauernd in Geldnöten. Carmel hatte auf Pump neue Vorhänge aufhängen lassen, nur um den Vorstellungen der Mutter vom Lebensstil ihrer Tochter gerecht zu werden. Zudem hatte Mrs. Gogartys ständige Anwesenheit dafür gesorgt, daß Coynes eigene Mutter sich nicht mehr bei ihnen blicken ließ. Sie saß lieber allein zu Hause vor dem Fernseher, als vornehme Gespräche mit Mrs. Gocart zu führen. Carmel und die Kinder fuhren deshalb gelegentlich zu ihr raus. Im Gegensatz zu Mrs. Gogarty war Coynes Mutter nicht von der Idee besessen, der jungen Familie ständig gute Ratschläge geben zu müssen und Carmel etwa einzureden, Coyne solle besser nicht in seiner Dienstuniform im Haus ein- und ausgehen.

»Du willst doch nicht, daß die Nachbarn wissen, was er so macht.«

»Warte nur, bis sie mich das nächste Mal brauchen«, war Coynes Antwort. Es war ja so einfach, auf einen Garda herabzublicken und ihn einen Bullen oder ein Polizistenschwein zu schimpfen. Bis zu dem Augenblick, an dem er gebraucht wurde. Coyne, der Retter. Wie damals, als er mit einer Leiter in ein Schlafzimmer in der Nachbarschaft einsteigen mußte, weil ein Dreijähriger seine Mutter im Badezimmer eingesperrt hatte. Coyne hatte das Schlafzimmer wie nach einem Einbruch verwüstet vorgefunden, die Wände mit Lippenstift beschmiert und der Schmuck überall verteilt. Alles schön und gut, bis Madame Gocart ihre Hecke geschnitten haben mußte oder irgendwo die nächste kleine Haushaltskrise ausbrach und Coyne gerufen wurde, um den Staubsauger zu reparieren oder festzustellen, daß im Verteilerkasten eine Sicherung rausgeflogen war. Was, bitte schön, würden sie ohne Coyne machen?

Tatsächlich war Coyne für seine umweltfreundlichen Erfindungen bekannt. Nachdem Carmel ihm einmal erzählt hatte, die einzig ärgerliche ökologische Katastrophe sei ein verbrannter Toast, hatte er sich eine Reihe großartiger Neuerungen im Haushalt einfallen lassen. Wie zum Beispiel die beiden Holzklammern, die er zum Aufhängen der Plastikhandschuhe in den Rahmen des Küchenfensters geschraubt hatte. Oder das Holztablett, das er mit Hilfe von zwei übriggebliebenen Türgriffen angefertigt hatte.

Doch wie immer übertrieb Coyne es mit seinem Erfindergeist. So hatte er einmal die ganze Familie um den Küchentisch zusammengerufen und gefragt, wer ein rohes Ei auf der Tischplatte zum Stehen bringen könne. Während alle es nacheinander versuchten und über ihren Mißerfolg lachten, stand Coyne bloß mit verschränkten Armen und weisem Lächeln daneben. Schließlich gaben sie es auf; da nahm Coyne einfach das Ei und knallte es auf den Tisch, so daß es aufrecht stehenblieb. »So ein Schwindel. Das hätten wir auch gekonnt«, sagte Mrs. Gogarty.

»Und warum habt ihr's dann nicht gemacht«, sagte Coyne mit triumphalem Lächeln, während Carmel die Schweinerei wegwischte und leise murmelte, allmählich fange er an zu spinnen.

Mrs. Gogarty ging Pat Coyne zunehmend auf die Nerven. Die ganze Zeit hockte sie im Haus herum, verteilte kluge Ratschläge, indoktrinierte die Kinder und schwang sich zu Carmels besserem Gewissen auf.

»Ich nehme immer die Sieben«, sagte sie eines Abends zu den Kindern, bevor Coyne zum Dienst mußte. Er hatte bereits seine Uniform an und las Zeitung. Als er aufblickte, sah er, daß Mrs. Gogarty ihren Lottoschein ausfüllte.

»Die Sieben, oder eine Zahl, in der die Sieben vorkommt, also sieben, vierzehn, einundzwanzig, siebenundzwanzig und so weiter. Wenn mir die Zahlen ausgehen, nehme ich einfach irgendeine Zahl und füge sieben hinzu.«

Coyne war wie gebannt von dieser neuen Gogarty-Logik. Mit dem Zeitunglesen war es vorbei.

»Ist die Sieben deine Lieblingszahl, Omi?« fragte Jennifer.

»Sieben war unsere Hausnummer, als ich so ein kleines Mädchen war wie du.«

Coyne verdrehte die Augen.

»Meine Lieblingszahl ist auch die Sieben«, sagte Nuala.

»Es ist meine Glückszahl«, fuhr Mrs. Gogarty fort, während Coyne einen wachsenden Widerwillen gegen diese merkwürdigen arithmetischen Rituale verspürte. Sie erzählte vom siebten Himmel, dem verflixten siebten Jahr und all dem abergläubischen Hokuspokus, der mit dieser Zahl verbunden ist. »Man sagt auch, wer einen Spiegel zerbricht, hat sieben Jahre lang Pech.«

»Wie wär's mit Seven-Up?« platzte Coyne dazwischen. »Oder ›Sieben Bräute für sieben Brüder‹?«

»Absolut richtig«, giftete Mrs. Gogarty zurück. »Nur zu deiner Information, Pat Coyne, die Sieben ist zufällig die wichtigste Zahl im Leben des Menschen. Sie ist der Ausgangspunkt aller Mathematik.«

»007, James Bond.«

»Du brauchst ja nicht daran zu glauben. Aber die Sieben steht für Güte«, sagte sie. »Die Sieben steht für Menschlichkeit, Gerechtigkeit und Gottesfurcht.«

»Yeah, wie die sieben Brauntöne von Scheiße«, sagte Coyne, bevor er aufstand und aus der Küche ging. Er hatte es ihr gezeigt, und Mrs. Gogarty stand so betreten da, als hätte sie sieben Fässer Lebertran aus allen sieben Weltmeeren getrunken.

Als er später mit McGuinness im Streifenwagen saß, waren Coynes Nerven gespannt wie Drahtseile. Beim nächsten kleineren Zwischenfall würde er hochgehen wie eine Bombe.

An einer Ampel hielten sie neben einem roten BMW, der es McGuinness angetan hatte.

»Klasse Wagen«, sagte er.

»Scheißkarre«, erwiderte Coyne. Er hatte in letzter Zeit eine Flut von Strafzetteln verteilt, als sei er zu einem persönlichen Kreuzzug gegen den Privatverkehr aufgebrochen. Er hatte sich Freds Worte zu Herzen genommen. Das Automobil war schuld an der Entfremdung.

»Erzähl keinen Müll«, hakte McGuinness nach. »Dieses Auto ist ein Kunstwerk. Absolut traumhaft.«

»Das möchte ich nicht mal geschenkt haben«, sagte Coyne. Noch bevor McGuinness antworten konnte, sahen sie, daß ein junger Bursche mit kahlgeschorenem Kopf und Bomberjacke am Steuer des BMW saß. Es war kein geringerer als Joe Perry.

»Ich werd verrückt! Das ist der verdammte Beilschwinger.«

Coyne hatte die Nase voll von diesen Milchgesichtern, die zum Spaß irgendwelche Autos knackten und damit durch die Straßen Dublins kurvten, als befänden sie sich in Los Angeles oder sonstwo. Er würde es ihnen schon zeigen. Morgen früh gäbe es einen Wagen weniger auf den Straßen.

»Schau'n wir doch mal, wer hier mehr auf der Pfanne hat.«

»Immer mit der Ruhe, Pat«, warnte McGuinness. »Fang jetzt bloß keine Verfolgungsjagd an.«

Doch als der BMW losraste, ließ Coyne sich die Gelegenheit nicht entgehen, die Leistungsfähigkeit ihres Streifenwagens unter Beweis zu stellen. Auf der Straße zum Kraftwerk hatten sie den BMW wieder eingeholt. Sie verfolgten ihn durch eine Reihe von Nebenstraßen, wobei Coyne den Wagen mehrmals mit der Handbremse herumriß. Er spürte, wie ihm eine Extra-Dosis Adrenalin in sein ohnehin schon aufgepeitschtes Blut schoß. Es ging doch nichts über röhrende Motoren, quietschende Reifen und Sirenengeheul, das wie das Gebrüll marodierender Jugendbanden in einem Alptraum klang. Für Coyne und Perry war das Quietschen der Reifen eine Art von Kommunikation.

»Geh zurück in den Kinderwagen, Perry.«

»Wo ist denn dein Anfänger-Schild, Garda?«

»Bleib lieber bei deinen Spielzeugautos, du Rotzlöffel.«

»Dämliches Bullenschwein. Du bist doch zu blöd, um Rollstuhl zu fahren.«

Coyne war ganz in seinem Element. Mit äußerstem Fingerspitzengefühl brachte er den Wagen auf zwei Räder, bevor er mit einem satten Schlag zurück auf die Straße plumpste und dann wie ein tollwütiges Pferd nach vorn sprang.

»Herr im Himmel«, betete McGuinness und forderte über Funk Verstärkung an. Sein Gesicht war kalkweiß. »Schluß jetzt, Pat. Verschone mich mit deiner Mr. Suicide-Nummer.«

Aber Coyne hatte mit seinem Stunt aufgeholt und stand kurz davor, das gestohlene Fahrzeug zu stellen. Er überlegte bereits, wo er Perry in eine Sackgasse drängen könnte, als sei dies die wichtigste Sache der Welt.

McGuinness trat mit seinem Fuß auf ein nichtvorhandenes Bremspedal, während er auf ihn einredete, die Sache in Gottes Namen abzublasen. Coyne lachte: »Nur keine Sorge, Kumpel. Ich habe eine Frau und drei Kinder.« Die Feststellung wirkte allerdings wenig beruhigend, da Coyne den Wagen erneut durch alle Gänge jagte und McGuinness das Gefühl hatte, vom Golfspiel auf Russisches Roulette umgestiegen zu sein. Die Stunde der Wahrheit. Vor seinen Augen erschien das Bild des großen, flutlichterhellten Golfplatzes im Himmel.

An einer Straßenecke hatte sich eine Gruppe Jugendlicher eingefunden, für McGuinness der Beweis, daß es sich um ein abgekartetes Spiel handelte. »Die haben uns auf eine festgelegte Rennstrecke gelotst, um ihren Spaß zu haben. Und wir Vollidioten sind prompt drauf reingefallen.« Aber der Gedanke, ausgelacht zu werden, stachelte Coyne nur noch mehr an. Perrys neuer BMW durfte ihm auf keinen Fall durch die Lappen gehen. Hier wurde ein Duell ausgetragen, bei dem Coyne keinen Zentimeter weichen würde. McGuinness schickte ein Stoßgebet zum Himmel.

»Heilige Maria – wir sitzen in der Scheiße, Amen«, sagte er, doch in Coyne war aller Glaube erloschen, und er wurde allein von dem eiskalten Willen getrieben, aus diesem Zweikampf auf Leben und Tod als Sieger hervorzugehen.

Die Lichtkegel der Scheinwerfer schmolzen ineinander, als Coyne mit Perrys Wagen gleichzog. Er sah dem Tod geradewegs ins Auge. Wer würde als erster kalte Füße bekommen und seine Haut retten wollen? Coyne spürte, wie er vom Rausch des Jagdfiebers mitgerissen wurde. Doch er behielt die Nerven und sah Perry sogar noch kurz in die Augen, bevor er im letzten Augenblick abdrehte. Im selben Moment schrammte hinten etwas mit metallischem Kreischen gegen den Kotflügel, und Coyne verlor die Kontrolle über sein Fahrzeug. Der Streifenwagen geriet ins Schlingern, überschlug sich dreimal und knallte dann gegen eine Mauer. Niemand war verletzt, aber aus dem Motor stieg zischend der Dampf der Niederlage, während der rote BMW hämisch lachend davonraste. Als Coyne und McGuinness aus dem Wagen krochen, hatte sich eine Gruppe Jugendlicher und Kinder um das umgekippte Wrack versammelt.

»Also denn. Alle zurücktreten«, sagte Coyne.

Warzenkiller war wie zu erwarten außer sich. Nach Dienstschluß durfte Coyne wieder einmal in seinem Büro antanzen. Seine hochroten West-Cork-Lauscher schienen vor Rage zu flattern.

»Mr. Suicide ist genau der richtige Name. Der Wagen ist ein einziger Schrotthaufen«, sagte Molloy.

Molloy gab sich alle Mühe, Haltung zu bewahren und nach altem Garda-Kodex stets zu den eigenen Leuten zu halten. Allerdings wurde dieser Kodex härtesten Belastungen ausgesetzt, sobald Molloys Blick auf das Bild eines schrottreifen Streifenwagens und die darunterstehende Schlagzeile in der Tageszeitung fiel: ›Duell um Mitternacht. Gardai liefern sich wildes Rennen mit jugendlichen Autodieben.‹

»Du hast wohl dem Heiligen Christophorus Schmiergeld bezahlt. Mehr fällt mir dazu nicht ein.«

»Ich hatte ihn fast«, warf Coyne ein. »Es war wieder dieser Sausack Perry.«

Aber das brachte Molloy erst recht in Fahrt. Er lief an wie ein rotglühender Wasserkessel, den man 1922 auf der Herdplatte vergessen hatte und der nun, nachdem das ganze Wasser verdampft war, in die Schmelzphase eintrat. Seine Haarklappe wurde vom Wasserdampf hochgedrückt.

»Hör zu, ich habe wegen der Sache bereits das Hauptkommissariat am Hals. Du bist schlimmer als jeder Anfänger. Schlimmer noch als jeder Autodieb. Dies ist meine letzte Warnung.«

Warzenkiller hatte nicht die leiseste Ahnung. Er war ein Gefangener seines eigenen kleinen Universums. Genau das war ein Teil des Problems dieser Stadt: Man tat so, als sichere man die öffentliche Ordnung, ohne dabei die gesellschaftlichen Entwicklungen zur Kenntnis zu nehmen. Warzenkiller hatte in dieser Hinsicht genau so ein Brett vor dem Kopf wie alle anderen.

Coyne hingegen dachte in globalen Dimensionen. Er dachte an die Situation der Gesellschaft überhaupt und sagte den Niedergang des privaten Autoverkehrs voraus.

»Es sind einfach zuviele Autos auf den Straßen«, sagte er.

»Wie bitte?« Molloy stand wie angewurzelt da; als hätte jemand Sackgesicht zu ihm gesagt.

»Alle Privatwagen müßten verboten werden«, wiederholte Coyne. »Es gibt zuviel Privatsphäre. Es sind die Hunde der Illusion, die Räder der Zerstörung.«

Molloy hatte Atembeschwerden. Aber anstatt sich mit einem neuen Wutanfall Luft zu verschaffen, war er von Coynes tiefen soziologischen Einsichten so geplättet, daß er nicht mehr als ein würgendes Hüsteln und Schnauben zustande brachte.

»Du solltest dein verdammtes Hirn untersuchen lassen, Coyne.«

Carmel und Coyne waren von einer ihrer Malbekanntschaften zu einer Dinner Party eingeladen worden. Den ganzen Samstag über hatte Carmel nur über Kunst geredet, bis

Coyne damit drohte, zu Hause zu bleiben. Dinner Partys waren ihm ohnehin ein Greuel. Das ganze leere Geschwätz. Und dann mußte man den Leuten dabei zusehen, wie sie wie am Fließband Cracker mit Butter bestrichen, Käsehäppchen in sich hineinstopften und Traubenkerne ausspuckten.

Carmel stand in der Küche und machte den Kindern das Abendessen, als sie plötzlich eine Vision zu haben schien. Sie starrte aus dem Küchenfenster, als ob sich ihr draußen im Garten das Heilige Sakrament offenbaren würde. Coyne machte sich langsam Sorgen um sie.

»Ist das Licht nicht wunderbar«, sagte sie. »So geheimnisvoll. So mystisch.«

Coyne erhob sich halb von seinem Platz, um nachzusehen, was los war.

»Genau deshalb kommen so viele Künstler und Regisseure nach Irland. Wegen der besonderen Qualität des Lichts. Der Himmel über Irland. Diese Atmosphäre. Diese Magie.«

»Magischer Dünnschiß«, sagte Coyne. Er erhob sich ein zweites Mal und sah genauer hin.

»Welches Licht?«

»Sieh dir doch nur den Himmel an. Wie der Sonnenuntergang die Mauern erstrahlen läßt. Wie Kerzenlicht. Als ob dort oben im Himmel eine alte Petroleumleuchte brennt.«

»Das sind die Flutlichter«, bemerkte Coyne. Er hatte sie nie zuvor so reden hören. Er erklärte ihr, das Licht käme höchstwahrscheinlich vom Fußballplatz hinter den Häusern. Mittwochs und samstags konnte er das wütende Geschrei und Gebrüll der Spieler hören. Man konnte meinen, sie würden sich gegenseitig abschlachten. Ein zweites Vinegar Hill auf einem Schlachtfeld unter Flutlicht. Schreie von Qual und Folter, die zwischen den Schluchten der Doppelhausreihen widerhallten. »Her mit dem Ball – Aaargh. Briten-Schweine. Crop-py, Croppy, Crop-py«, skandierten sie den Spitznamen der kurzgeschorenen irischen Rebellen. Oder sie spielten die Schlacht am Boyne nach und feuerten Wilhelm von Oranien an – »Bil-ly, Bil-ly, Bil-ly.« Bei jedem Tor der laute Schrei wie aus einer Kehle, und anschließend die tödliche, bedrückende Stille, wenn alle nach Hause gegangen waren.

»Du bist blind wie ein Maulwurf, Pat. Es ist eindeutig der Widerschein des Sonnenlichts.«

»Was du siehst, ist das Licht vom Fußballplatz.«

Carmel ignorierte ihn einfach. Sie ging nach oben, um ein Bad zu nehmen und sich für die Dinner Party fertigzumachen. Jennifer und Nuala folgten ihr. Jennifer spielte mit den vielen Fläschchen und Dosen für Talkum, Conditioner und Haarspray Kaufladen, während Nuala mit einem Schwamm Carmels Knie schrubbte.

»Kannst du mir auch den Rücken waschen, Liebes«, sagte Carmel, woraufhin Nuala den Schwamm tief ins Wasser tauchte, um möglichst viele Bläschen und Seifenschaum zu fabrizieren.

»Hast du die Fische buntgemalt, Mami?« fragte sie, und Carmel sah sie lächelnd an.

»Nein, meine Kleine. Wie kommst du darauf?«

»Dad sagt, du tauchst mit deinen Farben ganz tief ins Meer.«

»Das hat er also gesagt?«

»Er sagt, du mußt dort die kleinen Fischkinder anmalen.«

»Ach was. Hör nicht auf ihn, Liebes. Er hat bloß einen Scherz gemacht.«

Die Dinner Party war genau so, wie Coyne es sich vorgestellt hatte. Weingläser mit Lippenstifträndern und jede Menge Dummschwätzer. Coyne saß neben einer hypochondrischen Frau namens Mary Donoghue, die ihm alles über Homöopathie und Wiedergeburt erzählte.

»Was machen Sie denn beruflich?« fragte sie schließlich, woraufhin Carmel ihn von der anderen Tischseite aus rasch zum Juristen erklärte.

»Rechtsanwalt«, sagte sie. Der Schuß ging allerdings nach hinten los, weil Coyne es mit der juristischen Terminologie übertrieb: »Da ich nicht befangen bin, kann ich wirklich sagen, daß die Suppe ganz ausgezeichnet ist.«

Vielleicht hätte sie besser öffentlicher Dienst sagen sollen. Nur würde dann garantiert irgendein Klugscheißer weiterbohren und fragen: »Wo denn da? In der Verwaltung? Ah, ein Garda. Muß heutzutage ein interessanter Job sein.« Oder sie würden fragen, wieviel sie noch trinken dürften, nachdem sie bereits zwei Gin Tonic und ungefähr vier Gläser Wein intus hatten. Und sobald Coyne sich in das Gespräch einschalten wollte, sagte er irgend etwas Dummes, das kein Mensch verstand. Er brauchte nur drei Sätze über die Umwelt zu sagen, und die Leute blickten ihn an, als hätte er eine Zitronenscheibe in der Nase.

Coyne sah, daß Carmel ein Glas nach dem anderen leerte, obwohl sie nicht mehr vertrug als ein Säugling. Ihr lautes Gelächter war ein untrügliches Zeichen, daß sie auf dem besten Wege war, sich abzuschießen. Nach dem Essen war sie so blau, daß sie anfing, über die heilende Kraft der Kunst zu reden.

»Ich glaube, die Menschen sind blind für Schönheit geworden«, verkündete sie. »Dabei können wir durch Schönheit geheilt werden.«

Heiliger Strohsack, dachte Coyne. Wo ist mein Inhalierer?

»Das Schöne umgibt uns überall, nur gehen die meisten von uns achtlos daran vorbei. Jeder Gegenstand besitzt seine eigene heilende Kraft.«

Carmel nahm ein Salatblatt vom Teller. »Seht euch dieses Salatblatt an«, sagte sie. »Ihr alle nehmt es einfach so hin.«

»Vielen Dank«, sagte Deirdre, die Gastgeberin, lächelnd.

Aber Carmel redete von Ästhetik und hielt das Salatblatt in die Höhe, als wollte sie einen neuen religiösen Kult begründen.

»Iß es doch einfach auf und sei still«, unterbrach Coyne.

Carmel war verletzt. Sie warf ihm einen bösen Blick zu und überlegte, wie sie es Coyne heimzahlen konnte. Zornesblitze wurden über die Tischplatte hin und her geschleudert.

»Entschuldigen Sie meinen Mann«, sagte sie. »Er hat keinen Sinn für Kultur. Er ist der geborene Spießbürger.«

Coyne zuckte mit den Schultern. Auch andere Paare hatten bisweilen öffentliche Meinungsverschiedenheiten, solange die Sache nur nicht zu weit ging. Er sah, wie Carmel ihren Wein hinuntergoß und ihn herausfordernd anblickte.

»Wenn es um Ästhetik geht, null«, sagte sie. »Absolute Fehlanzeige. Als würde man einer Ziege einen Goya zeigen.«

»Zumindest weiß ich, wofür ein Salatblatt gut ist.«

Einen Moment herrschte Stille. Alle blickten abwechselnd auf Carmel und Coyne, um zu sehen, wer als erster klein beigeben würde. Deirdre entschärfte die Atmosphäre ein wenig, indem sie sagte, sie betrachte dies als ein Kompliment für ihren Salat. Doch dann hatte Coyne das Gefühl, die Dinge ein für allemal klarstellen zu müssen – die Leute nahmen Kunst viel zu wichtig –, während Carmel von ihrer Seite des Tisches behauptete, die Leute verhielten sich ihr gegenüber gleichgültig. Irgendwer machte einen Witz über Ziegenkäse, und Mary Donoghue versuchte das Gespräch erneut auf Vitaminpräparate zu lenken. Alle waren sichtlich bemüht, die eigentliche Streitfrage unter den Teppich zu kehren. Coyne spürte, daß es hier um etwas Grundsätzliches ging, das keiner offen auszusprechen wagte.

»Warum wird heutzutage soviel Aufhebens um die Kunst gemacht? Es gibt viel zuviel von diesem Zeug, wenn Sie mich fragen. Irgendwann werden wir noch alle in Kultur ersticken.«

Coyne redete viel zu hastig. Er versuchte, seine sämtlichen Ideen in eine Argumentation zu packen und sie wie eine Prophezeiung klingen zu lassen. Er sagte, die Kultur sei die kommende Form des Totalitarismus. Man brauche sich nur MTV anzusehen. Eine endlose Musikberieselung wie ein undichter Wasserhahn. Ein direkter Angriff auf die Sinne. Der Kalte Krieg ist vorbei, jetzt haben wir den Krieg der Vergnügungsindustrie.

Alle hörten auf zu essen. Er wußte nicht, ob aus Interesse an seinen Beobachtungen, oder weil sie völlig baff waren. Oder wollten sie jeden Augenblick losprusten?

»Da hört ihn euch an«, sagte Carmel. »Unser großer Philosoph.«

Die Gastgeberin beeilte sich, Wein nachzuschenken, doch Coyne hielt sein Glas mit einer blitzschnellen Karatebewegung zu. Carmel war die einzige, die ihr Glas hochhielt, während Coyne sie entsetzt anstarrte.

»Man sagt Zivilisation dazu, Pat. Nur für den Fall, daß du das Wort noch nie gehört hast.«

»Wenn du mich fragst, könnten wir gut mit weniger Zivilisation auskommen. Wir müssen zum Beispiel aufhören, in der Natur herumzupfuschen. Kunst ist Umweltverschmutzung.«

Carmel lachte laut auf. »Habt ihr das gehört? Das ist ja wohl absoluter Schwachsinn, Pat Coyne. Die Kultur ist ein unverzichtbarer Teil des Menschen. Es ist Kunst um der Kunst willen.«

»Daß ich nicht lache. Das ist doch alles geistige Onanie.«

Eine peinliche Stille senkte sich über die Tafel. Coyne und Carmel starrten einander an, während die Gastgeberin Crakker holte. Wutentbrannt schleuderte Carmel das Salatblatt nach Coyne. Doch dann konnte sie ihren Zorn nicht länger aufrechterhalten und brach in hysterisches Lachen aus. Sturztrunken zeigte sie mit dem Finger auf Coyne und prustete sich die Seele aus dem Leib, bis Coyne verkündete, sie müßten jetzt aufbrechen.

Es stimmte. Auf der Fahrt nach Hause roch es im Wagen bestialisch. Und zwar ganz bestimmt nicht nach Lancôme. Sie mußten sämtliche Fenster runterkurbeln. Carmel lachte immer noch und versuchte, einen Song der Cranberries zu singen – *did you have to let it linger?*

Coyne kochte vor Wut. Dann mußte er blitzschnell am Straßenrand anhalten, weil Carmel sich übergeben mußte. Zuerst kam ein gewaltiger Schluckauf und dann das unmißverständliche Plätschern auf dem Bürgersteig. Sie erbrach sich mit ihrer schicken Unterwäsche am Leib. Ihr Magen zuckte konvulsivisch, während Coyne sie von hinten festhielt.

»Komm schon, Carmel. Reiß dich zusammen.«

Doch sie begann erneut zu singen, und ein neuer Strom von Gazpacho-Versen ergoß sich wie der erste Wasserstrahl aus einer rostigen Pumpe aufs Pflaster. Er drückte ihr ein paar Taschentücher in die Hand und wischte ihr das Gesicht ab. Dann zog er verklebte Haarsträhnen aus ihrem Mund und fragte, ob alles okay sei. Kein Wort über die Kotze auf seinen Schuhen. War er nicht ein Gentleman? Im nächsten Moment hatte sie die Arme um ihn geschlungen und sagte, es täte ihr leid. Die Insassen der vorbeifahrenden Wagen mußten denken, sie hätten in einem plötzlichen Anfall von Leidenschaft angehalten, um sich auf offener Straße liebestoll in die Arme zu fallen. Carmels Lippen waren wie tot, ihre Augen glasig. Auf der weißen Haut ihres Ausschnitts lag glänzender Speichel, und ihre Beine versagten den Dienst, so daß Coyne sie zurück zum Wagen schleifen mußte, als würde er sie entführen.

Die ganze restliche Fahrt über mußte sie den Kopf aus dem Fenster halten, um dem fürchterlichen Gestank zu entgehen.

Und dann endlich dämmerte es Coyne. Herr im Himmel. Er fuhr die ganze Zeit schon mit einem toten Igel durch die Gegend.

In der gleichen Nacht mußte Vinnie Foley dafür bezahlen, daß er Coynes Warnung in den Wind geschlagen hatte. Als er nach einer Tour durch die Klubs vor seinem Apartment in Ballsbridge hielt und sich auf eine Nacht ohne Begleitung in seinem eigenen Bett freute, hielt neben ihm ein Wagen an. Das Fenster ging runter, und ein Mann sagte beiläufig seinen Namen, worauf Vinnie automatisch lächelte. Er lebte in der heilen Welt der TV-Werbung, in der es keine Konflikte gab und in der er vor der realen Welt abgeschottet war. Er kaufte die richtigen Autos, aß die richtige Schokolade und benutzte das richtige Deodorant.

Trotzdem stiegen zwei Kerle in Bomberjacken aus dem Wagen und schlugen ihn zusammen. Vinnie hatte nicht einmal Zeit, sich ihre Gesichter anzusehen. Er bekam ein paar Tritte in den Unterleib, die ihn seine letzten sechs Nummern bereuen ließen, als er zu Boden ging. Aus seinem Mund kam ein langgezogenes Winseln, das wie eine quietschende Türangel klang. Einer der Kerle rückte mit einer rostigen Eisenstange aus dem Kofferraum an und prügelte so lange auf ihn ein, bis Vinnie zu einem Deal bereit war. Er würde alles sagen, was das Strafkommando dazu bewegen könnte, von ihm abzulassen und wegzufahren. Er spuckte Blut auf den Bürgersteig und verfluchte Coyne.

»Ich schwöre, ich habe mit der ganzen Sache nichts zu tun.«

»Und wer war dein Kumpel?« fragte Chief.

»Keine Ahnung. Ich bin ihm zufällig an diesem Abend im Klub begegnet.«

Nach ein paar weiteren Schlägen mit der Eisenstange gab Vinnie sich geschlagen.

»Coyne«, sagte er. »Er heißt Coyne.«

»Noch mal bitte«, befahl Chief.

»Coyne. Ein Garda aus Irishtown. Garda Pat Coyne.«

Am Samstagmorgen glich Coynes Haus einer Leichenhalle. Carmel hatte einen solchen Kater, daß sie die ganze Zeit weinte. Sie lag bei geschlossenen Vorhängen im Bett und heulte wie ein Klageweib. Ausgestreckt lieg ich an deinem Grab. Die Kinder waren still wie in der Kirche.

Coyne gab jedem eine Tüte Crunchys und beschäftigte sie mit Puzzlespielen. Dann erzählte er ihnen, er würde sich eine tolle Geschichte für sie ausdenken, mit Schiffen und verborgenen Schätzen, bevor er nach draußen schlüpfte und mit einem Taschentuch vor dem Gesicht den Wagen durchsuchte. Er sah überall nach, im Kofferraum, unter den Sitzen und unter der Motorhaube. Zuletzt löste er die Innenverkleidung auf der Fahrerseite und wich entsetzt vor dem Gestank zurück. Er holte seine Taschenlampe und entdeckte das Tier am Boden, wo es sich durch den winzigen Lüftungsschlitz zwängen wollte, ein Opfer seines Drangs nach Freiheit.

Über den beißenden Gestank gebeugt, blickte Coyne im Schein der Taschenlampe auf den Kadaver wie auf eine Leiche am Fuß eines Aufzugsschachts. Die Stacheln glitzerten in blinder Wut. Ein gellender Schrei vor Durst und Erschöpfung. Er spürte, wie sich seine Nackenhaare sträubten. Er hörte, daß Carmel sich oben erneut übergab, den Kopf über die rostfreie Stahlschüssel gebeugt, als würde sie jeden Kuß ihres Lebens zurückzahlen, bis sich ihr Mund samtig und trocken anfühlte. Mit einer langen Zange fuhr Coyne in den schmalen Spalt, schnappte nach den Stacheln und zog das tote Tier vorsichtig hoch: ein stacheliger brauner Klumpen verwesender Eingeweide, aus dessen Nase es tropfte. Große schwarze Tropfen platschten auf die Einfahrt, als er damit zum Garten lief.

Die Zange fest mit beiden Händen gepackt, den Kopf so weit wie möglich nach hinten gestreckt, brachte er das Tier zu der neuen Tamariske, wo er eilig ein Loch aushob. Dann stieß er den Igel an, so daß er in sein Grab rollte und auf dem Rücken liegenblieb. Er füllte die Erde wieder auf, stampfte sie mit dem Fuß fest und trat geschockt zurück: Alle drei Kinder standen am Fenster und folgten gespannt der Beerdigungszeremonie.

Drummer reagierte auf die Nachricht über Garda Coyne mit großem Respekt. Sie gefiel ihm ganz und gar nicht. Ihn beschlich ein ungutes Gefühl bei dem Gedanken, es mit einem Bullen zu tun zu haben. Unklar war ihm allerdings, ob es sich bei dem Attentat auf seinen Wagen um eine neue Strategie der Sonderkommission handelte, die ihn provozieren sollte, oder ob dieser Coyne eine Art Desperado war. Er haßte die Vorstellung, in eine Falle gelockt zu werden und einen offenen Krieg gegen die Gardai führen zu müssen. Er zog es vor, sie möglichst auf Distanz zu halten.

Natürlich mußte irgendwer für den ausgebrannten Range Rover bluten, obwohl er sich bereits einen nagelneuen knallroten Nissan Pajero zugelegt hatte und die Versicherung in Kürze das Geld ausspucken würde. Er wollte nichts überstürzen und den geeignetsten Weg der Rache finden. Die Angelegenheit war heikel genug.

»Knöpf dir den Scheißkerl vor«, drängte sein Bruder Mick.

»Der macht es sonst noch mal«, fügte Chief hinzu.

Aber Drummer hatte wenig Lust, einen Garda umzulegen. Das würde ein Mordstheater geben.

»Die umschwirren uns anschließend wie Fliegen die Pferdescheiße«, sagte er abwesend. Drummer war kein Dummkopf, der blind drauflosschlug. Trotz seines raschen Verstandes war er in der Lage, ruhig und besonnen zu reagieren. Gerade deshalb war er schon so lange im Geschäft. Tatsächlich mußten die Fliegen in der Regel bei ihm Landegebühren bezahlen.

Aber er wußte, daß er sich der neuen Bedrohung irgendwie erwehren mußte. An einem kalten Novembermorgen spazierten sie am Strand von Sandymount entlang und diskutierten die Sache, ohne befürchten zu müssen, daß irgendwer mithörte. Die Rottweiler jagten unten am Wasser Schwärme von Baßtölpeln und Möwen, die vor ihnen aufflogen und sich einen sicheren Platz am Ende des Strands suchten. Das Wasser hatte sich wie ein gekränkter Liebhaber von der Stadt zurückgezogen. Ein Mann, der nach Köderwürmern grub, hinterließ auf der glatten Fläche des Strands eine Kraterspur, die ihr das Aussehen eines ungemachten Betts verlieh. In der Ferne stieg aus einem Schornstein des Pigeon House Rauch auf.

»Der Scheißkerl muß büßen«, forderte Chief.

»Du kannst ihn unmöglich einfach so laufenlassen, Berti.«

Selbstverständlich hatte Drummer nicht die Absicht, Coyne ungestraft davonkommen zu lassen. Er trat auf einen kleinen Spiralhügel aus Sand. Rote und braune Strandschaben flitzten davon. Seine Nike-Schuhe hinterließen feuchte Abdrücke im Sand, die hinter ihm langsam trockneten. In der Ferne, an der Grenze der Zivilisation, zog eine Schnellbahn klappernd eine Linie vor der Silhouette der Stadt.

»Der Kerl muß Frau und Kinder haben«, sagte Drummer, während er auf die dünne blaue Linie am Horizont hinausblickte, wo Himmel und Meer zusammenstießen. Die Hunde kamen kurz angelaufen, um sich neuen Ansporn zu holen, bevor sie erneut den Vögeln hinterherjagten.

»Seine Alte«, echote Mick.

Drummer blieb stehen. Er ging in die Hocke und hob eine Muschel vom Boden auf, um sie eine Zeitlang wie ein Naturwissenschaftler zu untersuchen. Dann erhob er sich wieder und warf die Muschel wie eine Münze in die Luft. Kopf oder Zahl.

»Jeder hat seine wunde Stelle«, sagte er. »Keiner kennt die Fehler eines Mannes so gut wie seine Frau.«

Carmels Bilder hatten sich überall ausgebreitet; sie hingen im Treppenaufgang, im Flur und im Wohnzimmer. Jeden freien Flecken Wand nahmen sie in Beschlag, als sollten sie bald die ganze Welt bedecken. Neben der Badezimmertür hing ein weiteres Porträt von Mrs. Gogarty, auf dem sie aussah, als litte sie unter einem schweren Ekzem. Und da Coyne nicht Modell sitzen wollte, begann Carmel mit einer Kopie ihres Hochzeitsfotos, auf der sie ihre Ehe wie auf einer Voodoo-Leinwand festhielt, die sich jeden Tag veränderte – je nachdem, wie sie gerade zueinander standen. Sie nannte es ›Work in Progress‹. Ununterbrochen redete sie von einer Ausstellung, die Sitwell für sie organisieren wollte, und forderte Coyne auf, ihr bei der Auswahl der besten Bilder zu helfen. Aber Coyne war wie vernagelt, wenn es darum ging, irgendein Urteil abzugeben. Er war von der Genauigkeit ihrer Bilder so schockiert, daß er sie fürchtete und verachtete. Ihre Bilder vom Hafen waren so lebendig, daß sie in ihm unmittelbar die Erinnerung an seine Jugend weckten, als er mit Vinnie Foley dort gearbeitet hatte. Er scheute sich davor, ihr Lob oder Anerkennung zu zollen, aus Angst, es könne auf ihn wie ein alter Insulaner-Fluch zurückfallen.

Coyne besuchte Vinnie im Krankenhaus, wo er einbandagiert lag wie die Mumie eines Pharaos. Er brachte Trauben und Multivitaminsaft mit, als könne er damit ihre Freundschaft kitten. Wenn jede Freundschaft von Höhen und Tiefen begleitet war, so war dies zweifellos der tiefste Punkt, an dem jeder Versöhnungsversuch zwecklos war.

»Welcher Teufel hat dich da nur geritten, Coyne?«

Man sah, daß ihm jedes Wort wehtat. Selbst der Anblick von Coynes armseligen Trauben auf dem kleinen Nachttischchen reichte aus, um ihm die Tränen in die Augen zu treiben.

»Keine Sorge. Dafür werden sie zahlen«, sagte Coyne.

An einer Schnur über dem Kopfende von Vinnies Bett hingen Genesungswünsche. Die meisten stammten von seinen Kollegen aus der Werbebranche und schienen geradezu aus einem anderen Land zu kommen, wo eitel Sonnenschein und ewiger Frohsinn herrschten und wo man sein Leben in vollen Zügen genießen konnte. Coyne überflog einige Karten auf dem Nachttischchen. ›Halte mich bereit für eine DNS-Spende, Viv.‹ ›Nur nicht hängenlassen, Tom.‹ ›Krankenschwester jederzeit und überall zu Diensten, Gillian.‹ Seinen Schreibtisch im Büro hatten sie in einen mit Blumen und Genesungswünschen geschmückten Altar verwandelt. Die Pinnwand war voll mit Anrufnotizen.

Coyne stellte ein paar Fragen zum Überfall, aber Vinnie wollte nichts davon hören. Er hatte den Gardai bereits alles gesagt. Zudem war sein Vertrauen in die Gardai in etwa so groß wie in den Begriff Loyalität.

»Du hast mich verraten, Coyne«, sagte Vinnie im Ton tiefsten Selbstmitleids. »Ich wünschte, wir hätten uns nie kennengelernt.«

»Ich schnappe sie mir«, schwor Coyne.

»Du meinst wohl, sie schnappen dich. Ich mußte ihnen deinen Namen verraten«, sagte Vinnie.

Coyne schwieg. Er starrte Vinnie einfach nur an, während sich eine große Wolke der Furcht und der Leere über ihn senkte. Alle wandten sich von ihm ab. Bald würde Coyne mutterseelenallein dastehen. Ein Waisenkind, das kein Zuhause hatte und niemanden, mit dem es reden konnte. Er hatte das Gefühl, auf einem sinkenden Schiff zu sein, ohne zu wissen, wie er Lebewohl sagen sollte.

»Was hätte ich denn tun sollen, Coyne? Ich mußte es sagen. Die hätten mich sonst kaltgemacht.«

Coyne kam nicht umhin, den Kindern die Geschichte mit dem Igel zu erklären. Sie löcherten ihn mit so vielen Fragen, daß er nicht länger ausweichen konnte. Er nahm sie alle mit nach draußen und ließ sie im Vorgarten aufmarschieren, während er ein Holzkreuz über dem Grab aufstellte. Sie sprachen ein Gebet, und er erlaubte ihnen, dem Igel nachträglich einen Namen zu geben: Hier liegt Robert. Robert, der Igel im Hungerstreik. Nachdem sie eine schwarze Flagge gehißt und eine Schweigeminute eingelegt hatten, kamen die Kinder mit weiteren Fragen: »Wieviele Stacheln hat ein Igel?« »Wie lange kann ein Igel ohne Wasser und Futter überleben?« »Warum hat er nicht einfach Winterschlaf gehalten?« »Ist es besser zu verhungern oder zu verdursten?« – »Würdet ihr lieber beinahe absaufen oder beinahe gerettet werden?«

Nuala schloß sich anschließend im Badezimmer ein und weigerte sich herauszukommen. Da Carmel auf einer ihrer Kunst-Exkursionen war, mühte sich Coyne mit Engelsgeduld eine Stunde lang ab, Nuala dazu zu bewegen, den kleinen Messingriegel zurückzuschieben, um danach festzustellen, daß sie aus Protest sämtliche Wände und den Boden mit Scheiße beschmiert hatte. Sie selbst war genauso beschmiert wie die Kacheln, und sie starrte Coyne an, als erwarte sie ein Donnerwetter. Aber Coyne war ihr nicht böse, weil er den würgenden Gestank im Raum wie eine süße, beißende Selbstanklage auffaßte. Er sagte bloß, sie müßten schnell saubermachen, bevor Mrs. Gogarty auftauchte, zog ihr saubere Wäsche an und holte ihr dann von unten Kekse und Milch und las ihr Geschichten vor, damit sie das Ganze schnell vergaß.

Coyne empfand Mitleid mit den Kindern. Mit tränenfeuchten Augen nahm er sie in den Arm und drückte sie mit einer gefährlichen und überschwenglichen Hingabe. Er bedeckte sie mit einem väterlichen Mantel, nach dem sie sich sehnten und den sie sogleich fürchteten. Er wollte seine Familie gegen alle äußeren Bedrohungen schützen und erstickte sie fast in Liebe und Wärme – wie in einem überhitzten Raum. Der Gestank im Wagen war nun dem Geruch eines scharfen Reinigungsmittels gewichen. Neuerdings unternahm Coyne mit den Kindern Spritztouren in die Berge oder nach Newgrange. Manchmal brachte er ihnen nach dem Dienst kleine Geschenke und für Carmel Blumen mit. Er drückte sie nacheinander an die Brust, nahm sich nicht einmal Zeit zum Essen und sagte: »Alles einsteigen, es geht los!« um sie alle zu Pommes frites oder Eis einzuladen. Carmel mußte alles stehen und liegen lassen und unverzüglich mit den Kindern in den Wagen steigen, auch wenn sie bereits im Schlafanzug waren. Er verwöhnte sie mit Fanta und Kartoffelchips und fuhr mit ihnen auf den Hügel über Dublin Bay, von wo sie auf die Welt herabblicken konnten und Millionen funkelnder Lichter sahen, die wie ein endloses Sternenmeer in einer schwarzen See schimmerten. Howth glitzerte in der Ferne wie der paillettenbesetzte Arm eines Tangotänzers, der ausgestreckt auf einem Sofa lag. Coyne erfand die Welt neu. Mit einem Atem, der nach Kartoffelchips und Alkohol roch, verwandelte er Dublin in eine Stadt unter dem Meer, erzählte ihnen Geschichten und große Heldensagen von starken, rechtschaffenen Männern zu Pferd und wunderschönen Frauen, die ganze Armeen durch ihren Gesang betören konnten. In seinen Geschichten ging alles gut aus in der kleinen Republik der Coynes.

Zuletzt jedoch folgte auf diesen Zauber des Aufbruchs und der Hoffnung eine nicht weniger glühende Phase der Verzweiflung, in der Coyne zum Geist der Finsternis zurückkehrte. Der Wagen blieb stehen. Seiner Familie erzählte er, von nun an werde man alle Wege zu Fuß machen. Erneut warnte er vor drohenden Katastrophen und redete pausenlos von Dingen wie dem ökologischen Gleichgewicht, der Erwärmung der Erdatmosphäre und der Artenvielfalt, die allein Nuala und Jennifer zu verstehen schienen, weil sie vom fatalistischen Ton seiner Stimme wie gebannt waren. Die Getreidepolitik in Europa klang aus seinem Mund wie ein böses Hexenmärchen. Er erzählte ihnen von federlosen Hühnern, die in Legebatterien ein trostloses Dasein fristeten, und vom Colorado-Käfer, der sie so sehr ängstigte, daß sie fortan Kartoffeln in jeder Form verschmähten und sogar Pommes frites ablehnten. Nachts träumten sie von riesigen Käfern, so groß wie Schäferhunde, die gegen alle Vernichtungsmittel immun und nicht aufzuhalten waren, bis Carmel in beiden Kinderzimmern ihr teures Vierundzwanzigstunden-Deo von Christian Dior versprühte und sie sich langsam beruhigten und einschliefen.

»Hast du nichts besseres zu tun, als die Kinder verrückt zu machen?« fragte sie vorwurfsvoll.

»Ich kläre sie nur darüber auf, wie es in der Welt zugeht.«

»Dann geh auf die Straße und klär meinetwegen sonstwen auf«, sagte sie, zumal die Kinder bereits damit begonnen hatten, aus Furcht vor einer drohenden Hungersnot ihre Süßigkeiten zu horten.

Geplagt von finsteren Visionen und Paranoia, besuchte Coyne seine Mutter am Stadtrand und brachte ein dreifaches Steckschloß an der Haustür an. Gleichzeitig überprüfte er sämtliche Sicherheitsvorkehrungen im Haus, warf das schimmelige Brot in den Müll und ging mit ihr einkaufen. Arm in Arm schlurften sie unendlich langsam durch das nächstgelegene Einkaufszentrum. Ihre Handtasche baumelte lose herab, als warte sie nur darauf, gestohlen zu werden. Coyne blickte herausfordernd jeden Jugendlichen an, der in ihre Reichweite kam. Er ließ sie sogar eine Zeitlang alleine gehen, während er sie aus sicherer Entfernung beobachtete und sich bereithielt, über Einkaufswagen zu springen, die Rolltreppe hinunterzustürzen, Zeitungsständer und Blumenauslagen umzureißen und jeden Angreifer windelweich zu prügeln, der es wagen sollte, sich an ihrer Handtasche zu vergreifen. Pat, der Beschützer.

Etwa zur gleichen Zeit erfuhr Coyne, daß sein Sohn Jimmy in der Schule gehänselt wurde, was er als einen direkten Affront gegen sich selbst empfand. Sich an seine eigene Schulzeit erinnernd, stieg blinde Wut in ihm auf, und er schwor, den Rowdys gehörig den Kopf zu waschen.

»Ich kann jeden an seinen Schuhen erkennen«, sagte Jimmy, worauf Coyne seine besondere Beobachtungsgabe lobte und dann nachfragte, warum Jimmy, gegen die Schulmauer gedrängt, sich ausgerechnet die Schuhe der anderen Jungen merkte.

»Ich achte einfach auf die Schuhe, die nach mir treten«, sagte Jimmy, der es bereits bereute, das Thema überhaupt angeschnitten zu haben, denn er hatte längst eigene Methoden entwickelt, sich gegen die Schläger zu wehren, nämlich mit Humor. Carmel sagte, er solle Jimmy die Dinge selbst regeln lassen, aber Coyne war fest entschlossen, etwas zu unternehmen. Am kommenden Nachmittag holte er Jimmy in Uniform von der Schule ab. Sie saßen im Wagen und warteten, bis einer der Fitzmaurice-Brüder aus dem Schultor trat. Jimmy versuchte, seinem Vater die Sache auszureden, nicht ahnend, daß hier ein alter Kampf ausgetragen wurde und alte Rechnungen zu begleichen waren. Coyne trat den Kampf gegen alle Rowdys der Geschichte an.

Ein paar Jungen standen vor dem Schultor, prügelten in der Luft herum oder traten sich gegenseitig vor die Schultaschen, als Gabriel Fitzmaurice endlich erschien. Coyne war überrascht, daß so ein fetter, rotgesichtiger kleiner Rotzbengel seinem Sohn Angst einjagen konnte. Aber er verstand etwas davon, wie man auf dem Schulhof Terror verbreitete und die Menge gegen einzelne aufwiegelte. Fest entschlossen, dem einen Riegel vorzuschieben, bat er Jimmy, im Wagen zu warten, während er ausstieg, seine Kappe zurechtrückte und Fitzmaurice geradewegs in den Weg trat, genauso wie er eines Tages Berti Cunningham in den Weg treten würde.

»Stehengeblieben«, sagte Coyne, und der Junge gehorchte. Jimmy duckte sich auf der Rückbank.

»Bist du Gabriel Fitzmaurice?«

»Ja.«

»Mir liegt eine Beschwerde gegen dich vor. Du sollst Jungen auf dem Schulhof schikanieren.«

Der Junge stand mit offenem Mund da. Zuerst bestritt er alles, doch dann heulte er voller Selbstmitleid los.

»Wir wollen es diesmal noch mit einer Verwarnung bewenden lassen. Aber beim nächsten Mal wirst du verhaftet. Und außerdem drehe ich dir dann einhundertfünfzig Mal das Ohr um und lasse es wie einen Propeller losschnurren, verstanden? Und jetzt ab mit dir.«

Doch sein Auftritt war alles andere als ein Triumph. Er war lächerlich, durch und durch kindisch. Jimmy sagte auf der ganzen Fahrt nach Hause kein Wort. Coyne fühlte sich an seinen eigenen Vater erinnert. Drei Generationen sprachloser Coynes.

Dann kam der Brief von der Bank. Carmel hatte das Konto durch ihre Ölfarben so sehr strapaziert, daß sie vom Filialleiter Mr. Killmurphy, den sie immer nur Mr. Killjoy nannten, zu einem Gespräch gebeten wurden. Zudem war es nicht der erste Brief der Bank.

Carmel begleitete ihn zu dem Treffen, und sie gingen auf der sonnenbeschienenen Seite der Straße durch Dun Laoghaire. Coyne wurde vom reflektierenden Sonnenlicht einer

Kühlerhaube geblendet. Kühle Winterluft drang durch sein Hemd.

Sie wurden die Treppe hoch und durch einen langen Flur zu einem Büro am hintersten Ende des Gebäudes geführt, wo man sie bat, Platz zu nehmen. Killjoy starrte auf die Coyne-Akte auf seinem Schreibtisch. Ein vergittertes schmales Fenster hinter seinem Rücken, über das verkrustete, staubgraue Regenfurchen liefen, hatte seit Ewigkeiten keinen Fensterputzer mehr gesehen. Allerdings brauchte auch nie jemand hindurchzusehen, weil der Blick nur auf eine mit Glassplittern und Stacheldraht gesicherte Betonmauer fiel.

»Sie wissen, daß wir Ihr bestehendes Darlehen um einen weiteren Überziehungskredit aufstocken müssen«, sagte er.

Carmel versuchte zu erklären, sie sei jetzt Künstlerin. Ihr Lehrer hätte gesagt, sie werde bald ihre ersten Bilder verkaufen können. Damit wären alle Probleme beseitigt. Coyne, der das Ganze für einen genialen Schachzug hielt, war von Carmels Erfindungsgeist beeindruckt.

»Zuerst aber wollen wir das hier in Ordnung bringen«, sagte Killjoy lächelnd. »Sie müssen lernen, Ihr Geld etwas sorgfältiger einzuteilen. Zum Beispiel, indem sie nicht mehr bei Brown Thomas einkaufen.«

Coyne blickte auf die Brown-Thomas-Tüte neben Carmel. Dabei gehörte sie nicht einmal ihr. Mrs. Gogarty hatte sie von ihrem Einkauf angeschleppt.

Der Filialleiter imitierte mit seinen Fingern eine Art Kavallerie-Attacke auf seinem Taschenrechner. Er versuchte, möglichst ernst und gewichtig auszusehen, als würde er im nächsten Moment Carmel Brustkrebs attestieren. Carmel und Pat hingegen gaben sich alle Mühe, ehrenwert und freundlich zu erscheinen. ›Wir mögen Sie, Mr. Killmurphy. Sie sind ein anständiger Kerl.‹

»Wer ist bei Ihnen für die Finanzen zuständig?« fragte Killmurphy. Carmel und Pat blickten einander an.

»Sehen Sie, Sie müssen Ihren Haushalt wie eine Firma leiten. Schluß mit dem sorglosen Geldausgeben. Schaffen Sie sich ein Haushaltsbuch an – die Ausgaben dürfen die Einnahmen nicht übersteigen, so einfach ist das. Und wenn Sie sich Brown Thomas nicht leisten können, gehen Sie eben zu Dunnes Stores, wie jeder andere auch.«

Coyne sah, daß Carmel Tränen der künstlerischen Mißachtung in den Augen hatte.

»Sie haben kein Recht, so mit meiner Frau zu reden«, sagte er.

»Mr. Coyne, es ist meine Pflicht, über den Finanzhaushalt dieser Bank zu wachen. Wenn Sie Ihre Ausgaben nicht kontrollieren können, muß ich es eben tun.«

Coyne beugte sich vor, als wolle er dem Bankmenschen mit der Faust ins Gesicht schlagen. Er war gleichzeitig wütend und hilflos. ›Killjoy, du Schweinebacke. Du hast sie zum Weinen gebracht.‹ Aber Carmel hielt ihn zurück, indem sie ihre Hand auf seinen Arm legte.

Killjoy beobachtete, wie sie ein Taschentuch hervorkramte. Er versuchte, sich den Anschein von Mitgefühl und Verständnis zu geben. Dabei würde er einem das Haus unterm Arsch wegpfänden. Er hatte etwa soviel Verständnis für menschliche Gefühle wie ein abgenagtes Hühnerbein.

»Wir müssen eben alle unsere Erwartungen herunterschrauben«, sagte er mit säuselnder Stimme und nickte dabei wie ein Sozialarbeiter.

Ich schraub dir deine Nüsse herunter, wollte Coyne antworten, behielt den Satz dann aber doch lieber für sich. Carmel schniefte leise in ihr Taschentuch. Sie saß mit roten Augen da und hing ihren eigenen Gedanken nach. Als letzte Rettung zog Coyne den Inhalierer aus der Tasche, als ginge ihm plötzlich die Luft aus und als wollte er mit seinem kleinen blauen Fläschchen Mitleid erflehen.

Aber es war alles umsonst. Killjoy blieb eisern. Sein Gehirn mußte in Formaldehyd schwimmen. Er hatte sie zu Kriminellen gestempelt, sie des Gartens Eden verwiesen. Er setzte die neuen Rückzahlungsraten fest und schob ihnen das Formular wie ein Schuldgeständnis herüber. »Hier bitte unterschreiben – sofern Sie nicht die Suizidberatung vorziehen. Unsere Bank bietet Ihnen ein attraktives Servicepaket, mit dessen Hilfe Sie das Problem in den Griff bekommen, ohne drastische Einschnitte in Ihrem Haushaltsbudget vornehmen zu müssen. Ein freundliches Entgegenkommen für unsere Kunden.« Warum nicht gleich ins Wasser gehen?

Zu alledem war dieser Schweinehund auch noch braungebrannt. Hatte seinen Pelz vermutlich in Gran Canaria oder sonstwo in die Sonne gehalten. Braune Hände, makellos pinkfarbene Hemdsärmel und grauer Anzug. Warum brachte er es da nicht fertig, daß dieses verflixte Fenster geputzt wurde und ein paar Sonnenstrahlen in sein Büro fielen? Coyne starrte auf das Geständnis, während Killjoy ihm seinen edlen blauen Füllfederhalter reichte. Wie? – Soll ich mir jetzt diesen verdammten Griffel ins Herz stoßen?

Carmel hatte beschlossen, in Zukunft die Finanzen zu verwalten. Das war soweit nichts Neues, bis auf die Tatsache, daß sie preisbewußter denn je einkaufte. Sie führte die Haushaltskasse wie Michelangelo. Die Kunst kam vor dem Essen. Gelbe Verpackungen und No-Name-Produkte ohne Ende, auch wenn sie sich nicht so weit herabließ, bei Dunnes Stores einzukaufen.

Samstags beim Einkauf hatte Coyne nichts weiter zu tun, als den Einkaufswagen zu schieben, wie ein Zugpferd, das beim nächsten Zungenschnalzen weitertrabte. Die Ellbogen auf die Metallstange gestützt, schlurfte er vorwärts, während Carmel mit der Liste in der Hand durch die Gänge flitzte und die Kinder zwischen den Regalen Fangen spielten. Im Hintergrund liefen die immergleichen Schmusesongs von Phil Collins, Chris de Burgh oder irgendeinem anderen Lieblingsstar von Prinzessin Diana. Das Einkaufsvolk *high on emotion.* Ab und zu wurde die Musik durch eine Lautsprecherstimme unterbrochen: »Achtzehn, Kasse bitte!«

Zwischendurch ließ Coyne den Einkaufswagen stehen, um gewisse Produkte in Augenschein zu nehmen. Er hatte seine eigenen Vorstellungen von Sparsamkeit und wollte seinen Teil zum neuen Sanierungskonzept beitragen.

»Jetzt sieh dir an, was der Scheißladen für Preise hat«, sagte er, indem er ein Marmeladenglas aus dem Regal nahm und sich zu Carmel umdrehte, um festzustellen, daß sie bereits weitergegangen war und er statt dessen mit einer entgeisterten alten Dame sprach, die eine Art pastellgrünen Turban um ihren Kopf gewunden hatte. Er entschuldigte sich hastig und stellte das Glas verlegen ins Regal zurück. Da ihm außerdem entgangen war, daß Carmel ihren Einkaufswagen mitgenommen hatte, schob er versehentlich mit dem Wagen der alten Dame davon.

»Der gehört Ihnen nicht«, schrie die Frau entsetzt auf, als sei ein Verrückter im Laden. Der durchgeknallte Supermarkt-Teufel.

»Entschuldigen Sie vielmals.«

Carmel mußte wie immer kichern, während die anderen Kunden ihr Bemühen, ihr Lachen zu unterdrücken, für ein neuralgisches Leiden oder eine Gesichtslähmung hielten. Zuletzt hatte Coyne seinen Einkaufswagen wieder und schob damit gebückt und mit hochgerecktem Hinterteil hinter seiner Familie her, um nicht gesehen zu werden. Als ob in einem Supermarkt lauter Blinde umhertappten.

Und natürlich mußte ihnen an der Kasse ausgerechnet Mr. Killjoy über den Weg laufen – als habe er ihnen aufgelauert, um zu sehen, ob sie sich auch brav an seine Anweisungen hielten. Ganz im Gegenteil; kaum ließ er, Killjoy, sie aus den Augen, warfen sie das Geld nur so zum Fenster hinaus. Coyne versuchte, den Inhalt des Einkaufswagens mit seinem Körper abzuschirmen. Wie ein Ladendieb versteckte er die Flasche Wein unter einer Familienpackung Cornflakes. Aber einen Moment lang war er den Luchsaugen seines Filialleiters begegnet, der ihm ein verkniffenes Lächeln zuwarf, als wolle er ihn ein letztes Mal warnen: ›Ich habe Dunnes Stores gesagt, Coyne.‹

Man mußte sich nur den ganzen Müll ansehen, mit dem Killjoy seinen Einkaufswagen vollgepackt hatte. Der begnügte sich nicht mit Butterkeksen. An seiner Seite schlich seine Frau, Nora Killjoy, wie sein künstlicher Darmbeutel. Dieses Fellatio-Gesicht. Ihre Haut sah aus wie ein zerknitterter brauner Briefumschlag, und man konnte meinen, sie würde sich jeden Morgen mit Schellack einpinseln, während er mit seinem blaugelb gestreiften Battenberg-Pulli den ewigen Jüngling mimte. Ich wünsche dir Gefäßthrombose, Arterienverkalkung, Angina und sonstwas an den Hals. Sollen sie dir eine Schweineleber einpflanzen, du Arschgesicht. Killjoy – der größte Wichser Irlands.

An einem späten Freitagnachmittag steuerte Chief den neuen Pajero gemächlich durch die Straßen. Daß sie nur Schrittempo fuhren, hatte seinen ganz besonderen Grund. Mick Cunningham saß auf dem Beifahrersitz, Drummer hockte im Fond. Sie beobachteten Carmel Coyne, die mit ihrer schwarzen Mappe unter dem Arm den Bürgersteig entlangging. Die Mappe war mit einer roten Schleife zusammengebunden.

»Sieht aus wie 'ne große Valentinskarte«, bemerkte Chief.

»Mehr wie 'ne Beileidskarte«, lachte Mick. »Sie geht zu einer Beerdigung.«

Tatsächlich war sie unterwegs zu Gordon Sitwells Haus. Er hatte versprochen, sich ihre Bilder anzusehen und ihr bei der Auswahl für eine Ausstellung zu helfen.

»Das ist eine Kunstmappe, ihr Hornochsen«, klärte Drummer schließlich seine Gang auf. »Sie ist Malerin.«

Die Männer betrachteten sie in einem neuen Licht, wie ein wandelndes Kunstwerk. Sie warfen sich gegenseitig die Namen berühmter Künstler an den Kopf, als wollten sie im Wagen ein Stegreifquiz veranstalten. »Michelangelo.« »Van Gogh.« »Vermicelli.«

»Das sind Nudeln, du Vollidiot«, sagte Chief. »Du meinst Vermeer.«

»Tintoretto.«

»Und Asti Spumante, wie?«

Drummer mochte es nicht, wenn seine Männer sich auf einer Beschattungstour wie Beavis & Butthead aufführten. Also hielten beide brav den Mund und beobachteten weiter den Bürgersteig. Carmel ging zu einem roten Backsteinbau und klingelte. Chief parkte auf der gegenüberliegenden Straßenseite, und sie sahen, wie Sitwell zur Tür kam und Carmel hineinließ.

»Moment mal. Ist das etwa unser Typ?« fragte Chief. Sie schwiegen eine Weile, bis Mick vorschlug, Berti solle sich porträtieren lassen.

Wäre kein schlechter Tausch für den ausgebrannten Wagen, dachte Drummer im stillen.

»Glaubt ihr, sie ist eine brauchbare Tänzerin?« fragte er.

Chief war leicht verwirrt. Er drehte sich um und blickte auf das immer breiter werdende Grinsen auf Drummers Gesicht, während er versuchte, dessen Gedanken zu lesen.

»Du meinst irische Volkstänze, mit Fiedel und Dudelsack«, antwortete Chief mit lautem Lachen.

»Vorzüglich. Ausgezeichnet. *Shama-Lama-ding-dong*«, sagte Sitwell zu Carmels Gemälden und schnalzte mit den Lippen, als könne man sie essen. Er redete über ihre Hafenansichten mit der überschwenglichen Begeisterung eines Emigranten, der nach vielen Jahren im Exil in seine Heimat zurückkehrt. Ihre Arbeiten waren so aufwühlend, daß ihm immer wieder Freudentränen in die Augen traten und er seinen Schützling an sich drücken wollte. Carmel bemerkte, wie er ihren Körper kritisch musterte, als wolle er sich vergewissern, daß er auch zu ihrem noch unentdeckten künstlerischen Genie paßte. Er überschlug sich fast vor Begeisterung, als er ihre Bilder von Kanälen, Wäldern und der Halfpenny Bridge betrachtete.

»Sie werden sehr bald entdeckt, Carmel«, sagte er mit zitternder Stimme.

Dann legte er einen anderen Gang ein und fing an, Carmel zu umkreisen, als sei sie plötzlich in einem silbernen Netz gefangen. Er erforschte ihr Haar, ihre Augen und ihr Gesicht, trat dann einen Schritt zurück und schielte, als ob der Geist der Kunst über ihn gekommen sei und er sterben müsse, wenn er nicht umgehend zum Pinsel griffe.

»Pssst...«, sagte er. »Sagen Sie nichts.«

Er schob sie sanft zurück und drückte sie auf die Chaiselongue unter dem Oberlicht, auf die der Glanz der untergehenden Herbstsonne fiel. Dann trat er zurück und beschrieb mit ausgestreckter Hand den sie umgebenden fahlen Lichtbogen. Er betastete aus der Ferne mit dem Pinsel ihr Haar, ihr Gesicht und ihren Körper, kniff die Augen zusammen und holte tief Luft.

»Pssst... Dieses Licht«, sagte er. »Ein begnadeter Moment, wie es nur wenige gibt.«

Carmel durfte sich auf ihrem Platz nicht bewegen, während Sitwell hin und her rannte, eine neue Leinwand aufstellte, Farben mischte und dann auf sie zutrat, um ihre Hände übereinanderzulegen, wie bei einem Porträt der Königlichen Familie.

»Eine Gnade«, wiederholte er. »Dieses Licht ist einzigartig.«

Während Carmel wie festgefroren dasaß, bearbeitete er mit flinken Strichen die Leinwand. Das Licht schwand mit jeder Sekunde, so daß Sitwell in einem Wettlauf gegen die Zeit malte, bis sie beinahe völlig von Dunkelheit eingehüllt waren und sich durch die Nebel der Inspiration nicht mehr sehen konnten.

Coyne beschloß, daß es Zeit war zu handeln. Von jetzt an würde er die Dinge ganzheitlich betrachten. Die Gesellschaft konnte nur durch unmittelbare Intervention vor dem drohenden Wahnsinn gerettet werden. Bevor er an diesem Abend zum Dienst fuhr, schwor er sich, in einer breit angelegten Aktion die Scheiße zu dem Arschloch zurückzuverfolgen, aus dem sie gekommen war, mit der Dienstvorschrift in der einen und einem Flammenwerfer in der anderen Hand.

Er würde mit Killjoy anfangen. Irgendwer mußte diesem Bankfuzzi mit seinen pinkfarbenen Hemden und der Ganzjahresbräune ein für alle Mal das Maul stopfen. Am besten, man würde ihn auf der Sonnenbank festschnallen und rösten wie ein verbranntes Schinken-Sandwich. Zuerst erwog Coyne einen kleinen chirurgischen Eingriff bei der Bank; aber die Belegschaft bestand nur aus lächelnden Fischköpfen; außerdem ging es ihm schließlich um Killjoy.

Also verlegte sich Coyne darauf, seinem Haus in Killiney – Dublins Beverly Hills – einen Besuch abzustatten. An einem Freitagabend kurz nach Anbruch der Dunkelheit fuhr er nach Killiney und wartete, bis die Killjoys zu ihrem Wochenendausflug aufgebrochen waren. Vermutlich machten sie sich ein paar schöne Tage an der Westküste, fuhren zum Dinner ins Bunratty Castle, wo sie sich beim mittelalterlichen Bankett mit Ente und Fasan vollstopften wie die alten Stammeshäuptlinge, als an die ›Flucht der Grafen‹ noch gar nicht zu denken war. Danach ging's weiter zu den Klippen von Moher, um die Postkarte mit dem Hund zu kaufen, der ausgestreckt auf dem Rücken eines Esels liegt und Pfeife raucht. Vielleicht auch noch eine beknackte Partie Golf in Lahinch?

In Killjoys Haus einzusteigen, war die einfachste Sache der Welt. Alles stand sperrangelweit offen, so daß man sich noch nicht einmal mit der Alarmanlage herumschlagen mußte. Coyne konnte geradewegs durch den Seiteneingang in die wunderbar gelegene Residenz mit Blick auf Dublin Bay spazieren. Wie hatte Killjoy sich nur die Baugenehmigung für einen derart häßlichen Klotz erschwindelt? Und alles so adrett und piekfein. Sämtliche Gartengeräte standen sauber an der Wand einer kleinen Holzhütte aufgereiht, der Gartenschlauch war perfekt aufgerollt, und die Gartenmöbel waren überaus dekorativ auf der Veranda plaziert.

Coyne öffnete den Blecheimer mit Teer und goß den Inhalt über die Terrakotta-Fliesen. Coyne, der Veranda-Saboteur, bei seiner ersten Vergeltungsaktion. Zähflüssiger Teer tropfte über makellos weiße Liegen, über den gemauerten Grill in Form einer Normannenburg und über den The Burren nachempfundenen Steingarten. Von dort zog sich eine dicke schwarze Blutspur über den Natursteinpfad bis weit in den Garten. Dann war der Eimer leer. Coyne war mit seinem Werk so zufrieden, daß er es bereute, keine Kamera mitgenommen zu haben. Eine nette Überraschung für dich, Killjoy, wenn du von deinem Bumswochenende zurückkommst. Das wird dir eine Lehre sein, Leute in deinem Büro nicht zu beleidigen.

Nachdem es dunkel geworden war, stellte Sitwell eine kleine Lampe neben Carmel. Ein zweites Licht brannte bereits über der Staffelei und fiel wie ein Strahl der Inspiration auf das entstehende Meisterwerk. Im Studio war es so warm, daß Carmel ihr Oberteil ausgezogen hatte. Sie lag mittlerweile lang auf der Chaiselongue ausgestreckt und bot sich mit entblößter Schulter und entblößtem Arm der Kunst dar, ihren Blick selbstbewußt dem Betrachter zugewandt. Sie hatte alle Scheu abgelegt, denn ihr Körper kommunizierte mit einem aufgeklärten Publikum. Aber sie schmollte auch nicht oder versuchte, sich das Aussehen eines Vamps zu geben, sondern untertrieb eher ihre sexuelle Ausstrahlung, indem ihr entschlossener Blick weniger auf Sitwell selbst gerichtet war, dem eine bloße Vermittlerrolle zukam, als vielmehr auf zukünftige Betrachter, die in einer Galerie an ihr vorbeiflanieren und sagen würden: Wie entspannt und gelöst diese Frau wirkt.

Die exakte Chronologie der Ereignisse dieses Nachmittags würde sich nur schwer rekonstruieren lassen, doch es schien so, als ob Carmel intuitiv jeder Entscheidung folgte, die Sitwell auf der Leinwand traf. Er hatte mit ihrem Gesicht und den Haaren begonnen und dann mit einigen raschen Strichen die Konturen ihres ruhenden Körpers festgehalten. Während er stumm in seine Arbeit vertieft war, wurde deutlich, daß sein künstlerischer Entwurf von Carmel immer weniger Kleider vorsah. Sie hatte vollstes Verständnis für diesen kreativen Prozeß und entledigte sich unauffällig ihrer Schuhe, ihres Rocks und ihrer Unterwäsche, bis sie als klassischer Akt dalag, vom Pinselstrich des Künstlers befreit, und nur ein luftiger Seidenschal ihren Schoß bedeckte.

Sitwell fuhr aufgeregt mit dem Pinsel hin und her. Dann trat er auf sie zu und sagte, er müsse sich der genauen Proportionen vergewissern und ein paar optische Berechnungen anstellen. Ein Auge zugekniffen, hielt er den Pinsel senkrecht in die Luft. Dann beugte er sich über sie und schwenkte ihn wie einen Zauberstab über ihren Körper. Aufmerksam betrachtete er ihre Haut, die kleinen Falten an den Ellbogen, die Schatten unter den Achseln, die feine Gänsehaut entlang der Hüfte und die natürliche Schwere der Brüste. Ihre Brust und ihr Bauch wogten mit jedem Atemzug wie das Meer, während ihr Schamhaar zwischen den übereinandergeschlagenen Beinen wie feines, dunkelbraunes Seegras schimmerte, das eine zurückflutende Welle in eine Felsspalte gespült hatte.

Sitwell spürte, daß sein Motiv unmittelbar vor dem geheimnisvollen Sprung von der irdischen Welt in das Reich der Imagination stand. Ein letzter Pinselstrich, und er würde ihren Leib in Kunst verwandeln. Er rührte einen hellblauen Farbklecks auf seiner Palette an und zog eine Linie von ihrer Schulter den Arm hinunter. Dann setzte er hellblaue Tupfer auf ihre Hüfte und Brüste, die ihr das Aussehen einer Beduinen-Königin verliehen.

Vor Dienstantritt fuhr Coyne auf eine Tasse Tee bei Fred vorbei. Zuerst wollte er Fred über alles unterrichten, entschied sich dann aber anders. Die Sonderkommission hatte wie eine Horde schadenfroher Schuljungen auf die Nachricht von Drummers ausgebranntem Wagen reagiert. Sie vermuteten irgendeine interne Fehde dahinter, die Rache für einen geplatzten Rauschgiftdeal. Coyne beschloß, die Wahrheit für sich zu behalten und Fred nur über das Nötigste zu informieren, um seinen Mentor nicht zu belasten.

Fred hatte gerade seinen Henkelmann aus der Tasche gezogen.

»Schon wieder diese verdammten Hähnchenschenkel«, klagte er. »Man könnte meinen, die züchten inzwischen Viecher mit zehn Beinen.«

»Du kannst was von mir haben«, bot Coyne ihm an und holte seine Butterbrotdose aus dem Wagen. Essen interessierte ihn nicht mehr. Er hatte Wichtigeres zu tun. Fred war begeistert von Carmels Sandwiches und sagte, es seien immer wieder Meisterwerke.

»Sie hat irgendwas«, sagte Coyne.

»Wie?«

»Irgendwas geht da vor. Ich bin mir sicher.«

»Wer? Carmel?«

»Diese ganze Geschichte mit den Kunst-Workshops ist bloß ein Vorwand. Da werden ganz andere Pinsel geschwungen. Ich könnt's schwören.«

Aber Fred wiegelte ab. Er sagte, Coyne rede sich da was ein. Er könne einfach nicht glauben, daß Carmel zu so etwas in der Lage wäre. Sie habe ein Herz aus Gold.

»Von wegen Gold. Sie betrügt mich«, beharrte Coyne.

»Dann mußt du mit ihr reden.«

»Mit Reden allein ist es nicht getan. Ich bring den Saukerl um, wer immer es ist. Oder mich selbst. Ich schwör's dir.«

»Ach was, beruhige dich, Pat«, sagte Fred und hielt ihm ein Hühnerbein hin. »Hier, probier mal.«

Carmel war fast schon zu Hause, als neben ihr ein Nissan Pajero hielt. Als das Seitenfenster herunterging, glaubte sie, der Fahrer wolle nach dem Weg fragen. Hilfsbereit blieb sie stehen, aber im gleichen Moment sprangen zwei Männer hinten aus dem Wagen und packten sie an der Hüfte. Einer der beiden hielt ihr den Mund zu. Der Geruch eines Lederhandschuhs stieg ihr in die Nase.

Die Kunstmappe fiel zu Boden, als ob sie ihr plötzlich zu schwer geworden wäre. Sie versuchte zu schreien, brachte aber nur ein dünnes Piepsen hervor. Sie war machtlos. Sekunden später hatte man sie in den Wagen gezwängt und fuhr mit ihr davon. Sie dachte an ihre Kinder und ihren Mann Pat. Ein Mann im Anzug redete ihr freundlich zu, sie solle keinen Ärger machen, während er eine Pistole gegen ihr Knie drückte. Sein Komplize zog langsam die Hand von ihrem Mund. Der Schock saß allerdings so tief, daß sie nichts weiter tun konnte, als auf den kreisrunden Abdruck zu starren, den die Mündung der Waffe auf ihrer Haut hinterlassen hatte.

Drummer löste die rote Schleife der Mappe wie den Gürtel eines Bademantels. Er blickte sie fragend an, als bitte er um Erlaubnis, sich die Bilder ansehen zu dürfen. Sie schienen ihn sichtlich zu beeindrucken.

»Alle Achtung«, sagte er. »Sie haben wirklich Talent.«

»Wohin fahren Sie mich?«

»Können Sie tanzen?« fragte Drummer.

Unterwegs im Streifenwagen faßte Coyne den Entschluß, Sitwell höchstpersönlich auszuforschen. Nachdem er das rote Backsteingebäude in Blackrock ausfindig gemacht hatte, klingelte er an der Tür. Als niemand öffnete, begab Coyne sich im Wagen auf Beobachtungsposten, fest entschlossen, das Problem an der Wurzel zu packen. Da Sitwells Haus fernab ihres eigenen Reviers lag, wurde McGuinness neugierig.

»Was haben wir hier eigentlich verloren, Pat?«

»Nur eine kleine Überprüfung. Dauert nicht lange.«

Aber McGuinness gab sich damit nicht zufrieden.

»Ach was, Pat. Das ist mal wieder eine von deinen Schnapsideen. Du hängst doch nicht einfach so vor dem Haus wildfremder Leute rum?«

»Ich muß bloß was überprüfen«, wiederholte Coyne. »Nur Geduld.«

In diesem Moment sahen sie die Gestalt eines untersetzten Mannes die Straße herunterkommen. Es war Gordon Sitwell.

Der Mann mit dem Kunsttick. Coyne stieg aus dem Wagen und hielt Sitwell am Tor auf.

»Sind Sie der Eigentümer?« fragte er.

»Ja, bin ich, Garda. Was gibt's?«

Am liebsten hätte Coyne ihm geradeheraus gesagt, daß er seine dreckigen Künstlerpfoten gefälligst aus anderer Leute Ehen heraushalten solle. Aber er beherrschte sich und setzte seine besorgte Garda-Miene auf.

»Wir haben Grund zur Annahme, daß sich ein Einbrecher auf Ihrem Grundstück befindet«, erklärte Coyne. »Wir haben Ihr Haus seit zwanzig Minuten observiert.«

»Du lieber Himmel.«

»Wenn Sie mir bitte erlauben wollen, Sie ins Haus zu begleiten Mr. ...«

»Sitwell. Gordon Sitwell.«

»Mr. Sitwell«, flüsterte Coyne. »Vielleicht geben Sie mir besser den Schlüssel. Nur zu Ihrer eigenen Sicherheit. Ich möchte mich gern selbst vergewissern, daß die Luft rein ist.«

Sitwell bedankte sich, und Coyne schloß die Haustür auf, während er Sitwell signalisierte, noch einen Moment draußen zu warten. Im Lichtschein der Taschenlampe trat er in das schändliche Gebäude, das Innere jener Künstlerwelt ausleuchtend, die er so lange schon unter Verdacht hatte. Bald hatte er den Anbau entdeckt, in dem Sitwell seine Workshops veranstaltete.

Coyne hatte die Taschenlampe kaum in das Studio gerichtet, als ihm ein übelkeiterregender Schauer des Verrats wie ein Fieberstoß durch den Körper jagte. Er sah die kleine Bühne und die Requisiten der Modelle. Dann fiel der Strahl der Taschenlampe auf ein Bild auf der Staffelei, und er hatte das Gefühl, jemand habe ihm einen Tritt in die Magengrube verpaßt. Er sah Carmel ausgestreckt auf einer gold-grünen Chaiselongue liegen, notdürftig verhüllt von einem Seidenschal, der lose über eine ihrer Brüste und ihren Bauch drapiert war. Ansonsten war sie splitternackt, und ihr kastanienbraunes Dreieck schien dunkler, als er es je zuvor gesehen hatte. Auch das Rot ihrer Brustwarzen war tiefer, und ihre Haut leuchtete rosa, als sei sie gerade einem heißen Bad entstiegen. Der Maler hatte ihr eine ziemlich muskulöse Nase gegeben. Aber die Augen gehörten eindeutig Carmel, da war Coyne sich ganz sicher.

Er stand vor dem Bild und betrachtete sie mit dem hilflosen Gefühl, betrogen worden zu sein. Er hatte ihre Schönheit noch nie so intensiv wahrgenommen. Es war, als würde sie sich ihm erst dadurch enthüllen, daß er sie durch die Augen eines anderen Mannes betrachtete. Von Sitwell auf die Leinwand gebannt, sah sie nahezu vollkommen aus. Zum ersten Mal in seinem Leben konnte er sie wie ein Voyeur betrachten, ohne mit ihr reden zu müssen. Beim Anblick der blauen Tupfer auf ihrem Körper stieg brennende Eifersucht in ihm auf. Neben ihr stand eine irische Harfe, auf den Wiesen im Hintergrund erhob sich ein Turm.

Der Pajero fuhr auf der Hauptstraße durch den Phoenix Park, bog dann in eine Seitenstraße ein und steuerte einen abgelegeneren Flecken des Geländes an. Der Wagen rollte langsam dahin und hielt dann an einer stillen Einmündung unweit einer Baumgruppe. In der Ferne leuchtete der Himmel über der Stadt in tiefem Orange, durchsetzt von einigen grauen Tupfern vom Dampf der Guinness-Brauerei. Auf der Hauptstraße durch den Park sah man die Lichter der Autos, und Carmel war verblüfft, wie weit entrückt die Zivilisation schien, obwohl sie keine dreihundert Meter von ihr entfernt war. Lediglich ein paar Bäume trennten sie von den Leuten in ihren Wagen.

Die Türen des Pajeros gingen auf, und sie wurde aus dem Wagen geholt. Die Männer behandelten sie keineswegs grob, und sie versuchte, bloß nicht in Panik zu geraten. Wenn sie jetzt schrie, konnte sich ihre Situation nur verschlimmern. Hier draußen würde sie ohnehin niemand hören.

Chief packte sie am Arm und ging mit ihr einige Schritte auf die Baumgruppe zu, so daß sie genau im Scheinwerferlicht des Pajeros stand. Das Licht strahlte zwischen ihren Beinen hindurch und gab ihr ein leuchtendes Aussehen. Ihr war kalt, und sie war auf das Schlimmste gefaßt. Vielleicht sollte sie versuchen wegzurennen.

Drummer schob eine Kassette mit irischer Musik in den Rekorder. Eine einfache Melodie, gespielt von Geige, Akkordeon, Flöte und Bodhran, hallte durch die Nacht. Eine geradezu gesellige Atmosphäre legte sich über den Park, und Drummer blickte Carmel erwartungsvoll an, als sei offensichtlich, was sie zu tun habe.

»Na los, tanz«, befahl er mit leiser Ungeduld, während er mit der Pistole auf ihre Beine deutete.

»Wir wollen den Riverdance sehen«, fügte Chief hinzu.

Sie starrte die drei Männer an und begann zögernd zu tanzen, indem sie kleine Hopser machte und ihre Beine nach vorne warf. Ihre Arme hingen steif herunter. Ihre Haare wippten bei jedem Sprung. Nach wenigen Schritten spürte sie, daß ihre Knie vor Angst zitterten und jeden Moment einknicken würden. Sie tanzte wie eine Marionette, deren steifer Oberkörper auf Gummibeinen ruhte. Immer wieder blieb sie stehen, um zu zeigen, daß sie nicht mehr konnte.

»*A h'aon, do, tri agus h'aon, do, tri* . . .«, rief einer der Männer. Doch ihre Bewegungen blieben staksig und unbeholfen. Es war die schlimmste Demütigung ihres Lebens. Ein Tanz voller Furcht, Unterwerfung und Ohnmacht. Voller Reinheit und ersticktem Freiheitswillen. Sie schauten ihr einige Minuten äußerst amüsiert zu, bevor sie in den Wagen stiegen und davonfuhren. Nach wenigen Metern jedoch stoppte der Pajero und fuhr rückwärts zu der Kreuzung zurück, an der sie wie versteinert stand. Die Tür ging auf, und ihre Mappe flog in hohem Bogen ins Gras.

»Wenn du zu den Gardai gehst, kommen wir zurück und machen dich kalt«, brüllte Chief.

Nachdem der Pajero verschwunden war, stand sie lange weinend da und starrte auf die Blätter, die der Wind über ihre Mappe trieb.

Coyne konnte den Anblick des Bildes nicht länger ertragen. Er knipste die Lampe aus und kehrte um. Er wollte ohne ein Wort nach Hause gehen und mit Carmel reden. Aber als er aus dem Haus trat, sah er Sitwell mit verschränkten Armen auf den Stufen stehen und gespannt auf den Bericht des Garda warten.

»Mona Lisa hat ihre Kleider verloren«, sagte Coyne.

»Wie bitte?«

»Sie sind doch so etwas wie ein Maler, oder?« fragte Coyne, gleichzeitig signalisierend, daß die Gefahr eines Einbrechers gebannt war.

»Ja doch«, entgegnete Sitwell stolz. »Ich gebe Abendkurse an der Volkshochschule – Malen in der Freizeit.«

»Nun, wenn Sie mich fragen, gibt es zuviel Freizeit und zu wenig Kleider.« Coyne wies mit der Hand auf das Haus. »Zuviel Nacktheit in der Malerei.«

»Was wollen Sie damit sagen, Garda?«

»*Boom-she-boogie*. Alles klar, Mr. Sitwell? Sie sind nichts weiter als ein elender Stümper.« Coyne wußte, daß er schon wieder zu weit gegangen war. Er hatte sich gehenlassen. Sitwell starrte ihn mit großen Augen an. Sein Hals zitterte vor Empörung.

»So eine Unverschämtheit«, sagte er. »Verschwinden Sie von meinem Grundstück.«

Coyne merkte, daß Sitwell immer wütender wurde und kurz davor war, ihn am Kragen zu packen und eigenhändig von seinem Grundstück zu schleifen. Da Coyne sich unmöglich einen zweiten Abgang dieser Art leisten konnte, streckte er Sitwell abwehrend die Hand entgegen. Seine Uniform kümmerte ihn in diesem Moment wenig.

»Sie können doch noch nicht mal ein Stück Scheiße im Eimer malen«, sagte er verächtlich.

Was folgte, war weniger eine Rangelei als vielmehr eine Art heftiger Windstoß, der ausreichte, um Sitwell in arge Gleichgewichtsprobleme zu bringen. Sein Körper geriet ins Schwanken, als sei er in den Sog eines Vakuums in seinem Rücken geraten. Ein wenig unbeholfen ruderte er rückwärts mit den Armen, um wieder in die Höhe zu kommen, während er gleichzeitig versuchte, seine Beine zu kreuzen. Coyne beobachtete staunend die merkwürdige akrobatische Darbietung. Dann endlich ging ihm auf, was Sitwell vorhatte. Eine niedrige Buchsbaumhecke säumte den Weg zum Haus, und Sitwell hatte offenbar beschlossen, sich auf der flachen, sauber gestutzten Fläche niederzulassen. Bitte Platz nehmen, Mr. Sitwell. Immer noch mit den Armen rudernd und die Beine bequem übereinandergeschlagen, setzte er sich auf die grüne Mauer, die einen kurzen Moment hielt, bevor die dünnen Zweige krachend nachgaben. Mit dem Geräusch eines unfreiwilligen Furzes brach Sitwell durch die Hecke und verschwand. Aus dem lädierten Grün ragten zwei Füße in Lederslippern in die Luft.

Coyne war nicht in der Lage, seinen Dienst weiter fortzusetzen. Er fuhr den Streifenwagen zurück zur Wache und meldete sich krank. Danach fuhr er nach Hause, doch Carmel war nicht da. Mrs. Gogarty warf ihm einen so bösen Blick zu, als habe er die Nachbarskatze getötet oder irgendeine andere asoziale Schandtat begangen. Sie sagte, sie sei ein wenig beunruhigt über Carmels Ausbleiben, wollte aber ihrer beider Besorgnis nicht zu weiteren Vertraulichkeiten ausarten lassen.

Sobald sie gegangen war, machte sich Coyne daran, Carmels Bilderstapel nach belastenden Indizien zu durchsuchen. Und siehe da: Bald hielt er ein halbes Dutzend Zeichnungen nackter Männer in der Hand. Sitwell, eindeutig. Lebensecht und splitternackt, mit halb geschlossenen Lidern lüstern dem Betrachter entgegenblickend. Beim zweiten Hinsehen fiel Coyne auf, daß der Kopf zu Sitwell gehörte, der Rest allerdings eher ein Muskelpaket mit gewaltigem Oberkörper und kräftigen Armen darstellte. Außerdem besaß Sitwell übermenschliche Genitalien und war alles andere als der untersetzte Fettkloß, den er kurz zuvor in die Hecke geboxt hatte.

Coyne lief in der Küche auf und ab. Zwischendurch mußte er immer wieder die Bilder ansehen, um seine Wut nicht verrauchen zu lassen. Der obszöne Anblick von Sitwells überdimensioniertem Geschlecht ließ ihn in eine tiefe Depression versinken.

Als Carmel schließlich eintraf, stand Coyne in Uniform und mit verschränkten Armen in der Küche. Sie sah blaß aus, ließ ihre Kunstmappe auf den Boden gleiten und setzte sich erschöpft hin. Bevor sie auch nur ein Wort sagen konnte, überschüttete Coyne sie mit einer Flut von Vorwürfen.

»Ich hab ein Wörtchen zu reden mit dir«, sagte er wie zu einem ungezogenen Kind.

»Was?«

»Ich hab den ernsten Verdacht, daß du mich betrügst, Carmel.«

Carmel stützte ihr Kinn in die Hände und blickte Coyne mit einem Ausdruck müden Unglaubens an, um dann lakonisch aufzulachen.

»Ich glaube, ich hab mich verhört«, sagte sie.

»Ist es so? Hintergehst du mich?«

»Pat, was ist in dich gefahren?« fragte sie, ihren Blick auf die männlichen Akte richtend, die ausgebreitet auf dem Küchentisch lagen. »Willst du mich zum Verhör auf die Wache schleppen?«

»Ich hab also recht. Dieser ganze Künstlerquatsch ist bloß Tarnung. Nun sag schon. Wer ist es?«

»Mein Gott, womit hab ich das verdient«, seufzte sie. »Du stellst mal wieder alles völlig auf den Kopf, Pat.«

»Ich schwöre dir, Carmel, wenn was dran ist, bring ich mich um. Ich mein's ernst. Entweder du hörst sofort mit diesem Freizeitgepinsel auf, oder es ist alles aus. Ich tu mir was an.«

Carmel ließ den Kopf sinken. Ihre Schultern durchlief ein Zittern, und es dauerte einen Moment, bis Coyne registrierte, daß sie nicht lachte, sondern weinte. Hilflos blickte er auf sie herab. Dann ging er zu ihr, setzte sich neben sie und nahm ihre Hand. Sie zitterte am ganzen Körper. Tränen liefen über ihr Gesicht, als sie zu ihm aufblickte.

»Ich bin überfallen worden«, brachte sie schließlich heraus. »Drei Männer haben mich in ihren Wagen gezerrt und verschleppt.«

Coyne legte als eine Geste verspäteten Schutzes seinen Arm um ihre Schulter. Er fühlte sich hundeelend. Wie konnte er nur so grausam sein und sie beschuldigen?

»Wo? Was genau ist passiert?«

»Ich konnte noch nicht einmal um Hilfe rufen«, erklärte sie. »Sie sind mit mir zum Phoenix Park rausgefahren. Ich hab geglaubt, sie tun mir was an. O Pat, ich hatte solche Angst.«

Erneut brach sie in Tränen aus, und er drückte sie an sich. Im Nu war die eine Hälfte seines Gesichts naß von ihren Tränen.

»Ist ja alles vorbei, Carmel. Was haben sie mit dir gemacht, Liebes?«

»Ich mußte irische Volkstänze aufführen. Sie haben mich aus dem Wagen geholt und gesagt, ich soll den Riverdance tanzen. Es war schrecklich, Pat. Mitten im Phoenix Park, in der Nähe des Papstkreuzes. Sie haben mich gewarnt, nicht zur Polizei zu gehen.«

»Wie haben sie ausgesehen?« wollte Coyne wissen. »Hast du dir das Nummernschild des Wagens gemerkt?«

»Nein«, sagte sie. »Einer war groß und fett, mit Hosenträgern, und er hat eine Dose Bier getrunken. Und ein junger Typ mit einer Baseballkappe. Ich hab noch nie im Leben solche Angst gehabt.«

Coyne drückte sie reuevoll fest an sich.

»Ist alles wieder gut«, sagte er und schob die Aktskizzen mit dem Ellbogen beiseite.

Von nun an herrschte Krieg. Er würde sich Drummer höchstpersönlich vornehmen. Als er in der folgenden Nacht auf Streife war, hatte er den Eindruck, die ganze Stadt wolle sich kollektiv in den Selbstmord stürzen. Das große Samstagnacht-Delirium. Ihr erster Einsatz war ein Teenager, der an einer Überdosis gestorben war. Als sie zu der betreffenden Wohnung kamen, waren die Leute dermaßen stoned, daß sie hartnäckig daran festhielten, das Opfer sei bloß weggenickt. Dabei war nur allzu offensichtlich, daß er so tot war wie eine Maus mit einem Beil im Rücken. Danach waren sie vor dem New Jury's Hotel einem alten Mann begegnet, der schwankend und mit ausgestreckter Hand mitten auf der Fahrbahn herumspazierte, in der Hoffnung, irgendein Autofahrer würde zufällig anhalten oder es würde Geld vom Himmel regnen. Der Kerl war so sturztrunken, daß er eine Münze in seiner Hand nicht einmal mehr erkannt hätte. Torkelnd lief er über die Straße, während die Autos links und rechts an ihm vorbeischossen, als handle es sich um ein Rugby-Länderspiel und keiner wolle den Ball haben. Bis er sich schließlich zur Offensive entschloß und halbherzig versuchte, einen Saab mit einem Griff nach der Antenne zu stoppen; mit dem Ergebnis, daß er wie ein wildgewordenes Drehkreuz im Kreis herumgewirbelt wurde, rücklings auf den Asphalt knallte und Blut wie aus einer zerbrochenen Schale aus seinem Hinterkopf floß.

Was bedeutete das alles? Coyne verstand die Logik des Alltags nicht mehr. Während er früher aus seiner Aufgabe, die Nation vor sich selbst zu schützen, neue Kraft geschöpft hatte, sah er sich nun mit einer neuen Welle von Zynismus konfrontiert. Ein Typ rannte mit einem Autoradio unterm Arm über die Toll Bridge. Ein paar Studenten hämmerten wie verrückt gegen die Tür des Hare Krishna Tempels und sagten, sie hätten eine Nachricht für Harry. Eine Gruppe weiblicher Teenager, die auf den Nachtbus warteten, sangen und kreischten *I want you back for good.* Irgendein Obertrottel rief zum Kampf gegen die Prostitution auf, und eine Horde Jugendlicher trieb ein Pferd wie im Wilden Westen dazu an, durch den Kanal zu schwimmen, wobei der Kopf des Tieres mit furchtverzerrtem Grinsen aus dem Wasser ragte.

Coyne war nahe daran durchzudrehen, während er unter lauten Flüchen und Verwünschungen im Streifenwagen durch die Stadt jagte. Er wurde den Gedanken nicht los, daß er wie ein echter Extremist außerhalb des Gesetzes operieren sollte. Einst hatte ihn seine Uniform stets daran erinnert, auf welcher Seite er stand. Doch inzwischen hatte er das Gefühl, daß sie das Haupthindernis in seinem mörderischen Krieg gegen Cunningham war. Coyne spürte, daß er von nun an als Outlaw operieren würde.

Zu vorgerückter Stunde wurden sie wegen eines Suizids zu einer Adresse in Ballsbridge gerufen. Als sie um die Doppelhaushälfte herumgingen, entdeckten sie einen Mann, der sich an einem Baum im Garten aufgehängt hatte. Die grellen Scheinwerfer der Spurensicherung gaben ihm ein gespenstisches, gequältes Aussehen: Mit zur Seite geneigtem Kopf und in der Luft baumelnden Füßen drehte er sich am Seil um die eigene Achse. Auf seiner beigen Hose breitete sich im Schritt ein dunkler Fleck aus. Selbstmord.

»Herr im Himmel«, sagte Coyne und nahm unwillkürlich seine Dienstmütze ab. McGuinness wollte ein kurzes Gebet sprechen, als die Leiche im gleichen Moment zu reden begann.

»Verdammt, Billy, die Bullen.«

Coyne und McGuinness machten einen Satz nach hinten. Erst jetzt bemerkte Coyne, daß noch andere Männer im Garten waren und hinter einer Videokamera mit Stativ standen. Einer von ihnen hatte ein offenbar blutverschmiertes Gesicht.

»Was zum Teufel geht hier vor?« schrie Coyne.

»Runter da oben«, sagte McGuinness zu der Leiche am Baum, während er eine im Gras liegende Klappleiter aufstellte.

»Keine Sorge«, sagte einer der Männer hinter der Kamera. »Ist alles ganz harmlos. Er ist an Brustgurten aufgehängt. Wir drehen bloß einen Film.«

»Also, ihr könnt sowas doch nicht mitten in der Nacht machen«, empörte sich Coyne. »Die Nachbarn haben uns gerufen.«

»Das ist einfach obszön«, echote McGuinness.

Coyne überlegte einen Moment, was er von der Sache halten sollte. In Anbetracht seines Spitznamens Mr. Suicide schien man sich hier geradezu über ihn lustig machen zu wollen. Sollte er dies also als geschmacklosen Scherz abtun? Oder wollten ihm diese Leute etwas mitteilen?

»Und was passiert jetzt?« brüllte Coyne. »Sollen wir etwa wie Halbwilde in einem Margarine-Spot im Kreis herumtanzen? Na los, holt ihn da oben runter.«

Die Klappleiter wurde unter die Füße des Toten geschoben, und er kam in die Welt zurück wie er sie verlassen hatte. Nachdem er auf der obersten Stufe Tritt gefaßt hatte, zog er sich die Schlinge über den Kopf und stieg wie ein Gespenst, dem man ins Leben zurückgeholfen hatte, die Leiter hinab. Danach widmete Coyne sich dem zweiten Opfer, das sich vermeintlich das halbe Gesicht weggepustet hatte. Blut floß aus seinem Mund, und eine Pistole baumelte lose in seiner Hand.

»Und was ist mit dem da?« fragte Coyne.

»Das ist bloß eine Maske«, sagte der Regisseur und deutete auf die Gummilasche auf dem Schädel des Mannes, die ein wenig an den Skalp des Warzenkillers erinnerte. »Da oben ist ein Gelenk eingebaut, und dann explodiert das Ding einfach.«

»Haben Sie einen Waffenschein für die Knarre?«

»Die funktioniert nicht.«

Coyne ließ sich die Pistole geben. Er sagte, er müsse sie beschlagnahmen und untersuchen lassen. Dann schärfte er ihnen ein, solche Späße in Zukunft zu unterlassen. Er könne beim besten Willen nicht verstehen, was daran künstlerisch wertvoll sein solle. Ob sie nicht wüßten, daß es in der Stadt mehr als genug Zwischenfälle von dieser Sorte gebe?

»Das ist der letzte Hort der Subkultur«, sagte der Regisseur.

»Snuff Movies«, murmelte Coyne McGuinness zu. Aber die ganze Geschichte schien ihn zu deprimieren. Er wandte sich noch einmal an den Regisseur und sagte in drohendem Ton:

»Wir können Sie auch wegen Erregung öffentlichen Ärgernisses anzeigen.«

»Und wegen Irreführung der Polizei«, fügte McGuinness hinzu.

Gordon Sitwell marschierte zur Wache in Irishtown und legte gegen Coyne Beschwerde ein. Er sagte, er sei tätlich angegriffen und vor seiner eigenen Haustür auf übelste Weise beschimpft worden. Als Coyne am nächsten Abend zum Dienst erschien, konnte er an McGuinness' Gesicht ablesen, daß irgend etwas in der Luft lag. Bevor er Näheres in Erfahrung bringen konnte, wurde er in Hauptkommissar Molloys Büro zitiert. Warzenkiller konnte kaum abwarten, bis Coyne die Tür hinter sich zugezogen hatte, bevor er ihm mit einem halb geflüsterten, halb hysterischen Zischen eine grobe Verletzung der Garda-Dienstordnung vorwarf.

»Was in aller Welt hattest du im Haus dieses Mannes in Blackrock zu suchen, Coyne?«

»Ich bin einem vermuteten Einbruch nachgegangen«, erwiderte Coyne.

»Erzähl keine Märchen. Das Haus liegt meilenweit vom Revier entfernt. Und im Dienstprotokoll ist auch nichts vermerkt. Uns liegt eine ernste Beschwerde von einem Mr. Sitwell vor. Er sagte, er sei vor seiner Haustür von einem Garda angegriffen worden, dessen Beschreibung eine verblüffende Ähnlichkeit mit dir hat.«

Coyne setzte eine ratlose Miene auf. Als ob der betreffende Gentleman nicht ganz zurechnungsfähig sein könne, ihm eine derart scheußliche Tat zu unterstellen. Während er Molloy anstarrte, hatte er den Eindruck, daß die Warze auf seinem Gesicht wie das Kontrollicht eines Flugzeugs warnend aufblinkte. Vorsicht, Überhitzungsgefahr!

»Der Typ ist nicht ganz dicht, Frank«, sagte Coyne verlegen.

»Ich kann's nicht fassen«, sagte Molloy kopfschüttelnd. »Hoffentlich fällt dir noch eine vernünftige Erklärung ein. Ich weiß nicht, was der Mann dir getan hat, aber das kannst du ja dann der Untersuchungskommission erzählen. In der Zwischenzeit bleibt mir leider nichts anderes übrig, als dich bis auf weiteres vom Dienst zu suspendieren.«

Ein anderer habe bereits seinen Streifendienst übernommen, teilte Molloy ihm mit geradezu feierlichem Ton mit, um zu unterstreichen, daß die ganze Geschichte nicht mehr in seinen Händen lag.

»Sitwell will Anzeige erstatten«, fügte Warzenkiller in nüchternem Ton hinzu und ordnete die Blätter auf seinem Schreibtisch. »Das heißt für dich, Suspendierung ohne Lohnfortzahlung.«

»Ich brauche Polizeischutz«, sagte Coyne unvermittelt.

Warzenkiller war wie vom Schlag gerührt.

»Ich brauche Polizeischutz für meine Frau und die Kinder. Sie ist letzte Woche von Drummer und seiner Gang entführt worden. Sie haben sie überfallen und bedroht.«

»Immer schön auf dem Teppich bleiben, Coyne. Was hat das eine, bitte schön, mit dem anderen zu tun?«

»Sie braucht Schutz durch die Garda. Die Cunningham-Gang bedroht ihr Leben.«

Molloy gab ihm grinsend zu verstehen, wie lächerlich seine Forderung war. Er sah Coyne an, als litte dieser unter plötzlicher Gehirnerweichung, als sei er in eine Phantasiewelt abgedriftet.

»Hör zu, wenn deine Frau Polizeischutz braucht, dann geh nach Hause und beschütze sie. Läuft da irgendwas zwischen dir und der Cunningham-Gang?«

»Aber nein.« Coyne zögerte. »Sie haben sie bloß entführt und im Phoenix Park auf inhumane und entwürdigende Weise gefoltert.«

»Ach ja? Und wie?« fragte Molloy weiter. Die ganze Geschichte klang so weit hergeholt, daß er bereits den Hörer zur Hand genommen hatte und eine Nummer wählte, als sei Coyne Luft für ihn.

»Sie mußte den Riverdance tanzen. Sie braucht Schutz, Frank. Wer weiß, was sie ihr als nächstes antun.«

»Das kannst du alles der Untersuchungskommission erzählen«, sagte Molloy in der Hoffnung, Coyne damit endlich zum Gehen zu bewegen. Er hatte keine Lust mehr auf weitere Ausgeburten von Coynes blühender Phantasie. Er hatte Wichtigeres zu tun.

»Aber...«

»Hör endlich auf, um Sympathie zu betteln, Coyne. Du weißt, wo du Sympathie finden kannst«, sagte er, die Hand über die Muschel des Hörers gelegt. »Im Telefonbuch, zwischen Scheiße und Syphilis. Du bist suspendiert.«

Auf dem Heimweg fuhr Coyne bei Fred vorbei und erzählte ihm die ganze Geschichte mit Sitwell.

»Dieses ganze Kunst-Zeug war daran schuld. Ich wollte mir bloß sein Haus ansehen, und was find ich da – ein Aktgemälde meiner Frau. Ich sag's dir. Der Kerl hat Carmel splitternackt bei sich in der Wohnung stehen. Und dann besitzt der Schweinehund auch noch die Frechheit, mich anzuzeigen.«

»Du mußt mit ihr reden«, riet Fred ihm. »Erzähl ihr einfach, wie es war. Sie wird die Sache schon hinbiegen. Vielleicht kann sie ihn sogar dazu bewegen, die Anzeige zurückzuziehen.«

»Und wie komm ich um die offizielle Untersuchungskommission herum?«

Fred dachte einige Zeit angestrengt nach, während er aus einem vollgesogenen braunen Marshmallow, den er gerade aus seinem Tee zog, Inspiration zu gewinnen suchte.

»Wo sich die eine Tür schließt, öffnet sich irgendwo eine andere«, sagte er.

Coyne versuchte, den Sinn dieses Satzes zu entschlüsseln. Was ihn persönlich betraf, so hatten sich in letzter Zeit viel zu viele Türen geöffnet oder geschlossen. Er hatte fast das Gefühl, in einer Drehtür zu stecken.

»Ich brauche vor allem einen Ausweg«, sagte er verzweifelt.

»Nur nicht den Kopf hängen lassen. Red nicht so. Erklär Carmel die ganze Geschichte. Sie boxt dich bei Sitwell schon raus. Übrigens«, wechselte Fred das Thema, »dieses Mädchen hat am Telefon nach dir gefragt.«

»Wer?«

»Naomi. Von der du mir damals erzählt hast. Die sich mit Drummer herumtreibt. Sie wollte Vinnie Foley sprechen. Das ist doch ein alter Kumpel von dir, oder?«

»Klar, wir sind dicke Freunde.«

Fred stand auf, ging zu Coyne und legte ihm die Hand auf die Schulter. Durch die staubigen Lamellen der Jalousie starrte er auf den Platz. Eine der Bogenlampen schaukelte im Wind hin und her und warf schwankende Schatten auf die geparkten Trucks. Es schien fast so, als würden sie zurückrollen.

»Du wirst zuletzt lachen«, sagte Fred nach einer Weile. »Die Türen beginnen sich für dich zu öffnen. Und jetzt geh nach Hause und rede mit Carmel.«

Aber Coyne konnte nicht nach Hause. Ziellos fuhr er durch die Stadt, tauchte ein in das Lichtermeer des nächtlichen Verkehrs und patrouillierte mit seinem Wagen langsam durch die Straßen, als säße er hinterm Steuer seines Streifenwagens. Obwohl er nicht mehr in Uniform war, behielt er nach wie vor die Leute auf dem Bürgersteig im Auge, registrierte jedes noch so unauffällige Detail. Er war immer noch Bulle, und die Tatsache, daß man ihn vom Dienst suspendiert hatte, war noch nicht tief genug eingesickert. Er hielt vor einem Pub und schüttete ein Pint nach dem anderen in sich hinein. Von dort zog er zum nächsten, wo er bis zur Sperrstunde trank, beim Hinausgehen eine Flasche Whiskey kaufte und sich damit in den Wagen setzte. Er fürchtete sich vor Carmels Fragen, deshalb parkte er lange Zeit am Flußufer und überdachte seine Lage. Er schüttete den Whiskey in sich hinein und beobachtete, wie sich die Lichter vom anderen Ufer auf dem rotbraunen Wasser spiegelten, bis ihn das stetige Fließen des Wassers hypnotisierte und er das Gefühl hatte, nicht der Fluß bewege sich, sondern er selbst treibe immer weiter in die Stadt hinein.

Sein Leben war gelaufen. Er würde seinen Job als Garda verlieren und müßte sich wie Fred irgendwo als Nachtwächter durchschlagen. Es gab für ihn keine Zukunft mehr. In den Augen seiner Kinder würde er als Versager dastehen. Er warf die leere Flasche ins Wasser und dachte daran, den gleichen Weg zu gehen und einfach mit dem Wagen über die Ufermauer zu fahren. Es erschien ihm als das passende Ende. Er hatte schon immer ein Faible für Dinge gehabt, die zu einem ordentlichen Abschluß kamen.

Dann aber spürte er eine wachsende Wut in sich und fuhr zurück in die Stadt. Er war noch nicht fertig. Wenn er schon seinen Garda-Posten verlieren würde, dann wenigstens mit einem Paukenschlag, mit einem finalen heroischen Auftritt. Vielleicht konnte er das Steuer sogar noch herumreißen und die Geschichte mit Sitwell aussehen lassen wie eine Plastiktüte im Wind; einen von diesen zerfetzten Einkaufsbeuteln, die in den Bäumen hingen. Er würde es diesen Dreckskerlen schon zeigen. Er würde als derjenige in die Geschichte eingehen, der Drummer das Handwerk gelegt hatte. Der Showdown, auf den er die ganze Zeit gewartet hatte, hatte begonnen.

Coyne hielt an einer Tankstelle mit Mini-Shop und kaufte die seltsamsten Dinge. Eine bizarre Einkaufsliste: Sonnenbrille, eingeschweißte Steaks, eine Packung Kaugummis, Kneifzange, Schraubenzieher, Müllbeutel sowie ein T-Shirt und eine Baseballkappe. Alle diese Dinge würde er auf seiner letzten Mission brauchen. Getragen von einer neuen Zuversicht und völliger Furchtlosigkeit, packte er alles, bis auf die Kleidungsstücke, die er sofort anzog, in den Kofferraum. Für sein Himmelfahrtskommando benötigte er das entsprechende Outfit. Mit der roten Sonnenbrille, der Baseballkappe und seinem neuen T-Shirt, auf dem Madonna dem Betrachter laszive Blicke zuwarf, fuhr er zur Leeson Street und parkte in einer ruhigen Seitenstraße in der Nähe des *Fountain Club*. Ohne Eile wickelte er einen Kaugummi aus, ließ ihn im Mund zusammenklappen und stieg aus dem Wagen. Energisch kauend ging er auf den Klub zu.

Drummer hatte ein kleines Problem mit Brendan Barry, der den Klub umgebaut hatte. Keine der Renovierungsarbeiten war bezahlt. Barry kam jeden Abend zum Klub und lag Drummer mit irgendwelchen Ratenzahlungen in den Ohren. Da Drummer sich nur ungern von seinem Geld trennte, versuchte er Barry davon zu überzeugen, ins Nachtklub-Geschäft einzusteigen. Er hatte gerade eine Flasche Champagner bestellt und bot Brendan anstelle einer Barzahlung Anteile am *Fountain Club* an.

»Sieh dir den Laden doch an, Bren. Hier einzusteigen wäre das Beste, was du tun kannst.«

»Ich brauche das Geld«, wiederholte Brendan einmal mehr.

»Nun versteif dich doch nicht so aufs Geld«, sagte Drummer und goß Champagner nach. »Wir sind es gewohnt, unsere Rechnungen anders zu begleichen.«

Er blickte hinüber zur Tanzfläche, wo Naomi in einem der aufgebockten Käfige tanzte. Sie trug einen kurzen blauen Rock und ein Top, das kaum größer war als ein BH. Sie hatte sich ganz in ihre eigene Welt zurückgezogen und schaukelte ihren Körper wie ein Baby hin und her.

Bauunternehmer Brendan hatte ein Gesicht wie eine Dartscheibe. Mit seinem blauen Blazer mit Goldknöpfen und dem dazu passenden pockennarbigen Gesicht sah er aus wie ein Sportsegler. Er hatte die Mentalität eines Schaufelbaggers, besaß aber zugleich jene Attribute von Ehrbarkeit, die Berti Cunningham so sehr schätzte. Er lebte in einem weißen Landhaus am Fuß der Dublin Mountains, das eine dorische Säulenhalle besaß und einen Tennisplatz hinterm Haus. Drummer wollte ihn als stillen Teilhaber gewinnen, ein leutseliger Volltrottel, dessen Ruf so sauber war wie die Unterhose des Papstes und der im gegebenen Moment sein Maul halten würde.

»Laß mich raten«, sagte Drummer mit einemmal. »Du segelst hin und wieder?«

Doch Brendan sagte, er interessiere sich mehr fürs Fliegen, wobei er nach oben sah, als hätte er an der Decke des Nachtklubs eine Cessna entdeckt. Er habe sogar schon mehrere hundert Flugstunden auf dem Buckel.

»Wenn du da oben in der Luft bist«, sagte er, »das ist, als würdest du mit Sharon Stone auf Tuchfühlung gehen. Von hinten.«

»Spezialist für akrobatische Flugübungen, wie?«

»Ich warte nur auf den Tag, an dem mich ein junges Ding sechshundert Meter über Glendalough mit ein wenig Bordservice verwöhnt«, prahlte Brendan.

»Ich glaube, da kann ich dir behilflich sein«, sagte Drummer und blickte zu Naomi hinüber.

Coyne gelangte unerkannt in den *Fountain Club*, indem er sich unter das wartende Volk vor der Tür mischte und wie ein echter Clubber zappelig von einem Fuß auf den anderen trat, als könne er es kaum erwarten, eingelassen zu werden und die Tanzfläche zu stürmen. »Auch gut drauf heut abend?« hörte er von allen Seiten. Die gewohnten Türsteher in ihren Smokings kontrollierten den Eingang, und Coyne erkannte die Typen, die ihn zusammengeschlagen hatten. Doch er war mittlerweile so betrunken, daß er sich nicht weiter darum kümmerte. Seine einzige Sorge war, an ihnen vorbeizukommen und seinen eigentlichen Gegner ausfindig zu machen. Dank seiner perfekten Verkleidung wurde er mit der wogenden Menge durch den Eingang gespült.

Die Tanzfläche war rappelvoll. Eine zappelnde Masse von Armen und Beinen bewegte sich zuckend zum endlosen Hämmern der Musik. Im ersten Moment hatte man den Eindruck, auf ein Glas wimmelnder Kaulquappen zu blicken, die sich unaufhörlich vermehrten. *Get your rocks off, Honey, get your rocks off*... Bunte Lichtblitze erleuchteten für eine oder zwei Sekunden einzelne Leiber in der Menge. Wie konnte Musik nur eine solche Massen-Epilepsie hervorrufen? Vielleicht gab es eine elektrische Interferenz mit dem menschlichen Puls, die das Nervensystem zu zuckenden Bewegungen veranlaßte. Coyne schob und zwängte sich durch die Menge zum hinteren Ende der Tanzfläche, von wo aus er praktisch den ganzen Klub im Auge behalten konnte. Durch die wogende Masse hindurch erspähte er Naomi an der Bar. Sie trug einen unverschämt kurzen Rock und befand sich in Begleitung von Drummer und einigen seiner Gehilfen. Coyne konnte einfach nicht wegsehen. Ihre Brustwarzen stachen deutlich unter ihrem winzigen Top hervor, während ihre Beine wie aufblinkende Glückssymbole an einem Geldspielautomaten zu ihm herüberfunkten.

Drummer machte sie gerade mit Brendan Barry bekannt. Sie reichten sich die Hände. Drummer verhielt sich ganz wie ein Heiratsvermittler oder ein Ein-Mann-Partnerservice.

»Bist du schon mal mit einer Sportmaschine geflogen?« fragte er sie. Dann fügte er hinzu, daß Bauunternehmer Brendan mit dem Stiernacken, der papstweißen Unterhose und der Fresse zum Reinschlagen ein Experte in der Luft sei.

Sie warf Drummer ein gequältes Lächeln zu. Die Zweideutigkeit seiner Aussage war ihr nicht entgangen. Sie hatte die darin enthaltene Drohung verstanden und ließ ihren Blick mit einer Mischung aus Verachtung und Ekel an Barry hinabwandern. Den Kotzkübel, bitte.

»Naomi ist ganz versessen auf einen Rundflug über Wicklow, Bren. Zeig ihr den runden Turm.«

Aber Naomi blieb lieber am Boden. Sie sagte, sie leide seit ihrer Kindheit an Höhenangst. Alles, was einen über die dritte Etage hinauskatapultiere, mache ihr Angst, es sei denn, man könne es injizieren. Drummer legte seinen Arm um ihre Schulter und versprach ihr einen Fallschirm. Zugleich übermittelte er ihr mit einem boshaften Zwicken eine geheime, nonverbale Botschaft. »Du bist die geborene Stewardeß.« Dann schob er Brendan auf die Tanzfläche und entließ beide in das Meer der Tänzer. Ein perfektes Paar. Bauunternehmer Brendan in seinem Seemannsblazer mit der kleinen Klappe hinten, die, wenn er die Hände in den Taschen hatte, aussah wie eine Katzentür. Und Naomi, die ihren Bauchnabel wie das Pendel eines Hypnotiseurs kreisen ließ.

Der Champagner war Brendan bereits zu Kopf gestiegen. Sein Rhythmusgefühl war gar nicht mal schlecht, aber er hampelte herum, als würde er eine Fuhre Ytong-Steine schleppen und mit beiden Füßen in frischem Zement stecken. Sein Hintern pendelte wie ein Sandsack. Lebendig wurde die Sache erst, als er dazu überging, flugtechnische Manöver auf der

Tanzfläche auszuprobieren und Naomi mit ausgestreckten Armen in wirren Achten zu umkreisen, wie ein zum Segler umfunktionierter Zementmixer.

Coyne beobachtete das alles aus sicherer Entfernung. Er ließ sich Zeit, bis er Cunningham und Chief in der VIP-Lounge verschwinden sah. Nachdem er einen weiteren Blick auf die Tanzfläche geworfen hatte, wo der Bauunternehmer Naomi erneut mit wehender Krawatte im Sturzflug umkreiste, entschied er, daß sein Augenblick gekommen war. Es konnte losgehen.

Er zog die Baseballkappe vom Kopf und tanzte zu den beiden herüber. Als er vor Naomi stand, nahm er die Sonnenbrille ab. Sie schien sich dunkel an ihn zu erinnern.

»Auf geht's«, befahl er und nahm ihre Hand.

Dann zog er sie hinter sich her und sie rief ihm etwas zu, das er nicht verstand. Sie leistete jedoch keinerlei Widerstand. Nur der Bauunternehmer war offenbar nicht bereit, das Feld kampflos zu räumen, und versuchte, Naomi an der Schulter zurückzuhalten. Coyne drehte sich lässig um und versetzte ihm einen gezielten Schlag in die Magengrube, der ihn auf den Boden der Tatsachen zurückholte. Er knickte ein und taumelte laut fluchend rückwärts in die Menge, die das Geschehen so staunend verfolgte, als handle es sich um einen Vorfilm im Kino. Coyne zog Naomi weiter zum Ausgang; sie stolperte in ihren hochhackigen Pumps hinter ihm her.

Die Horde Neck Decks vor der Tür war ausschließlich mit den Neuankömmlingen beschäftigt und schien sich für diejenigen, die nach Hause wollten, wenig zu interessieren. Coyne geleitete Naomi zunächst schweigend wie ein Kavalier nach draußen, um sie dann eilig die Treppe hochzuschieben, als ihm einer der Türsteher einen mißtrauischen Blick zuwarf. Kurz vor dem oberen Treppenabsatz verlor sie einen Schuh, der polternd nach unten segelte und zwischen die Stumpfköpfe fiel, als sie gerade hinter ihm herwollten.

»Augenblick mal, Mister.«

Coyne schob sie weiter auf die Straße. Vergiß den blöden Schuh, dachte er. Die Männer sprangen die Treppe hoch, die eine Hand am Geländer, mit der anderen ihre Jacketts gegen ihre fetten Bäuche pressend, um nur ja die Form zu wahren. Coyne hatte gerade noch Zeit, ihre billigen Krawatten und die putzige Schuhschnalle eines der Typen zu registrieren. Und dann krachte es. Im ersten Moment wollte er noch sagen, er sei ein Garda der Sonderkommission und müsse dieses Mädchen zu seiner eigenen Sicherheit mitnehmen, als ihm aufging, daß damit auch nichts mehr zu retten war, und er seinen Stiefel kurzerhand dem erstbesten Angreifer in den Unterleib rammte, gefolgt von einer sauberen Geraden auf dessen Nase. Seine Hand schien sich unter der Wucht des Schlags in eine Packung Würstchen verwandelt zu haben. Wer austeilte, mußte eben auch einstecken. Zumindest hatte der Schlag den gewünschten Effekt, den Türsteher rückwärts in die Arme seines Kollegen zu katapultieren. Beide purzelten die Treppe hinunter, als hätten sie es vorher geprobt. Den Kopf an das Metallgeländer gelegt, lockerte der erste Angreifer seine Billigkrawatte und forderte seinen Kumpel jammernd auf, Coyne zu schnappen.

Aber Coyne war bereits halb um den Block, die humpelnde Schönheit im Schlepptau. Als sie seinen Wagen erreichten, drückte er sie auf den Beifahrersitz und fuhr ohne Licht davon, damit sein Nummernschild nicht zu erkennen war. Ein sauberer Schlag mitten ins Herz der Dubliner Unterwelt.

Coyne fuhr im Kreis herum. Jetzt, da Naomi neben ihm im Wagen saß, wußte er nicht, was er tun oder sagen sollte. Er war betrunken, und während die Anspannung des Fluchtmanövers nachließ, versuchte er, seine nächsten Schritte zu planen. Er hielt bei laufendem Motor am Kanal und fragte nach ihrer Adresse, aber ihr zynisches Grinsen verriet, wie idiotisch dieser Plan war, da Cunninghams Männer dort zuerst aufkreuzen würden. Nachdem Coyne sie vor einer vermutlich unangenehmen Situation sechshundert Meter über Glendalough bewahrt hatte, durfte sie von ihm mit Recht eine attraktivere Alternative erwarten. Überglücklich über ihre Rettung, streckte sie ihre langen Beine im Wagen aus.

»Du steckst in argen Schwierigkeiten«, sagte er im Tonfall eines Priesters. »Da hast du dir ja eine feine Gesellschaft aufgetan.«

»Yeah«, sagte sie müde. »So ein Vollidiot. Der wollte mir doch tatsächlich Flugstunden geben.«

»Ich meine nicht den, sondern Drummer.«

»Was ist mit ihm?« fragte sie mißtrauisch.

»Du weißt, daß er jemanden umgebracht hat. Mord, Naomi, verstehst du?«

»Du bist ein Bulle, nicht wahr?« sagte sie und blickte ihn an. »Ich wußte es.«

Coyne lachte gekünstelt.

»Wie kommst du darauf? Ich bin Werbefachmann. Ich will dir nur helfen, aus diesem Schlamassel herauszukommen, Naomi. Du bist ein prima Mädchen und solltest dich nicht mit solchen Typen abgeben.«

Inzwischen klang er sogar wie der Erzbischof persönlich, wirklich betroffen. Da saß sie nun mit ihren sündhaft langen Beinen, und er redete wie ein besorgter Vater auf sie ein, hielt ihr eine väterliche Moralpredigt, die sie nicht die Bohne interessierte.

»Wenn du Bulle bist, bin ich erledigt«, sagte sie.

»Keine Angst, ich beschütze dich. Du brauchst eine Therapie. Ich kann dir helfen.«

Chief und die zwei Türsteher, die mit Coyne Bekanntschaft gemacht hatten, stiegen in den Pajero und grasten damit die ganze nähere Umgebung ab; sie ließen keine Gasse oder Seitenstraße aus. Mick hatte sich zu Fuß auf die Suche gemacht, während Drummer im Nachtklub geblieben war und Brendan Barry zu beruhigen versuchte. Er gab sich noch mehr Mühe als zuvor, Brendan bei Laune zu halten, denn er hatte längst erkannt, daß sich da vielleicht ein kleiner Sexskandal einfädeln ließe, mit dem er ihn gegebenenfalls erpressen konnte. Nachdem er ihm die Geschichte eines eifersüchtigen verflossenen Liebhabers aufgetischt hatte, ließ er zwei der Mädchen im Satindress aus den aufgebockten Käfigen kommen und mit Brendan tanzen. Mit Hilfe von reichlich Champagner gelang es ihm, den Bauunternehmer davon zu überzeugen, daß sein Herzenswunsch keineswegs gestorben war. Der Rundflug über Wicklow würde planmäßig abheben, wenn auch mit neuer Crew.

Coyne ließ den Motor laufen. Die Umgebung am Kanal behagte ihm ganz und gar nicht. Statt in der Nähe des Nachtklubs zu bleiben, hätte er besser weiter rausfahren sollen. Nur wohin? Er hatte keine Idee. Dann fiel ihm ein, zu Fred in den Hafen zu fahren. Dort wäre er zumindest sicher. Und Fred konnte ihm bestimmt weiterhelfen.

»Wovon lebst du eigentlich?« fragte Coyne.

»Ich bin Tänzerin«, sagte sie. »Ich tanze Leute in den Tod.«

»Nun komm schon, Naomi. Ich will dir doch nur helfen. Wo wohnen deine Eltern?«

»Scheiß auf meine Eltern. Sie hätten verdammt noch mal ein Kondom benutzen sollen«, sagte sie. »Und das ist dabei rausgekommen.«

»Du brauchst sie«, lenkte Coyne ein. »Eltern sind immer für einen da.«

»Ach du heilige Scheiße. Willst du dich jetzt als Seelenretter aufspielen, oder was?«

»Ich halte zu dir, mehr nicht«, sagte er.

Coyne wollte losfahren. Er hatte sich durchgerungen, sie mit zu Fred zu nehmen. Vielleicht würde sie mit ihm Tee trinken und Mikado-Biskuits futtern. Oder sogar das helle Licht der Gerechtigkeit sehen und alles über Drummer und seine Gang ausplaudern. Es war einen Versuch wert. Und es gab keine Alternative.

Genau in dem Augenblick fiel Naomi ihm um den Hals. Sie warf ihre langen nackten Arme um seine Schultern und küßte ihn auf die Wange. Coyne erstarrte. Verwirrt blickte er um sich, als ob ganz Dublin ihn beobachtete, obwohl die Straße totenstill dalag und sich nichts weiter rührte als ein paar Blätter, die der Wind über die Uferpromenade trieb. Er spürte, wie ihre Finger seinen Nacken streichelten, und drückte sie sanft auf ihren Sitz zurück.

»Dir ist bestimmt kalt«, sagte er, zog seine Jacke von der Rückbank und legte sie ihr um die Schultern. Er behandelte sie wieder wie eine Tochter, und sie starrte schweigend und enttäuscht auf den Kanal.

»Du bist verheiratet, oder?«

Sie beugte sich vor, um ein Stoffkaninchen vom Boden aufzuheben und damit zu spielen, als hätte es ihr vor gar nicht allzu langer Zeit gehört, als sie noch ein kleines Mädchen war. Mit einem Mal war sie wieder Kind, und für einen Moment hatte Coyne sogar das Gefühl, sie sei seine eigene Tochter, die innerhalb einer Nacht um fast zwanzig Jahre gealtert war.

»Du brauchst Hilfe«, begann Coyne erneut. »Ich kann dich beschützen. Vertrau mir.«

»Beschützen«, sagte sie verwirrt. »Du bist verheiratet, und noch dazu Bulle.«

Sie starrte auf das knuddelige Spielzeug in ihrer Hand, kraulte es unterm Kinn, als wäre es ihr eigenes Baby, und drückte es dann weinend an ihre Brust, überwältigt von dem plötzlichen Gefühl familiärer Wärme. Sie öffnete die Wagentür, warf Coynes Jacke ab und rannte die Straße hinunter.

»Warte«, rief er.

Er nahm die Jacke und lief hinter ihr her; die Türen ließ er offen. Um nicht gleich alle Aufmerksamkeit auf sich zu ziehen, rannte er noch einmal zurück, stellte den Motor ab und warf die Türen zu. Dann lief er zu Naomi, die im Eingang zu einer schmalen Durchfahrt stehengeblieben war, den Rücken an eine Mauer gelehnt, und mit tränenfeuchten Augen in das gelbe Licht einer Straßenlaterne blickte. Am Boden lagen Berge von Müll, den die Leute in der Gasse abgeladen hatten. Er trat auf sie zu und legte ihr erneut die Jacke um. Dann versuchte er, ihre Hand zu nehmen und sie zum Wagen zurückzubringen.

»Ich bring dich zu Fred«, sagte er. »Ein guter Kumpel von mir. Er weiß bestimmt Rat.«

»Liebe mich, Vinnie«, flehte sie und warf sich ihm erneut an den Hals. »Ich schwöre dir, ich werde clean. Ich komm runter von dem Zeug und mach eine Therapie. Ich tu alles für dich, wenn du mich liebst. Nur dies eine Mal, Vinnie. Bitte.«

Im gelben Lichtschein der Gasse, umgeben von einer umgekippten Couch und einem alten Elektroherd, der nur wenige Schritte entfernt lag, sah sie verändert aus. Coyne hatte ihr die Möglichkeit zu einer freien Entscheidung gegeben, sah aber nun, daß sie von dem Willen anderer abhängig war und den Forderungen ihrer Sucht so sehr ausgeliefert, daß er einen autoritäreren Ton anschlagen mußte. Zu ihrem eigenen Wohl mußte er sie gewaltsam zum Wagen zurückbringen. Als er aber ihren Arm packte und das zarte, milchweiße Fleisch von seinen Gedanken Besitz ergriff, gerieten seine guten Vorsätze ins Wanken.

Betrunken wie er war, tat Coyne das, was Vinnie Foley in einer solchen Situation auch getan hätte; er nahm ihre Hände und küßte ihre vernarbten Handgelenke, woraufhin sie ihn anblickte, als hätten sie einen gemeinsamen Selbstmordpakt geschlossen. Ihre Gesichter erschienen fast grün im fahlen Licht der Straßenlaterne, und plötzlich spürte er nur noch den einen drängenden Wunsch, sie bis zur Besinnungslosigkeit zu vögeln. Er schämte sich seiner Lust nicht. Zwischen den mit Graffiti und Feuerruß beschmierten Wänden, gegen die Männer auf dem Heimweg vom Pub pinkelten und von denen des Nachts der jaulende Gesang der Katzen widerhallte, war er mehr als je zuvor bereit, allein seinem Instinkt zu folgen. Er sah, wie sich ihr Nabel in der freien Zone zwischen ihrem Top und ihrem Rock mit jedem Atemzug sanft hob und senkte. Er drückte seinen Mund auf ihre Lippen und preßte sich an sie, so daß er nicht mehr genau wußte, wie groß sie eigentlich war. Während er ihren Körper mit seinen Händen erforschte, nahm jeder Zentimeter ihrer Haut solche Dimensionen an, daß ihm jeglicher Sinn für Form und Beschaffenheit verlorenging.

Zum ersten Mal stellte Coyne keine Fragen. Unter der goldgrauen Realität der Straßenlaterne setzte sein Hirn das endlose Gespräch, das er mit seinem Publikum zu führen gewohnt war, aus. Ihre Augen waren ebenso schwarz wie ihr Mund mit seiner feuchten Lakritzzunge und seinem süßen Lakritzatem. Seine hummerblauen Lippen saugten an ihrer Brustwarze wie an einem dunkelgrünen Hustenbonbon. Selbst ihr Slip schien schwarz, als sie ihn herunterzog und mit wackeligen Beinen herausstieg, sich mit der Hand an seinem Arm abstützend. Sie deponierte ihn vorübergehend in seiner Jackentasche, während er das Bein ergriff, an dem sie den

Schuh verloren hatte, und es in der Kniekehle hochzog. Seine Füße knirschten auf zerbrochenem Glas. Er drückte sie so fest gegen die Wand, daß er ihr die Knochen zu brechen drohte. Was er hier tat, hätte er sich selbst in seinen kühnsten Träumen nicht auszumalen gewagt. Ohne Gummi, ohne Vorsatz und ohne ein Zurück. Er hatte sich in Vinnie Foley verwandelt. Er trieb den Amazonas hinunter. Die Tatsache, daß er den Cunninghams eins auswischte, beflügelte seine Lust noch mehr, und er preßte ihren schmalen Kiefer mit der Hand zusammen, um ihrem Gesicht einen schmerzverzerrten Ausdruck abzuringen. Einige Meter weiter fuhr der Pajero an ihnen vorbei.

»Du hättest mir sagen sollen, daß du diese Sorte von Therapie meinst«, sagte Naomi, als sie wieder im Wagen saßen. Coyne wollte ihr alles über sich erzählen, konnte aber ein so hohes Risiko nicht eingehen. Er schwor sich, sie nie wieder allein zu lassen. Er wollte sie zu ihrer Wohnung bringen und das gleiche noch mal veranstalten, aber sie schlug etwas anderes vor. Sie hatte plötzlich einen Mordshunger auf Pommes frites. Also fuhr er zum nächsten Imbiß auf der Baggot Street und stieg aus, während sie mit den Füßen auf der Ablage im Wagen sitzenblieb und den Ruhm ihres jüngsten sexuellen Abenteuers mit einem Garda genoß, im Bewußtsein, daß sie nie wieder die gleiche sein würde. Als er jedoch mit zwei Tüten Pommes in der Hand zurückkam, war sie verschwunden.

Chief und die Türsteher kehrten unverrichteter Dinge zum Nachtklub zurück. Mick war ebenfalls da und redete mit seinem Bruder. Besorgt gab Chief zu verstehen, daß man dem Mädchen nicht länger trauen könne. Man würde sich mit ihr etwas einfallen lassen müssen. Drummer hingegen sah die Situation weitaus gelassener. Sie sollten seine Macht über

Frauen nur nicht unterschätzen. Er wisse genau, wie er mit Naomi umzuspringen habe. Außerdem war es nicht gut, sich vor aller Augen so aufzuregen. Bauunternehmer Brendan mit seiner Backsteinvisage durfte auf keinen Fall den Eindruck gewinnen, daß irgend etwas nicht stimmte. Er hatte mit ihm noch etwas vor und ihn zu einer Privatparty in sein Haus nach Sandymount eingeladen.

Coyne warf die Pommes frites in den Kanal, wo die Ratten in kürzester Zeit aus ihren Löchern schwärmen und sich über die Beute hermachen würden. Er setzte sich in den Wagen, in der Hoffnung, sie werde zurückkommen. Schließlich suchte er in den Straßen nach ihr wie ein heimgekehrter Emigrant nach der Erinnerung an eine längst verflossene Jugendliebe. Er hätte besser nach Hause gehen und sich mit der Erinnerung an ihr gemeinsames Abenteuer zufriedengeben sollen, doch er fuhr zu der Gasse zurück, um noch einmal die Stelle anzusehen, an der sie gestanden hatten, die geheiligte Stätte einer flüchtigen Begierde. Der Anblick erfüllte ihn so sehr mit Verlangen und Wut, daß er beschloß, seine eigentliche Mission umgehend auszuführen. Noch in dieser Nacht würde er in Cunninghams Haus eindringen, angespornt von dem selbstzerstörerischen Drang, den der Sex mit Naomi in ihm geweckt hatte.

Auf der Fahrt nach Sandymount mußte Coyne an Carmel denken, und er empfand eine tiefe Schuld, die nur durch Krieg und Zerstörung gesühnt werden konnte. Er riß die leuchtendgrüne Statue der Heiligen Jungfrau vom Armaturenbrett und steckte sie in die Tasche. Er hatte Drummers Haus lange genug beobachtet, um zu wissen, daß zwei Hunde im Garten auf die Rückkehr ihres Herrchens und auf ihr Abendessen warteten. Das Gebäude selbst schien uneinnehmbar. Es war mit einer Alarmanlage gesichert; die Fenster zum

Garten waren aus Drahtglas. Wie zu erwarten, schlugen die beiden häßlichen Rottweiler sofort an, als Coyne mit einer Mülltüte unterm Arm einen Blick über die Gartenmauer warf. Sie knurrten und bellten, als hätten sie seit Monaten nichts mehr zu fressen bekommen. Auf einem Schild stand zu lesen: ›Brich ein – und es ist *ihr* Tag!‹ Rottweiler Nummer eins zeigte Coyne sein prächtiges Gebiß, während Rottweiler Nummer zwei pausenlos hin und her rannte. Wie ein Mann, der sich einen neuen Stetson zugelegt hat und sich wieder und wieder im Spiegel betrachten muß, hetzten die Hunde zum Haus zurück, um sofort erneut vorzupreschen. Als wollten sie die dunkelste Erfahrung ihres Lebens noch einmal durchleben, den Moment, wo Coynes Gesicht über der Gartenmauer auftauchte. Die armen Nachbarn, dachte Coyne. Haben ständig das Gekläff um die Ohren und müssen den beißenden Gestank verbrannter Hamburger ertragen, den diese Viecher verbreiten. Ganz zu schweigen vom Anblick Berti Cunninghams mit seinem Suspensorium, wie er ihnen Kebab-Stücke zuwirft und sie am Hals krault, als wäre er der heilige Franz von Assisi.

Coyne hatte vorgesorgt. Er warf ein Stück Fleisch über die Mauer: leckeres Filetsteak für die lieben Hundchen. In ihrem wütenden Abscheu kümmerten sie sich zunächst nicht darum. Was glaubst du denn, wer wir sind? Wir holen uns lieber das saftige Lendenstück eines lebendigen Garda, selbst wenn eine zwei Meter hohe Mauer mit Stacheldrahtkrone dazwischenliegt, schienen sie zu sagen. Zuletzt jedoch konnten sie der Versuchung des rotglänzenden Filetstücks nicht mehr widerstehen, das wie eine blinkende Leuchtreklame im Gras lag, so daß beide Hunde von dem Gedanken gequält wurden, der jeweils andere könne es ihm wegschnappen. Auch wenn es kein Garda-Kotelett war, hatte eins der Tiere das Fleisch blitzschnell mit einem Bissen hinuntergewürgt.

Coyne hatte seine Handschuhe übergezogen. Aus der Tüte unter seinem Arm zog er weitere mit Betäubungsmittel präparierte Fleischstücke hervor, damit auch der leer ausgegangene Rottweiler seinen Teil bekam. Kurz darauf verstummte das Bellen, und die beiden Hunde sanken friedlich ins Gras. Ruhet sanft, ihr Hunde der Illusion.

In Windeseile durchtrennte Coyne den Stacheldraht und kletterte über die Mauer. Vorsichtig bahnte er sich einen Weg durch den mit Hundescheiße verminten Rasen, bis er zum Hintereingang des Hauses gelangte. Die Tür war verschlossen. Die Terrassentür jedoch war offen, so daß er problemlos einsteigen konnte. Berti hatte nicht einmal die Alarmanlage eingeschaltet. Vielleicht hatte er auch gar keinen Alarm, sondern lediglich eine Attrappe an der Hauswand wie alle anderen auch. Vermutlich ging er davon aus, daß niemand es wagen würde, bei ihm einzubrechen. Und was die Wachsamkeit der Nachbarn betraf, schien Berti von lauter Schlafmützen umgeben.

Coynes vordringliches Ziel galt der Sicherstellung von Beweisen, mit denen er Berti dingfest machen konnte. Auch wenn das Haus bereits mehrfach ergebnislos von der Polizei durchsucht worden war, sah Coyne sich zuerst nach verdächtigen Schränken um.

Das aus zwei Räumen bestehende Empfangszimmer war mit einer weißen Louis-XIV-Kommode und einem weißen Klavier möbliert, auf dem ein aufgeschlagenes Notenheft von Richard Clayderman das hohe kulturelle Niveau im Cunningham-Haushalt bezeugte. Die eine der beiden Sitzgarnituren war mit Leder, die andere mit blendendweißem Stoff bespannt, auf dem sich zwei lange braune Streifen abzeichneten. Coynes nähere Untersuchung ergab, daß es sich bei den Flekken um die künstliche Bräune einer der Gespielinnen handelte, mit denen Berti sich die Zeit vertrieb. War bei dem Mann eigentlich gar nichts echt? Coyne wirbelte ein paar Kissen durch die Gegend. Dann schlitzte er das Ledersofa auf, um mit der Hand nach Hardware zu forschen. Er stellte das ganze Zimmer auf den Kopf, fand aber nichts außer ein paar verdammten CDs von Bryan Adams, Breitmaulfrosch Whitney Houston und einen dieser saublöden Kuschelrock-Sampler. Wie konnte man nur so unter Geschmacksverirrung leiden. Wenn vor Gericht je der Beweis erbracht werden mußte, daß es sich bei Berti um einen hochgradigen Schwachkopf handelte, hier war er.

Coyne nahm einen raschen Zug aus seinem Inhalierer und schwenkte ihn inmitten des ganzen Ramsches von Cunninghams Palast in der Luft wie ein dämonisches Symbol der Rache. Er mußte einsehen, daß es unter den gegebenen Bedingungen wenig ergiebig war, weiter mühselig nach Beweismaterial zu suchen. Statt dessen sollte er lieber gleich an Ort und Stelle für Gerechtigkeit sorgen. Es gibt keinen Grund mehr, sich wie ein Gentleman zu benehmen, dachte Coyne, während er die Waterford Glasvitrine hin- und herschaukelte, bis sie krachend zu Boden schlug wie ein gesprengtes Hochhaus. Das ganze Zimmer war mit Glassplittern übersät, und Coyne befürchtete, der Lärm müsse die Nachbarschaft aufgeschreckt haben. Zumindest die Hunde hatte er aus dem Tiefschlaf gerissen. Coyne war überrascht, wie schnell sie wieder auf den Beinen waren. Aus lauter Wut darüber, geleimt worden zu sein, bellten sie noch lauter als zuvor. Sie sahen, wie Coyne sie von drinnen angrinste und dann dem Fernseher einen Tritt versetzte, so daß er zischend am Boden implodierte. Schluß mit MTV, Berti Butthead.

Auf dem Heimweg hielt Drummer am Abrakebabra, um für die Hunde ein paar Kebabs mitzunehmen. Brendan Barry saß zwischen den beiden Satin-Miezen auf der Rückbank des Pajero, während Mick und Chief ihnen in Chiefs

Mazda 626 folgten. Was für ein Service. Drummer bot seinen Gläubigern nur das Allerfeinste. Sie würden sogar bei seiner Frau in Stepaside anrufen und ihr mitteilen, ihr Mann werde beruflich aufgehalten. Selbst fürs Essen war gesorgt. Drummer kam mit zwei Kebab-Tüten zum Wagen und bot sie freizügig an.

»Hat jemand Lust auf Hundefutter?« fragte er und knallte die Tüten auf die Ablage; die Windschutzscheibe war in Sekunden beschlagen.

Coyne irrte ziellos durch Drummers Haus, nahm sich in der Küche einen Schokoladenkeks und entdeckte dann Bertis Arbeitszimmer, das vollgepackt war mit juristischer Fachliteratur. Eine Ausgabe des einzigartigen *Bunreacht na hEireann.* Aber was hatte Cunningham mit Irland und der irischen Bevölkerung zu schaffen? Er interessierte sich doch nur für sein eigenes Recht und wie er die Verfassung überlisten konnte. Er besaß auch Bücher mit Grundsatzurteilen seit Gründung der Republik; Bücher über Auslieferungsrecht und so weiter. Teufel, der Kerl kannte sich besser mit dem Gesetz aus als ein Richter des Supreme Court. Kein Wunder, daß er so schwer festzunageln war. Der jüngste Regierungsentwurf zur Gesetzesreform lag aufgeschlagen auf einem schmalen viktorianischen Sekretär. Gleich daneben war ein Notizblock, auf den Coyne hastig seinen Lieblingsspruch kritzelte – ›Wer an das Gesetz glaubt, verarscht sich selbst.‹

Coyne ging nach oben, nahm einen kleinen Benzinkanister aus seiner Tüte und stellte ihn auf den Treppenabsatz. Er lachte, als er einen Blick in das Schlafgemach warf, dessen rosa, fünf Zentimeter dicker Wollteppich, in dem es von Hausmilben nur so wimmelte, Mrs. Gogarty bestimmt gefallen würde. Messingschlangen kamen aus der Wand und hielten rosa Nachttischlampen. Das Bettgestell war ebenfalls aus Messing, damit Drummer seine Bräute daran festbinden konnte, während er gleichzeitig seinen Arsch in den Spiegelschränken betrachten konnte wie in einem Pornofilm.

Draußen hatten die Hunde wieder ihr wildes Gekläff angestimmt, und Coyne erkannte mit einem kurzen Blick aus dem Fenster, daß ihm der Fluchtweg durch den Garten versperrt war. Zudem hatte er das Gefühl, daß er sich schon viel zu lange in dem Haus aufgehalten hatte und es Zeit war zu gehen. Zuvor allerdings wollte er seinem Erzfeind noch eine kleine religiöse Botschaft zum Nachdenken hinterlassen. Er nahm die leuchtende Marienstatue, die ihm Mrs. Gogarty einst auf das Armaturenbrett seines Wagens geklebt hatte, und legte sie Berti sorgfältig unter die Bettdecke. *In bed with Madonna.* Angenehme Nachtruhe mit der Heiligen Gottesmutter – die unbefleckte Empfängnisverhütung.

Coyne hörte, wie draußen ein Wagen vorfuhr. Dann näherten sich Stimmen dem Haus, und der Schlüssel ging in der Eingangstür. Er saß in der Falle. Es war zu spät, das Benzin auszukippen.

Drummer Cunningham trat ein, warf die Wagenschlüssel auf die Ablage in der Diele und bat Brendan Barry und die beiden Satin-Girls herein. Vom Treppenabsatz aus sah Coyne sie zusammen mit Mick Cunningham einen Augenblick im Flur stehen. Bertis Blondschopf, der an den Seiten kurzgeschoren und hinten lang war, sah aus wie eine Art Helm, der jede seiner Kopfbewegungen mitmachte. Jede Sekunde würde die Hölle losbrechen. Coyne nahm die defekte Pistole aus seiner Plastiktüte. Anstatt sie auf der Wache abzugeben, hatte er sie behalten, um Sitwell damit Angst einzujagen. Jetzt stand er mit einer wertlosen Knarre in Cunninghams Haus. Sie war alles, was er hatte.

»Verdammte Scheiße«, hörte er Berti unten brüllen. »Die Schweine sind bei uns eingestiegen.«

Drummer eilte genau in dem Moment in die Diele zurück, als Coyne mit gezogener Waffe die Treppe herunterkam.

»Okay, keine Bewegung«, rief Coyne und blieb auf halber Höhe stehen.

»Ein Muckser, und ich puste dein Gehirn an die Wand, Cunningham. Na los, versuch's nur.«

Aber Berti behielt die Nerven und schwieg. Hier konnte eine Menge schiefgehen, und so zog er es vor, Coyne einfach nur anzustarren. Brendan Barry hatte als erster die Arme in der Luft. Keine noch so verlockende Aussicht auf flugakrobatische Übungen mit den Satin-Häschen war es wert, sich dafür mit einer gezückten Pistole anzulegen. Seine Visage signalisierte Frieden um jeden Preis. Vielleicht war seine Unterhose ja doch nicht mehr päpstlich rein.

»Runter mit euch!« brüllte Coyne, geradezu verblüfft von der durchschlagenden Wirkung der Waffe, als alle der Anweisung folgten.

»Damit kommst du nicht weit«, sagte Chief. »Wir schnappen uns deine Frau und deine Kinder.«

»Einen Scheißdreck werdet ihr tun«, sagte Coyne gelassen. »Wenn ihr euch noch einmal in ihre Nähe wagt, leg ich euch um. Und dann brennt nicht nur dein Wagen, Drummer. Dann brennt dein Haus, dein Nachtklub und was dir sonst noch gehört. Man wird sich nicht einmal mehr an dich erinnern.«

»Machen wir den Kerl fertig«, flüsterte Mick Cunningham.

»Nur zu«, erwiderte Coyne. »Ich sieb euch gerne noch ein paar Löcher mehr in den Arsch.«

Coynes brüllendes Lachen hallte durch das ganze Haus. Drummer Cunningham hielt seinen Bruder mit der Hand zurück und nickte Barry aufmunternd zu.

»Nur ruhig! Keiner bewegt sich.«

»Und jetzt flach auf den Boden und die Hände über den Kopf«, befahl Coyne. Dann erinnerte er sich daran, daß er nur eine Attrappe in den Händen hielt, und er begann zu zittern, die Augen weit aufgerissen wie ein Irrer, der zu allem fähig war. Er lief die Treppe hinunter, nahm den Schlüsselbund von der Konsole und ging zur Haustür.

»Dich kriegen wir«, platzte Chief mit verletztem Stolz hervor. »Wir sprechen uns noch.«

»Leck mich, du Wichser«, sagte Coyne, während er rückwärts zur Tür ging, die zitternde Waffe auf die am Boden liegenden Leiber gerichtet. Als er die Tür öffnete, fing er wie unter Schock an zu lachen, dann knallte er sie hinter sich zu und schloß ab.

Noch ehe er losrannte, hörte er sie drinnen schreien.

»Laß die Hunde los«, brüllte Drummer, während Coyne an den Wagen in der Einfahrt vorbei auf die Straße stürzte. Er warf die Schlüssel in die nächste Hecke und sprintete weiter zu seinem Wagen, den er in der nächsten Seitenstraße geparkt hatte. Auf halber Strecke jedoch kamen Drummers Hunde mit der Wucht einer Diarrhö-Attacke aus dem Haus geschossen. Die Hunde der Illusion, die Coynes Arsch in Fetzen reißen würden, weil er ihnen mit dem Fleisch so übel mitgespielt hatte.

Mittlerweile war auf der Straße lautes Geschrei zu hören. Die Nachbarschaft war zum Leben erwacht. In den Häusern gingen die Lichter an, und die Anwohner blickten aus ihren Schlafzimmerfenstern auf die nachtkalte Straße. Mick Cunningham rannte mit einem Hammer in der Hand die Auffahrt hinunter, um Coynes Schädel zu Brei zu schlagen. Doch er wurde von Chief aufgehalten, der nur darauf wartete, daß Drummer mit einer Knarre erschien.

Der war inzwischen nach oben gerannt, hatte unter der Matratze im Schlafzimmer eine Pistole hervorgezogen und dabei die Heilige Jungfrau unter der Bettdecke entdeckt. Erschrokken fuhr er zurück, als läge dort seine eigene Mutter starr vor Angst unter dem Laken. Im nächsten Moment fiel sein Blick auf den Benzinkanister im Flur. Doch für düstere Gedanken war jetzt keine Zeit. Erneut stürmte er die Treppe hinunter, in der einen Hand die Pistole, in der anderen sein Handy.

»Mach den Pajero startklar«, rief er und warf seinem Bruder das Handy zu. »Das Arschgesicht schnappen wir uns.«

Dann rannte er auf der Straße den Hunden hinterher, die Coyne hoffentlich packen und ihn wie ein wehrloses Stück Wild zurückschleifen würden, während Drummer ihm schon mal einen Vorgeschmack auf sein bevorstehendes Schicksal hinterherbrüllte. »Du krepierst mit Angelhaken in den Augen. Ich schieb dir Ratten in den Arsch. Keine Angst, Freundchen, Naomi tanzt für dich.«

Plötzlich spürte er einen höllischen Schmerz in der Leiste, als hätte ihn dort eine Biene gestochen, so daß er atemlos hundert Meter vor der Straßenecke stehenblieb, die Hunde zurückpfiff und mit der Pistole zielte. Die verängstigten Nachbarn zogen eilig ihre Köpfe zurück, bevor Drummers Wut sich an ihnen austoben konnte. Diesmal war es keine vollgekotzte Hecke oder eine leere Whiskeyflasche auf dem Rasen. Und man durfte sich von nun an auf mehr gefaßt machen als aufgeschlitzte Reifen und eingeschlagene Scheiben. Wie vom grellen Licht eines Blitzes geblendet, sprangen sie vom Fenster zurück. Einige krochen sogar hinters Sofa, als wollten sie in Zukunft mit ihren Ärschen fernsehen.

Ein Schuß peitschte durch die Straße und bohrte sich in den Stamm eines Weißdornbuschs. Die Hunde hetzten weiter hinter Coyne her, gefolgt von Berti, dessen Körper zwischen den Hecken zu schweben schien, während er mit flinken Trippelschritten über den Bürgersteig sprintete. Die Pistole auf seine Nüsse gedrückt, stürmte er mit wippender Nackentolle und bebenden Nasenflügeln vorwärts, seine dünnen, spitzen Lippen zu einem wütenden Arschloch verzerrt. Verwundert blieb ein Nachtschwärmer am Straßenrand stehen, um den seltsamen Athleten zu bestaunen.

Coyne lief so schnell um die Kurve, daß er auf der Bordsteinkante ausrutschte und hinschlug. Die anderen hatten ganz recht mit ihrem Mr. Suicide. Als er aufstand, spürte er einen stechenden Schmerz in der Brust. Coyne wußte, daß ein Asthma-Anfall im Anzug war, und hatte wie in einem Alptraum das Gefühl, sich nicht von der Stelle bewegen zu können. Todesangst überfiel ihn.

Es gelang ihm, aufzustehen und zum Wagen zu humpeln. In seinem Knie pochte ein bohrender Schmerz. Die Waffe hatte er bei seinem Sturz fallengelassen. Im Moment allerdings fürchtete er vor allem die beiden Hunde, die hinter ihm hergehetzt kamen. Als er endlich den Wagen erreichte, waren seine Beine so weich wie Chappi. Wie ein Kaninchen, das plötzlich vom Lichtkegel eines Wagens erfaßt wird, fummelte er halb gelähmt vor Angst mit dem Wagenschlüssel herum, den Blick fest auf die Augen und Zähne der Rottweiler gerichtet, die in mächtigen Sätzen auf ihn zusprangen. Im letzten Moment gelang es ihm, einzusteigen und die Wagentür hinter sich zuzuschlagen, so daß die Hunde am Seitenfenster hochsprangen und mit ihren Klauen über den Lack kratzten, während ihr Sabber über das Glas lief.

»Verpißt euch, ihr Mistviecher. Geht zu eurem Herrchen und blast ihm einen.«

Im gleichen Augenblick bog Berti mit einem Gesicht um die Ecke, das aussah wie ein Hämorrhoidengeschwür in einer medizinischen Fachzeitschrift. Er sah die Hunde an dem Escort hochspringen und rannte über die Straße auf sie zu.

Coyne wurde vor Schmerz fast ohnmächtig. »Laß mich jetzt bloß nicht hängen, Vlad«, murmelte er, als er den Inhalierer wie eine Pistole aus der Tasche zog – bereit zum letzten Gefecht. Er versuchte gleichzeitig den Wagen und seine Lungen zu starten und zumindest bei einem von beiden den orgelnden Husten abzustellen. Er hatte das Gefühl, Benzin durch ein winziges Loch zu pumpen. Sein Gesicht lief vor Anstrengung blau an, und er wünschte, er würde ohnmächtig werden wie die Beute eines Grizzly, damit Cunningham das tun konnte, was nun einmal getan werden mußte. Ein Hieb von Cunninghams Tatze, und Coynes Gesicht wäre ein blutiger Klumpen Fleisch. Zumindest hätte er dem Gegner im Tod die Stirn geboten.

Als Berti auf ihn zukam, bemerkte Coyne die Pistole. Sie sahen sich haßerfüllt an, als der Wagen plötzlich ansprang und einen Satz nach vorn machte wie eine vorzeitige Ejakulation. Coyne hörte das Geräusch brechender Knochen und einen jähen Aufschrei, als Drummer durch die Luft geschleudert wurde. Seine Beine wirbelten herum, als übe er irische Volkstänze auf Coynes Kühlerhaube. Sein Gesicht rutschte kurz wie bei einem bizarren Abschiedskuß über die Windschutzscheibe und verschwand dann. Coyne spürte den Druck der Beschleunigung wie eine Hand im Nacken. Zurück in die Zukunft. Der Wagen raste so schnell davon, daß die Hunde einen leeren Parkplatz anbellten, bis sie ihr Herrchen bemerkten, das mitten auf der Straße saß, seine Beine betastete und das Nummernschild des Wagens wie ein Mantra herunterbetete – als könne er damit den Schmerz vertreiben.

Coyne erwachte im Wagen und versuchte, die Vorfälle der letzten Nacht zu rekapitulieren. Es war kurz vor Tagesanbruch. Über dem Meer zeigte sich ein erster Lichtschimmer. Er hatte am Hafen geparkt und blickte nun auf das Wasser hinaus. Es war Flut. Sein Kopf fühlte sich an, als würde er von einem Schraubstock zusammengepreßt; zwei Riesenpranken hatten sich in seinem Nacken verkrallt, und in seinem Magen schien ein toter Igel zu rumoren. Er fühlte sich wie Major Tom, völlig losgelöst irgendwo im Weltall. Schon als Jimmy noch klein war, hatte er den Song seinen Kindern vorgespielt. Jetzt war er für Coyne Realität geworden. Er hatte ihnen immer neue Geschichten von Major Tom erzählt, bis sie zuletzt geglaubt hatten, er treibe immer noch ziellos im Weltall umher und besuche die verschiedenen Planeten, um nach einer Möglichkeit zu suchen, zur Erde zurückzukehren. Den Planeten des Lachens. Den Planeten der traurigen Erinnerungen. Den Planeten mit den vielen Löchern und den Planeten der Farben. Jennifer und Nuala warteten bestimmt schon auf ihn, damit er ihnen von neuen Planeten berichten und ihnen Dinge wie die Unendlichkeit erklären konnte. Er wußte auch schon, wo Major Tom als nächstes landen würde. Auf dem Planeten der Freunde und Feinde.

Die Ereignisse der Nacht kreisten wie eine endlose Prozession zusammenhangloser und verworrener Bilder in seinem Kopf. Er stieg aus, ging zum Pier hinunter und starrte ins Wasser. Ein leichter Wind wehte vom Meer her, und er verspürte den absurden Wunsch, fischen zu gehen. Er hörte die Geräusche des Hafens und roch das Gemisch von Seetang, Öl, Farbe, Teer und Fischabfällen, die am Ende des Piers ins Meer gekippt wurden. Als er eine Hand in die Jackentasche steckte, entdeckte er Naomis Slip, eine Art unfreiwilliges Souvenir, eine Trophäe, die ihn an die ekstatische Vereinigung ihrer Körper erinnerte. Beim Blick auf das unscheinbare Beweisstück in seiner Hand erkannte er, daß er keineswegs schwarz, sondern weinrot war. Die mit ihm verbundenen Erinnerungen an ihren Körper würden für alle Zeit wie eine heimliche Ikone in sein Gedächtnis eingebrannt sein. Nachdem er den Stoffetzen in sein Gesicht gedrückt und seinen Geruch eingesogen hatte, warf er ihn ins Wasser, wo er auf den Wellen schaukelte, als würde Naomi tanzen und ihre Hüften schwingen und sich dabei wohlig matt auf dem Rücken treiben lassen. Er hatte ein so trauriges und schuldbewußtes Verlangen nach ihr, daß er hinterherspringen und mit ihr sterben wollte. Keine Menschenseele war zu sehen, so daß Coyne ohne weiteres eins der Boote losmachen und damit hinausrudern könnte, ein Major Tom der Weltmeere. Er würde Tausende Inseln besuchen, würde in den Tiefen des Ozeans dahintreiben, festliche Diners mit den Hummern halten, glitzernde Makrelenschwärme begleiten und Menschen mit Flossen und lidlosen Augen begegnen, während er ihre wunderbaren Königreiche unter Wasser bereiste. Und welche Geschichten er mit nach Hause bringen würde. Es würde Monate dauern, sie alle zu erzählen. Eine Reise wie in den alten Epen. Coynes Odyssee über die Weltmeere.

Dann wandte er dem Hafen den Rücken zu und ging grimmigen Schritts den Hügel hinauf. Nie zuvor hatte er eine solche Leere verspürt. Es war, als hätte er alles verloren, seinen Freund Vinnie Foley, seine Frau und seine Kinder. Er war mutterseelenallein. Ein von aller Welt verlassenes Wesen. Ein Gestrandeter auf einer Insel; der blaue Lichtschein des heraufziehenden Tages vergrößerte den Schrecken in seiner Seele noch. Überall bemerkte er Hundescheiße. Er hatte schon einige Kater erlebt, aber dieser stellte sie alle in den Schatten. Als müsse der Begriff neu definiert werden. Die Hunde der Illusion waren in der Nacht freigelassen worden und hatten überall auf dem Bürgersteig ihre Haufen hinterlassen. Große, aufgetürmte Kothügel jedweder Form und Farbe. Einige lagen zu Kalk versteinert auf der Bordsteinkante. Andere waren auf dem Gehweg zu abstrakten Kunstwerken plattgetreten. Die Straße sah aus wie nach einem Bombenangriff. Der Anblick der Exkremente bohrte sich in sein Hirn. Scheißhaufen in allen Schattierungen von schwarz bis braun, die wie Kriegsschutt unter den Straßenlaternen lagen. Von Abscheu übermannt, schwanden Coynes Schuldgefühle.

Er ging weiter bergan. Solange sich seine Füße bewegten, hatte er das Gefühl, ein Ziel anzustreben, bis er von einer Anhöhe aus den blauen Morgenhimmel über Bray Head erblickte. Plötzlich fiel ihm ein, daß er den Kindern eine Schaukel versprochen hatte, und er kehrte entsetzt um. Eine Woge der Liebe und der Selbstanklage durchflutete ihn. Er sehnte sich danach, bei Carmel und den Kindern zu sein, ihre speckigen Arme zu spüren, die knubbeligen Händchen zu halten oder so zu tun, als wolle er in ihre Zehen beißen. Er wollte ihnen von seinen Abenteuern unter dem Meer erzählen. Und er würde ihnen endlich eine Schaukel bauen.

Naomi saß heulend in ihrer Wohnung, als Drummer und Chief in den frühen Morgenstunden bei ihr aufkreuzten. Sie kamen frisch aus dem Krankenhaus, wo man Drummers gebrochenen Arm in Gips gelegt hatte. Den einen Arm in der Schlinge, schlug er Naomi mit dem anderen ein paarmal ins Gesicht und sagte, daß er mit seiner Geduld am Ende sei.

»Du hast dich freiwillig an den Typen gehängt«, brüllte er sie an, aber sie schwor, sie sei von ihm entführt worden und bei der ersten Gelegenheit geflohen. Sie habe ihn dazu überredet, Pommes frites zu holen, und sei dann weggerannt. Drummer blickte ihr tief in die Augen. Dann nahm er ein Küchenmesser und ritzte ihr ein wenig die Haut auf, um sie an die Farbe ihres Blutes zu erinnern. Aber er brauchte sie noch als

Tänzerin für die Rache an Coyne und ließ von ihr ab, als sie vor Angst bereits kreidebleich war.

»Auf die würd ich mich nicht mehr verlassen«, flüsterte Chief.

Doch Drummer ließ sich nicht beeindrucken. Ungerührt zog er für Naomi eine Spritze auf. Er wußte, daß er bloß eine Vene finden mußte, in die er seinen chemischen Cocktail jagen konnte, um sie absolut gefügig zu machen.

»Ich will keine weiteren Pannen mehr«, sagte er und tupfte mit einem in Gin getränkten Wattebausch eine Stelle auf ihrem ausgestreckten Arm ab. »Ich werde mir das Arschloch höchstpersönlich vornehmen und ihm die Eier zerquetschen. Ich will sehen, wie ihm das Wachs aus den Ohren spritzt. Und dann möchte ich dabeisein, wie er langsam krepiert. Eine Art psychedelischer Abgang.«

»Vermutlich hat er inzwischen Schutz von den Gardai«, warnte Chief.

»Na und? Hat Brannigan auch nicht viel genutzt, oder?«

Über Nacht war es bitter kalt geworden. Als Coyne am Nachmittag aus dem Bett kroch, standen die Kinder mit Mützen und Schals im Garten und bliesen Reifwölkchen in die Luft, als würden sie rauchen. Er machte sich daran, die Fläche auszumessen. Es war zweifellos eine ungewöhnliche Jahreszeit, um eine Schaukel aufzustellen, aber Coyne ging ans Werk, als wäre es das letzte, was er für seine Kinder tun könnte. Er bestellte ein Eisengestell, Betonklötze und Metalldübel. Es sollte eine anständige Schaukel werden, nicht wie eins dieser läppischen Dinger aus dem Baumarkt, die aus billigem Stahlrohr waren und bei jedem Schwung vom Boden abhoben. Die Sache wuchs sich zu einem so umfassenden Projekt aus, daß es ihn völlig gefangennahm und er stundenlang im Garten die Hecke zurücktrimmte, um ausreichend Platz zu schaffen.

Nach getaner Arbeit begutachtete er sein Werk und prägte sich dabei die aufgeregt strahlenden Gesichter der Kinder ein.

In seinen Gedanken war dies seine letzte große Tat, bevor Drummer Cunningham auftauchen und ihn auslöschen würde. Nur soviel Zeit sollten sie ihm noch lassen. Er wollte die Schaukel unbedingt zu Ende bringen, um Nuala ein letztes Mal hin- und herschwingen zu sehen, mit einem hochgezogenen und einem heruntergerutschten Socken. Aber er verriet ihnen nichts von seinem Vorhaben und ließ sie weiter rätseln.

»Das ist mein großes Geheimnis«, sagte er nur. Nicht einmal Carmel wußte Bescheid.

Dabei hatte Carmel ganz andere Sorgen. Sie stand immer noch unter dem Schock ihrer Entführung. Ihr wäre wohler dabei gewesen, den Überfall bei der Polizei zu melden. Aber Coyne hatte ihr versichert, dem Fall werde bereits auf höchster Ebene nachgegangen.

»Stell dir nur vor, die wissen, wo ich wohne«, sagte sie.

»Zerbrich dir darüber nur nicht den Kopf«, gab er beschwichtigend zurück. »Die Kollegen haben die Sache voll im Griff. Der Chef hat mir sogar Polizeischutz angeboten, aber ich habe ihm gesagt, das sei nicht nötig. Dir kann nichts passieren.«

»Bist du sicher?«

»Ich beschütze dich, Liebes«, sagte Coyne mit breitem Lächeln.

An diesem Abend ging Coyne auf ein Bier in den Garda-Klub. Er hatte das Bedürfnis, mit seinen alten Kollegen zusammenzusein. McGuinness und ein paar Kumpel von der Wache würden auch da sein. Außerdem mußte er aus dem Haus, um vorgeben zu können, er habe Dienst, da er Carmel nichts von der Suspendierung erzählt hatte.

Im Klub war Coyne so aufgekratzt, als habe er die anderen seit Monaten nicht gesehen. Ununterbrochen erzählte er ihnen Geschichten, die er irgendwo gelesen hatte, von Leuten, die um ein Haar von Löwen oder bengalischen Tigern zerfleischt worden waren.

»Ich sag euch, die haarsträubendsten Geschichten«, verkündete er, während er sie mit seinen Erzählungen in Bann schlug und dabei sein Bier trank.

»Und dann der Typ, der im ewigen Eis von einem Polarbären angefallen wurde«, fuhr Coyne fort. »Er sagte nachher, es sei wie ein Orgasmus gewesen, stärker als alles, was er bis dahin erlebt hatte. Sein Begleiter konnte den Bären im letzten Moment erschießen.«

»Hat der Bär es mit Kondom gemacht?« wollte jemand wissen.

»Ich verarsch euch nicht«, beharrte Coyne. »Die haben eine große Umfrage bei Leuten gemacht, die alle dem Tod gerade noch einmal entronnen sind. Alle behaupteten, es sei ein sexuelles Erlebnis.«

»Ach was, Coyne, erzähl das deiner Oma.«

»Soll das etwa heißen, sterben ist das gleiche wie eine Nummer schieben?« warf jemand skeptisch ein.

Alle lachten. Doch Coyne ignorierte sie und ließ nicht lokker. Mochten sie jetzt auch wie die Karnickel auf den Aran-Inseln über ihn lachen, schon bald würden sie sehen, wie recht er hatte. Ihr Lachen war lediglich der hilflose Versuch, die unbequeme Wahrheit zu verdrängen. Doch insgeheim dachten sie an ihren letzten Beischlaf, bei dem sie zitternd und bebend vor Lust zugleich den Tod im Nacken gespürt hatten, oder erinnerten sich an Momente, als sie, auf einer Wolke der Seligkeit schwebend, ganz nahe bis an jene Grenze vorgestoßen waren, wo Seele und Körper sich trennen.

»Ohne Scheiß, Leute«, fuhr Coyne fort. »Die Befragten gaben übereinstimmend zu, wahnsinnige Angst gehabt zu haben. Die wußten, daß ihre letzte Minute gekommen war. Sie sahen dem Tod geradewegs ins Auge und waren schon halb im Himmel. Aber nach ihrer Rettung bestätigten alle, daß sie eine Art Höhepunkt erlebt hatten. Ich will damit nur sagen, daß eine enge Verbindung zwischen Sex und Tod besteht. Der gleiche Ausstoß von Endorphinen.«

»*I just died in your arms tonight*«, begann einer der Männer zu singen.

Coyne wertete dies als Zeichen, daß zumindest einer ihn verstanden hatte. »Sex ist eine Form von Epilepsie«, sagte er, um sich dann ganz von seinen anarchistischen Gedanken treiben zu lassen und von Männern zu erzählen, die man in Todesangst mit verbundenen Augen aus wenigen Zentimetern Höhe aus Hubschraubern gestoßen hatte. Oder die Angestellten einer Bank, die bei einem Raubüberfall die nackte Angst wie einen Orgasmus empfunden hatten. Oder die Überlebenden eines Attentats, die nachher von einem animalischen Geruch in der Nase berichteten. Die sexuellen Eigenarten des Erstickungstods nicht zu vergessen. Man denke nur an die letzte Ejakulation bei Gehängten. Zuletzt starrten alle auf Coyne, als wäre er der neue Freud oder Fromm, der ihnen klarmachte, daß jeder Beischlaf ein Probelauf für den Tod war.

»Denkt drüber nach«, sagte Coyne. Doch sie waren erneut in Lachen ausgebrochen. Das ganze Land lachte über ihn, und Coyne zog mißmutig mit seinem Pint zur Bar ab. McGuinness war der einzige Schüler, der ihm die Treue hielt, während alle anderen von ihm abgefallen waren.

»Die verstehen sich doch nur aufs Schafeficken«, brummelte Coyne.

Doch McGuinness wollte mit ihm über andere Dinge reden. Er erkundigte sich, was Coyne der Untersuchungskommission erzählen wolle und was er jetzt mit seiner Freizeit mache. Und schließlich war da noch etwas, das ihm auf der Seele brannte.

»Übrigens, Pat, was hast du mit der Knarre gemacht?«

Coyne blickte ihn unsicher an. Er nahm einen kräftigen Schluck von seinem Bier und bestellte mit einem Kopfnicken ein neues.

»Die Knarre, die du letztens eingesackt hast? Molloy hat danach gefragt.«

Coyne war schon wieder betrunken, als ihm auf dem Weg zum Wagen ausgerechnet Joe Perry über den Weg lief. Beilschwinger Perry, der Kleinkriminelle, der Coyne mit seinem Überfall auf die Post und dem nächtlichen Wettrennen soviel Ärger eingebrockt hatte. Perry war gerade über einen Bauzaun geklettert und lief unglücklicherweise seinem ärgsten Feind genau in die Arme. Coyne packte ihn am Kragen und drückte ihn gegen die Bretterwand.

»Sieh an, das kleine Arschgesicht Perry«, sagte er.

»Ich hab nichts gemacht, Garda.«

»Du Dreckskerl. Wenn ich dich noch einmal in der Nähe eines Wagens erwische, knips ich dir die Lichter aus, kapiert? Pfoten weg von fremden Autos.«

Zu Perrys größter Überraschung ließ Coyne ihn los und stapfte davon. Im Weggehen rief er ihm eine letzte Warnung hinterher.

»Fahr mit Bus und Bahn, Perry. Verstanden?«

Als nächstes wurde bei seiner Mutter eingebrochen. Coyne vermutete dahinter sofort einen Racheakt. Seine Welt fiel auseinander, Stück für Stück.

»Sie hat einen leichten Schlaganfall erlitten«, sagte Carmel. »Die Nachbarn haben sie gefunden. Man hat sie ins Tallaght-Krankenhaus gebracht.«

»Schweinehunde«, schrie Coyne, als hätten sie nur darauf gewartet, daß seine Wachsamkeit einen Moment nachließ. Er fuhr direkt zum Krankenhaus. Er verspürte ein beklemmendes Gefühl in der Brust und nahm einen Zug aus dem Inhalator. Hustend und röchelnd hastete er über den Parkplatz und spuckte dann eine goldene Schleimkugel aus, die wie ein Flummi mehrmals hochzuspringen schien, bevor sie einige Meter weiter liegenblieb. »Schweine, Schweine, Schweine«, wiederholte er.

Die Schwester sagte ihm, daß es seiner Mutter gutgehe. Sie habe nur einen leichten Anfall gehabt, und sie sei zäh wie Leder. Doch seine Wut war inzwischen in Gewissensbisse umgeschlagen. Er saß an ihrem Bett und starrte aus dem Fenster in die Baumwipfel. Draußen fiel ein feiner Regen, und Coyne wußte, daß er seine Mutter letztlich im Stich gelassen hatte.

Bevor er sich ihr Haus ansah, fuhr er bei der nächstgelegenen Gardawache vorbei, um sich bei den Kollegen zu informieren. Die Täter hatten offenbar keine Fingerabdrücke hinterlassen. Aber man verfolge die Sache trotzdem mit allem Nachdruck. Obwohl es mit Sicherheit nicht die Cunninghams waren, hatte Coyne das Gefühl einer vernichtenden Niederlage. Die Einbrecher hatten die komplette Hintertür mitsamt Rahmen herausgebrochen. Coynes sämtliche Sicherheitsmaßnahmen hatten sich als vollkommen nutzlos erwiesen, ein einziger Witz. Dabei hatten sie nichts weiter gestohlen als ihren Fernseher. Ihre einzige Beschäftigung in den letzten Jahren hatte darin bestanden, sich die *Late Late Show* anzusehen. Glotze und Messe. Messe und Glotze. Und dann waren sie bei ihr eingebrochen und hatten sie für die Kiste beinahe umgebracht. Zumindest war sie im Krankenhaus vorerst sicher.

Coyne stand in seinem alten Zuhause und versuchte, sich zu beruhigen. Als er wieder ging, machte er sich nicht einmal die Mühe, die Tür vor das Loch zu stellen. Er ließ es einfach offen, so daß der Wind das feuchte Laub vom Garten geradewegs in die Küche wehen konnte. Sollten doch Spinnen, Wespen und alles Ungeziefer Irlands einziehen. Seine Mutter würde vom Krankenhaus aus ohnehin sofort in ein Pflegeheim gehen. Das Haus gehörte ihnen. Für ihn gab es hier nichts mehr als ein paar karge Erinnerungen. Sollten doch Katzen auf ihren Raubzügen ins Haus kommen und durch sämtliche Zimmer schleichen. Hier gab es nichts mehr zu schützen.

Während Carmel am Freitagmorgen Bilder für ihre Ausstellung aussuchte, schwang Coyne eifrig die Schaufel und hob tiefe Löcher im Garten aus, ohne daß jemand wußte, was daraus werden sollte. Auf dem kleinen Rasenstück gähnten vier schwarze Löcher, so daß selbst Mr. Gillespie von nebenan einen verstohlenen Blick aus dem Schlafzimmerfenster warf. Vielleicht stellte Coyne jetzt auch so einen weißen Gartenpavillon auf wie die aus Nummer fünfzehn. Die ganze Nation hielt gespannt den Atem an. Coynes letzte Tat.

Coyne buddelte gegen die Zeit. Er mußte fertig sein, bevor es zu regnen anfing, bevor die Kinder aus der Schule kamen und bevor die Cunninghams zu seiner Exekution anrückten. Carmel versuchte sich unterdessen mit Hilfe ihrer Mutter für eins von zwei identischen Hafenbildern zu entscheiden. Wie die Suchbilder in der Zeitung mit acht kleinen Unterschieden. Pat konnte sie nicht fragen, denn der würde wie immer schweigen. Letzten Endes muß jeder Künstler und jede Künstlerin sein oder ihr eigenes Selbstvertrauen entwickeln, sagte Sitwell immer. Man durfte sich nicht auf das Urteil anderer verlassen. Man mußte von sich selbst überzeugt sein.

Plötzlich sahen sie Coyne mit einer Eisenstange am Fenster vorbeimarschieren. Vielleicht das Bein einer riesigen Metallspinne. »Heilige Maria, Mutter Gottes«, rief Mrs. Gogarty. Als sie nach draußen rannten, war Coyne gerade dabei, ein riesiges Metallgerüst über das Gartentor zu hieven. Er schrappte den halben Kieselbelag von der Gartenmauer und hantierte stumm weiter, während er keuchte wie ein Dudelsackpfeifer auf der Flucht vor einer Horde Windhunde.

Coyne war so in seine Arbeit vertieft, daß er Mrs. Gogarty und Carmel nicht bemerkte, die wie Reporter in der Presseloge am Küchenfenster standen und leise jede kleine Veränderung kommentierten, während er das Gestell zu den vier Erdlöchern schleifte. Lachend versuchten sie sich an einer Erklärung für die rätselhafte Konstruktion.

»Für mich sieht es irgendwie nach einem Galgen aus«, sagte Mrs. Gogarty.

Coyne arbeitete den ganzen Nachmittag über an der Schaukel und verpaßte eine Deadline nach der anderen. Zuerst fing es an zu regnen. Dann kamen die Kinder aus der Schule, als er gerade das Gestell im Boden verankern wollte und laut fluchend feststellen mußte, daß die Dübel zu kurz waren.

Zum Umtausch der Dübel war es zu spät. Die Kinder waren bereits mächtig aufgeregt und bettelten, die Schaukel ausprobieren zu dürfen, bis Coyne sie ins Haus scheuchte, um anschließend wie ein Todeskandidat am Küchentisch zu sitzen und bei jedem kleinsten Geräusch an der Tür hochzufahren. Der Milchmann klopfte wie ein kaltblütiger Killer, um das Geld zu kassieren. Wie in den letzten drei Wochen schickte Coyne die Kinder zur Tür, mit der Ausrede, sie würden nächste Woche bezahlen. »Nächste Woche, kein Problem«, sagte der Milchmann lächelnd und mit leise drohendem Unterton. Wer konnte schon wissen, ob Coyne in der nächsten Woche überhaupt noch lebte.

Vor lauter Sorge, eine halbfertige Schaukel zu hinterlassen, wälzte sich Coyne die ganze Nacht im Bett herum. Am Samstagmorgen fuhr er in aller Frühe zum Baumarkt, um größere Dübel zu besorgen, mußte aber feststellen, daß es nur ganze Packungen mit acht Dübeln inklusive Stahlplatten gab. Der Verkäufer im malvenfarbenen Kittel zuckte nur mit den Achseln, was Coyne erst recht auf die Palme brachte. Er hatte nicht übel Lust, den ganzen Laden zu demolieren, sämtliche Chemikalien über den Boden zu verteilen, dicke Löcher in die Zementsäcke zu reißen und vielleicht auch das fabrikneue Werkzeug mit Klebstoff einzuschmieren. »Ein schöner Saftladen, in dem man noch nicht einmal ein paar einzelne Dübel bekommen kann«, polterte Coyne los. Als nächstes würden sie einem noch einen verdammten Holzkohlegrill oder eine Schubkarre andrehen, wenn man bloß eine Handvoll Schrauben brauchte. ›Unser Top-Angebot: Mit dem Kauf eines Sechs-Zoll-Nagels bekommen Sie in dieser Woche eine Bohrmaschine gratis.‹

Außerdem war es unglaublich, wie viele Möchtegern-Heimwerker in aller Herrgottsfrühe auf den Beinen waren. Alles Leute, die offenbar von dem Drang geplagt waren, irgend etwas verbessern zu müssen. Könnt ihr Flachköpfe die Welt nicht einfach in Ruhe lassen? Habt wohl nichts Besseres zu tun, als eure armseligen Bruchbuden von oben bis unten auseinanderzunehmen. Typen, die es sich in den Kopf gesetzt hatten, jeden Samstagmorgen des Jahres Regale zu zimmern, bis sie eine ihrer Gipskartonwände daheim in ein einziges riesiges Loch verwandelt hatten. Oder Frauen, die hölzernen Toilettenbrillen ehebrecherische Blicke zuwarfen. Ein Mann schwenkte eine Säge durch die Luft, als sei es eine Wünschelrute, mit der er irgendwelche Schätze aufspüren könne. Und ein Kerl mit zwei linken Händen erkundigte sich bei einem Verkäufer, wie man diese weißen Gartenpavillons aufbaute, während der Rest der Familie bereits unter einem Ausstellungsstück saß, um auszuprobieren, ob auch für alle Platz war. Bei den Dachbodentreppen schließlich hing das Bild einer Frau, die lächelnd wie Draculas Braut auf halber Höhe der Stufen stand und einem verängstigt dreinblickenden Mann, der offenbar mit seinem Hammer auf dem Dachboden eingeklemmt war, eine Tasse Kaffee reichte. Vermutlich war der Schwachkopf mit einem Fuß durch die Dielen ins Schlafzimmer eingebrochen.

Zu guter Letzt beschloß Coyne, das Paket einfach aufzureißen und die benötigten Dübel in der Tasche verschwinden zu lassen. Dann ging er mit einer 60-Watt-Glühbirne zur Kasse. Er hatte weiß Gott genug Geld in diesem Laden gelassen. Allein der riesige Teereimer, den er für Killjoys Terrasse gekauft hatte.

Anschließend beeilte er sich, nach Hause zu kommen und die Dübel in den Betonblöcken zu versenken, die bereits im Boden eingelassen waren. Zum Glück regnete es nicht, so daß Coyne neuen Speis anrühren, ihn über die Blöcke verteilen und sie anschließend mit Plastikfolie abdecken konnte. Nuala tat derweil das gleiche in klein, indem sie hinten im Garten Matsch mit einem Löffel anrührte.

Am Nachmittag fuhr er Carmel zu ihrer Ausstellung in die Stadt. Die Kinder saßen dick eingepackt in ihren Anoraks und Wollmützen auf der Rückbank, von ihren Eltern durch eine große schwarze Mappe mit roter Schleife getrennt, hinter der sie nach Herzenslust raufen konnten. Da Coyne im Rückspiegel nichts sehen konnte, hatte er die ganze Zeit das ungute Gefühl, ihr Wagen werde verfolgt.

Er fuhr zum Merrion Square, wo Carmel sich mit Sitwell verabredet hatte. Coyne würde sich möglichst unauffällig geben müssen, damit Sitwell ihn unter keinen Umständen erkannte. Aber es konnte auch durchaus passieren, daß ihn, sobald der Kerl auftauchte, plötzlich der Drang überkam, auszusteigen und ihm eins aufs Auge zu geben. Als sie jedoch am Merrion Square ankamen und die endlosen Bilderreihen entlang der Zaungitter sahen, beschäftigten ihn ganz andere Dinge. Das also war die Kunstgalerie. Lauter Amateure und Enthusiasten, die hübsche Bilder von Irland malten, auf denen es keinen Dreck, keine Kotze und keine Armut in den Straßen gab. Bilder vom Trinity College ohne die Kids, die mit leeren Cola-Bechern bettelten. Leute, die in der Woche fünfhundert Porträts von Joyce und Beckett produzierten. Ansichten der Liffey, auf deren Fluten die abgehackten Köpfe von Swift und Wilde trieben. Die Halfpenny Bridge vor einem pinkfarbenen Himmel aus Zuckerwatte. Wo, bitte schön, war die Statue von Daniel O Connell mit ihrer weißen Perücke aus Möwenscheiße?

»Nennst du das eine Ausstellung?« fragte er hämisch.

Carmel blickte Coyne an. Die bodenlose Enttäuschung war ihren Augen abzulesen. Er wollte ihr sagen, ihre Bilder seien um Klassen besser. Das ist weit unter deinem Niveau, Carmel. Deine Bilder haben hier nichts verloren. Doch sie las in seinen Augen Feindseligkeit statt stiller Aufmunterung und stieg aus dem Wagen, die Mappe mit den Bildern wütend an sich reißend. Sie warf den Kindern einen Abschiedskuß zu und stand dann wartend im eiskalten Wind an der Straßenecke, einen Steinwurf von der National Gallery entfernt, den Schock einer verheerenden Niederlage in allen Knochen.

Coyne fuhr an, mußte aber an der nächsten Ampel halten, wo sich alle im Wagen wie zum letzten Mal nach ihr umdrehten. Ein Gefühl grenzenlosen Mitleids überkam ihn. Da stand sie nun, schutzlos dem Wind des Betrugs ausgeliefert, an der kältesten Ecke Dublins in ihrem schwarzen Mantel und dem blauen Schal und wartete auf den Scheißkerl, der ihr eingeredet hatte, er werde aus ihr eine erfolgreiche Künstlerin machen. Coyne fühlte sich an ein Bild aus der Zeit erinnert, als er Carmel gerade kennengelernt hatte und zu spät zu einer Verabredung erschienen war. Damals hatten ihr Zornesausbruch und ihre Selbstsicherheit einen großen Eindruck auf ihn gemacht. Insgeheim bewunderte er sie durch das Rückfenster des Wagens, bis Carmel bemerkte, daß er und die Kinder sie anstarrten, und ihnen signalisierte, sie sollten weiterfahren. Na los, schiebt ab und laßt mich in Ruhe. Zumal just in diesem Moment Sitwell mit einem Schaffellmantel und ausgestreckten Armen auf sie zusteuerte.

»Meine Liebe«, sagte er.

Doch Carmel wich seinem Begrüßungskuß aus und gab sich eingeschnappt.

»Nennst du das eine Ausstellung?«

»Das ist eine einmalige Chance für dich, Carmel. Das Sprungbrett zum ganz großen Erfolg. Merrion Square. Wie viele große Künstler haben hier ganz bescheiden angefangen und sind dann berühmt geworden. Du wirst sehen.«

Dann legte er ihr seinen Arm um die Schulter und führte sie zu einer freien Stelle am Gitter, wo sie ihre kostbaren Werke aufhängen sollte. Wäre Coyne noch dagewesen, hätte sie ihn sofort gebeten, sie wieder mitzunehmen. So aber beschloß sie, zumindest einen Versuch zu wagen. Sie hängte einige ihrer Bilder auf, weigerte sich aber, mit Sitwell oder irgendeinem der anderen Künstler zu sprechen. Eingeigelt in ihre Wut, wartete sie darauf, entdeckt zu werden.

Es hatte wenig Zweck, nach Hause zu fahren, weil der frische Zement an der Schaukel noch Zeit zum Trocknen brauchte. Deshalb beschloß Coyne, mit den Kindern einen Spaziergang durch die Stadt zu machen. Er zeigte ihnen Trinity College mit seinem gepflasterten Innenhof und dem grünen Metallzaun, den er ›Die Gitter der Aussperrung‹ nannte. Dann stand er draußen vor dem Tor, hielt sie alle an der Hand und starrte auf den Samstagnachmittagverkehr am College Green.

»Eines Tages wird es hier keinen Verkehr mehr geben«, erzählte er ihnen. »Keine Autos, keine Busse und sonstige Fahrzeuge. Nur ein großer Platz mit Springbrunnen und Bänken. Wartet's nur ab.«

Dann machten sie sich auf den Weg zum Zoo. Er kaufte ihnen Pommes frites und Orangensaft in kleinen Pappkartons mit gebogenen Strohhalmen. Coyne war froh, unter vielen Menschen zu sein. Während er durch die Straßen fuhr, beobachtete er, wie der Wind die Leute über den Bürgersteig schob. In Dublin ging immer ein Wind, der alles verächtlich vor sich her trieb – Plastiktüten, Dosen, kaputte Regenschirme. Hinter einigen Gartenmauern sah er Bäume, die der Wind entlaubt hatte, während ein paar rote Äpfel in den Zweigen hängengeblieben waren.

Im Zoo waren sie durch die vielen Besucher geschützt. Coyne fühlte sich wieder wie ein richtiger Vater, als er ihnen von den verschiedenen Tieren erzählte und wie grausam es sei, sie hinter Gitter einzusperren. Er erklärte ihnen, was es für jedes Tier bedeute, in seiner natürlichen Umgebung zu leben. Er redete wie David Attenborough im Fernsehen. Er erzählte ihnen, wie Leoparden ihre Jungen dazu anstiften, Löwen zu ärgern, damit sie lernen, schneller wegzurennen. Oder von den Eulen, die Augen von Mäusen wie Smarties verspeisen. Zwanzig Minuten beobachteten sie die reglosen Krokodile, bis Coyne schließlich verkündete, die ganze Natur sei inzwischen in einen Zoo verwandelt.

Als sie zum Elefantengehege kamen, setzte Coyne zu einem neuen Vortrag an. »Hier sehen wir ein Prachtexemplar des afrikanischen Elefanten. In seiner Heimat ernährt er sich von Gras und Blättern und frißt bis zu …«

Coyne hielt abrupt inne. Während er den Text von der Informationstafel ablas, hatte er plötzlich einen Fehler entdeckt.

»Augenblick mal. Hier steht: ›Die Stoßzähne des Elefanten sind aus Elfenbein‹.«

Coyne gab ein irres Lachen von sich und blickte die umstehenden Besucher an. Vor sich hindösende Familien, die auf ihrem Rundgang den Tieren ihre krummen Zähne präsentierten und sie mit ihrem üblichen Familienzank nervten und den Zoobewohnern einmal mehr die Möglichkeit gaben, ein paar typische Exemplare schmierköpfiger Iren bei ihrem Samstagsausflug zu beobachten.

»›Die Stoßzähne des Elefanten sind aus Elfenbein‹ ... Na, Jimmy, was ist hier falsch?«

»Keine Ahnung, Dad.«

»Die Stoßzähne des Elefanten sind nicht *aus* Elfenbein«, sagte Coyne voller Empörung. »Die Stoßzähne des Elefanten *sind* Elfenbein. Es ist genau umgekehrt. Elfenbein wird aus den Stoßzähnen der Elefanten gewonnen. Das ist einfach unglaublich.«

Das Maß war voll. Dies war die ultimative Beleidigung, die das Leben für ihn bereithielt. Hier wurde einem großartigen Tier die letzte Würde genommen, selbst wenn es dem Elefanten wenig auszumachen schien.

»›Die Stoßzähne des Elefanten sind aus Elfenbein.‹ Das ist der größte Schwachsinn, der mir je untergekommen ist.«

Er betrachtete es als seine Pflicht, die überhebliche Spezies irischer Familien vor dem Gehege aufzuklären, und wiederholte seine Botschaft mit lauter Stimme wie ein unverbesserlicher Idealist, geradeso wie es sein Vater in Fragen des Bürgerkriegs oder der irischen Sprache getan hätte. Schließlich bemerkte er, daß seine Kinder ihn verlegen fortzerrten und die Umstehenden, die ihn für einen gefährlichen, unberechenbaren Psychopathen halten mußten, ihm schockiert nachsahen.

Weitaus gefährlicher, als jedes der gefügsamen Tiere in den Käfigen.

Im Hintergrund lehnten zwei Männer am Geländer des Seehundbeckens und beobachteten ihn.

Carmels Demütigung steuerte ihrem Höhepunkt entgegen. Ihre Füße schmerzten vor Kälte. Sie hätte genausogut barfuß auf dem Bürgersteig stehen können. Die anderen Künstler waren alle in dicken Stiefeln, zwei Paar Socken, langen Unterhosen oder doppelten Strumpfhosen erschienen. Kein Mensch hatte sich ihre Bilder angeschaut. Sie redete sich ein, daß sie einen schlechten Platz erwischt hatte. Wenn sie nur näher an der National Gallery wäre, hätte sie bestimmt schon die ersten Käufer gefunden. So war zu befürchten, daß ihre wertvollen Gemälde in düsteren Bed & Breakfasts landen würden, zusammen mit Bildern von Hengsten im Mondschein, Segelschiffen auf stürmischer See und Kleinkindern im Schlafanzug und mit Tränen in den Augen. Bilder, die nicht einmal an der Wand festgeschraubt wurden, weil ohnehin nicht zu befürchten war, jemand könne sie stehlen. Strohgedeckte Cottages und gewundene Landstraßen, wie sie zu Dutzenden von Stundenhotels eingekauft wurden. Geradeso wie der verdammte Jahreskalender der *Bank of Ireland.*

Niemand interessierte sich für ihre Bilder. Bis auf Drummer Cunningham. Er hatte sich mit dunkler Sonnenbrille unters Volk gemischt und sah aus wie ein fanatischer Kunstsammler, der einen Arm in der Schlinge trug. Dennoch war er sorgsam auf Abstand bedacht und blieb in sicherer Entfernung vor einer Reihe von Hundegemälden stehen. Der Anblick der vielen Bilder verwirrte ihn. Eingehend studierte er die Zeichnungen der jungen Welpen, als sei er zutiefst gerührt.

Sitwell kam vorbei, um nach ihr zu sehen. Was hatte er erwartet? Daß Großmaul Sylvester Stallone vorbeigeschlendert kam und ihr mit seiner Testosteronstimme die Ohren vollsülzte? – ›Superbilder, Baby. Nehm ich alle. Noch ein paar in Reserve?‹ Sitwell besaß sogar die Unverfrorenheit, sie zur Feier des Tages anschließend auf einen Drink einzuladen.

»Was gibt's da zu feiern?«

»Deine erste Ausstellung, meine Liebe.«

»Das soll wohl ein Witz sein«, sagte sie nur.

Die Frau am Nachbarstand hatte ihr Gespräch mitbekommen und sprach sie an, sobald Sitwell gegangen war.

»Seit zwei Stunden stehe ich mir hier die Beine in den Bauch, und niemand ist auf mich aufmerksam geworden«, jammerte Carmel.

»Wenn hier jemand auf dich aufmerksam wird, dann die Sozialfürsorge oder die Leute von *Focus Point.* Deine Sachen sind einfach zu gut. Du solltest nicht auf der Straße ausstellen.«

»Vielen Dank«, sagte Carmel.

»Ist doch alles nur Ramsch hier. Wie Fahrstuhlmusik.«

Carmel warf einen flüchtigen Blick auf die Bilder ihrer Nachbarin. Nun ja, lauter Cottages, aus deren Kaminen sich grauer Rauch kräuselte, und jede Menge Frauenakte mit Harfen und einem runden Turm im Hintergrund. Die Frau gab zu, nur des Geldes wegen zu kommen.

»Sind nicht einmal meine eigenen Sachen«, sagte sie. »Jeder Vollidiot kann so etwas malen. Meine eigenen Bilder würde ich hier niemals zeigen.«

Kurz darauf schmiedeten die beiden hochtrabende Pläne für eine gemeinsame Ausstellung. Die Frau kannte einige Adressen. Wahrscheinlich wegen der Kälte, mußten sie plötzlich laut lachen, als sie Sitwell dabei beobachteten, wie er zum Schutz vor dem eisigen Wind die Arme um den Körper schlug und mit einer Gruppe Frauen über das Wetter plauderte. Er blinzelte einer Verflossenen zu und drehte sich dann nach einer anderen um, die ihn gerade zu zwicken versucht hatte, als wolle er sagen: ›Du kleiner Satansbraten.‹

Carmel nahm ihre Bilder vom Zaun, steckte sie in ihre Mappe und ging, ohne sich von Sitwell zu verabschieden. *Boom-she-boogie.* Sie war froh, ihm den Rücken zu kehren und ganz von vorn beginnen zu können. Sie hatte eine neue Freundin gewonnen. Mit einer Liste von Galerie-Adressen in ihrem Tagebuch stieg sie in den Bus nach Dun Laoghaire. Als Sitwell später nach seinem aussichtsreichsten Schützling sehen wollte, war er überrascht und enttäuscht, daß sie ohne ein Wort verschwunden war.

»Na, dann eben nicht«, sagte er.

Als sie nach Hause kam, stand auf der gegenüberliegenden Straßenseite ein Wagen mit einem Mann am Steuer. Erschrokken fuhr sie zusammen, als sie ihren Namen hörte, doch der Mann stellte sich als Coynes Arbeitskollege Larry McGuinness vor.

»Kann ich Sie einen Augenblick sprechen?« fragte er. Sie bat ihn ins Haus und setzte Tee auf.

»Es geht um Pat«, sagte McGuinness nervös. »Ich mache mir Sorgen um ihn, seit er vom Dienst suspendiert wurde.«

»Suspendiert? Aus welchem Grund? Er hat mir nichts davon erzählt.«

»Vielleicht sollte ich nicht darüber reden. Ich möchte mich nicht in Ihr Privatleben einmischen, verstehen Sie?«

»Schon gut«, sagte Carmel.

»Ich bin nur etwas beunruhigt über ihn. Ich würde ihn gern dazu bringen, ein wenig Golf zu spielen.«

Carmel stand mit McGuinness im Wohnzimmer. Es war wie der Hausbesuch eines Lehrers, der mit den Eltern die Probleme ihres Zöglings diskutierte.

»Hat es etwas mit der Entführung zu tun?« fragte sie. Jetzt machte McGuinness große Augen.

»Welche Entführung?«

»Na von den Kerlen, die mich in den Phoenix Park geschleppt haben.«

»Welche Kerle?«

Also erzählte ihm Carmel die ganze Geschichte, während McGuinness immer nervöser wurde und befürchtete, Coyne könne jeden Augenblick zur Tür hereinkommen und sie bei einem konspirativen Treffen überraschen. Aus Angst, ihr zuletzt alles erzählen zu müssen, verschwand er, bevor Carmel weitere Fragen stellen konnte. Er versicherte ihr, daß er die Angelegenheit mit Hauptkommissar Molloy besprechen wolle und daß sie sich keine Sorgen zu machen brauche. Aber Molloy blockte gleich ab. Er stecke bis zum Hals in Arbeit und sei absolut nicht in der Stimmung, sich weiteren Ärger von Coyne anzuhören. Vielleicht könne man bald mal wieder eine Partie Golf zusammen spielen. Wie wär's mit einem Wochenende in Straffan?

Erst spät in der Nacht hatte Carmel endlich Gelegenheit, offen mit Coyne über alles zu reden. Er stand in seinen Boxershorts und mit verschränkten Armen am Schlafzimmerfenster und blickte voller Verachtung auf den Golfer nebenan. Er fragte, ob sie irgendwelche Bilder verkauft habe. Sie schüttelte den Kopf und schien überaus schweigsam, bis sie ihn schließlich mit seiner Suspendierung konfrontierte wie mit der Frage nach einem Seitensprung.

»Grundlos werden sie dich wohl nicht gefeuert haben«, sagte sie, als er die Geschichte mit einer beiläufigen Erklärung abtun wollte.

»Irgendwer hat mir eine Beschwerde an den Hals gehängt, mehr nicht«, sagte er.

Es entstand eine Pause, in der Carmel sich aufs Bett setzte und ihn anblickte, um ihm Zeit zu lassen, mit dem Rest der Geschichte herauszurücken. Früher oder später würde er ihr doch alles beichten müssen. Plötzlich verspürte Coyne große Lust, das ganze Unheil vor ihr auszuschütten. Je schlimmer, desto besser.

»Ich war im Recht, Carmel. Ich war bloß einem vermuteten Einbruch auf der Spur, als der Eigentümer aufkreuzte. Anschließend behauptete er, ich hätte ihn tätlich angegriffen, während er in Wirklichkeit über seine eigenen Beine gestolpert war.«

»Wieso sollte er über seine eigenen Beine stolpern?«

»Er hat versucht, mich vom Grundstück zu schubsen, und da hab ich mich gewehrt, und er fiel über seine eigene verdammte Hecke.«

Carmel lachte ungläubig, als sei die ganze Geschichte viel zu kindisch für den Arbeitsalltag eines Garda. Doch ihre spöttische Reaktion drängte Coyne dazu, sie mit weiteren Neuigkeiten zu schockieren. Die Brücke der Wahrheit.

»Es handelt sich übrigens um deinen Kunstlehrer.«

»Was? Gordon Sitwell?«

»Genau.«

»Das gibt's doch nicht. Warum hast du mir nichts davon erzählt?« Carmels Augen waren weit geöffnet. Coyne war darauf gefaßt, daß sie jeden Moment ausflippen und auf ihn losgehen würde.

»Du hast ihn über die Hecke geschubst«, sagte sie. »Und die Geschichte mit dem Einbruch ist auch gelogen. Du bist meinetwegen dort gewesen.«

»Der Kerl wird mir noch ganz schön zusetzen, Carmel.«

»Über die kleine Buchsbaumhecke im Garten? Klasse, Pat. Wieso bist du überhaupt auf ihn losgegangen?«

Plötzlich war er ein Held. Er hatte gezeigt, daß er sie beschützen würde, koste es, was es wolle. Als Carmel laut losprustete, fragte Coyne, was denn daran so witzig sei. Er wollte ihr schon von dem Aktgemälde erzählen, das er von ihr entdeckt hatte. Ihm war schleierhaft, warum sie sich plötzlich auf seine Seite geschlagen hatte und eine ausführliche Beschreibung der hoch in die Luft gereckten Beine Sitwells hören wollte. Nachdem er die Geschichte in allen Details erzählt hatte, stand sie auf, kam auf ihn zu und umarmte ihn.

»Nimm mich, Pat«, sagte sie. »Ich will, daß du mich jetzt sofort nimmst.«

Coyne wich zurück, als würde er überfallen. Sie hatte den Schild der Trübsal durchbrochen und ihn im eigenen Schlafzimmer zum Helden erklärt. Coyne stand unbeholfen gegen das Fenster gelehnt, das einen weiteren Rückzug verhinderte, und starrte auf sie herab, wie sie vor ihm niederkniete und seine Boxershorts herunterzog. Sie nahm seine Hoden wie eine kostbare Kupferschale in die Hand, die einst auf dem Rückzug nach einer Schlacht vergraben worden war und nun nach hunderten von Jahren im Moor wieder aufgetaucht war. Keltische Spiralen auf seinem Skrotum. Mönchische Botschaften entlang seines Penis, in denen heilige und mythologische Geschehnisse aufbewahrt waren. Fast hätten ihn die Shorts zu seinen Füßen zu Fall gebracht.

Doch dann schob Coyne sie von sich, zog seine Hose hoch und trat ein paar Schritte zur Seite. Sie kniete wie die heilige Bernadette von Lourdes im Slip am Boden. Schockiert blickte sie zu ihm auf. Er hatte sie zurückgewiesen.

»Was ist los?«

»Nichts«, sagte er. »Es ist bloß wegen ...«

»Vergiß es«, sagte sie aufmunternd. »Ich werde mir Sitwell schon vorknöpfen. Dieser aufgeblasene Clown. Der zieht seine Beschwerde zurück. Du wirst sehen.«

Carmel sprang vom Boden auf und lief zum Kleiderschrank. Sie nahm eins von Coynes Garda-Hemden heraus und zog es über. Mit halb verdeckten Brüsten stand sie im Zimmer. Bangarda Carmel Coyne, in ihrer Dienstbluse und weißem Slip, die wie ein Pin-up für ihn posierte.

»Das wirst du ja vorerst nicht brauchen, oder?« sagte sie provozierend.

Coyne schien durch ihre plötzlichen Launen leicht irritiert. Irgend etwas hielt ihn zurück. Er drehte sich um und starrte wieder aus dem Fenster.

»Jetzt schlag dir bloß endlich Sitwell aus dem Kopf. Ich bring das für dich in Ordnung.«

»Darum geht's nicht«, sagte Coyne schließlich. »Es geht um andere Dinge, die ich nicht wieder geradebiegen kann. Die niemand geradebiegen kann.«

»Willst du mir nicht mehr erzählen?«

Sie setzte sich erneut mit angezogenen Beinen aufs Bett und wartete, daß Coyne zu sprechen begann. Aber er brachte einfach kein Wort heraus. Er wollte ehrlich zu ihr sein und ihr alles erzählen. Die ganze Geschichte von Naomi und Drummer und was sonst noch dazugehörte. Doch er verharrte bloß stumm am Fenster, als ob es für das, was er zu erzählen hatte, keine Sprache gab. Die Kluft zwischen seinen Gedanken und den einfachsten Mitteln der Kommunikation war einfach zu groß.

»Es gibt Dinge, über die ich niemals reden kann«, sagte er. »Dinge, die ich so sehr bedaure, daß ich sie nicht einmal auszusprechen wage.«

»Was soll das heißen, Pat? Gibt es da noch etwas, das du mir verschwiegen hast?«

Coyne starrte weiterhin stumm auf den Boden, als ob er die Sprache verloren hätte. Carmel wartete mit einer Engelsgeduld und ermunterte ihn mit Blicken, sich alles von der Seele zu reden. Sie fürchtete sich vor dem, was er ihr mitzuteilen hatte. In Gedanken ging sie ihre ärgsten Befürchtungen durch. Ein Seitensprung wäre zweifellos das Schlimmste. Alles, nur das nicht. Sie hoffte inständig, er wäre ihr nicht untreu geworden, denn das wäre ihr Untergang.

»Es geht nicht«, sagte er zuletzt. »Ich habe nie gelernt, über mich und das, was in mir vorgeht, zu sprechen. Mein Vater ist daran schuld. Wir haben nie wirklich miteinander geredet.«

Carmel hörte ihm aufmerksam zu. Sie sah, wie er nach Worten rang. Auf dem Bett sitzend, ihr Kinn auf die Knie gestützt, ließ sie Coyne alle Zeit der Welt. Ein großer Stein war ihr vom Herzen gefallen.

»Ich habe meinen Vater nie richtig gekannt«, sagte er. »Er war immer wie ein Fremder für mich. So etwas läßt sich nie wieder einrenken.«

»Du sprichst nicht gern von ihm, nicht wahr?«

»Er hat mich auf offener Straße nicht erkannt und ist einfach an mir vorbeigegangen.«

»Vielleicht hat er dich nicht gesehen, Pat.«

»Einmal bin ich ihm auf dem Nachhauseweg von der Schule begegnet, und er hat mich nicht erkannt.«

»Wie meinst du das?«

»Ich stand an einem der Zeitungskioske auf der O Connell Street und sah mir die Zeitschriften an. Er stand direkt neben mir. Ich hatte ihn nicht kommen sehen. Dann blickte ich hoch und sah ihn, weil ich seine Stimme erkannt hatte, als er nach der *Evening Press* fragte. Ich sah seine Hand, mit der er das Geld rüberreichte. Und es war seine Aktentasche. Also blickte ich zu ihm auf und wartete darauf, daß er mich bemerkte.«

Coyne tauchte tief in die traurigen Erinnerungen seiner Dubliner Schulzeit hinab, um die richtigen Worte für diesen Tag zu finden. Es war die Dubliner Einsamkeit. Sie war anders als die Einsamkeit in einem fremden Land, irgendwie privater, ausschließlicher. Als Junge war Coyne stets allein von der Schule nach Hause gegangen, vorbei an Parnell, dem Gresham, dem Savoy und Daniel O Connell, und auch an den Zeitungsständen mit ihren reißerischen Kriminalgeschichten und ihren Mantel-und-Degenromanen in der Auslage. *Pressah-Heral'*, hatten die Zeitungsverkäufer immer gerufen. Und dann erinnerte sich Coyne, wie er eines Tages die sanfte Stimme seines Vaters mit ihrem unverwechselbaren Cork-Akzent neben sich gehört hatte. Zum ersten Mal sah er ihn als ganz normale Person, ein Ire in Dublin. Bart. Brille. Die Aktentasche mit Thermosflasche, Tageszeitung, Kamm und einem Buch über die Bombardierung von Dresden. Oder war es ein neues Buch über Bienenzucht gewesen? Das war Sean Coynes Leben. Ein scheuer Mensch und unverbesserlicher Idealist.

»Ich war ihm so nahe wie jetzt dir«, erinnerte sich Coyne. »Ich sagte ›Dad, ich bin's, Pat‹, aber er hörte mich nicht.«

Er wollte seinen Vater sanft am Ärmel ziehen. ›Sieh doch, ich bin's.‹ Und dann? Was hätten sie dann einander sagen sollen? Sie hätten Irisch miteinander gesprochen und wären gezwungen gewesen, gemeinsam mit dem Zug nach Hause zu fahren und von allen angestarrt zu werden. Vater und Sohn: die letzten Überlebenden im Krieg um die irische Sprache.

Er sah, wie sein Vater dem Verkäufer das Geld reichte. Er kannte jede Ader, jeden Knöchel und die kleinen weißen Haarbüschel dazwischen. Er bewunderte ihn wie kein anderer und wünschte, es wäre nur ein Tag Waffenstillstand und sie könnten wie ganz normale Dubliner lachend durch die Stadt gehen. Wie kein anderer Mensch auf der Welt wünschte er, mit seinem Vater wie mit einem Freund reden zu können. Der Verkäufer faltete die Zeitung und nahm das Geld mit seiner von Druckerschwärze dunklen Hand. Coyne lächelte und wartete, entdeckt zu werden, doch sein Vater hatte sich nur umgedreht und war gegangen – die Zeitung unter den Arm geklemmt, von eher schmächtiger Statur und mit leicht schleppendem Gang aufgrund einer Polioerkrankung in der Kindheit, war er in der Dubliner Menge untergetaucht.

»Ich stand da und sah ihm nach, bis er zwischen den Leuten verschwand.«

»Du hast mir nie davon erzählt«, sagte Carmel.

»Ich hätte ihm nachgehen sollen«, sagte er.

Sie schwiegen lange, bis Carmel zu ihm ging. Sie nahm ihn in den Arm, seine einzige Freundin, und küßte ihn auf die Wange. Schweigend streichelte sie seinen Nacken, um ihm zu zeigen, daß sie ihn verstand. Alles würde wieder gut werden in der Republik der Coynes.

»Ich wünsche immer noch, ich könnte hinter ihm herlaufen. Heute könnte ich mit ihm reden. Ich wüßte, was ich ihm sagen würde.«

Sie wußte, daß er Tränen in den Augen hatte, aber zu stolz war, sie zu zeigen. Erneut wollte er sich dem nächtlichen Golfer im Mondlicht zuwenden. Aber Carmel bedeckte sein Gesicht und seine Brust weiter mit Küssen, so daß er ihren warmen und heilenden Atem auf seiner Haut spürte. Carmel war die einzige Person, die immer zu ihm halten würde. Er war nicht allein.

»Komm, leg dich aufs Bett«, sagte sie und zog ihn vom Fenster weg.

Sie löschte das Licht, so daß nur der Mond ins Zimmer fiel und seinen Körper in blaues Licht hüllte. In Abständen von etwa zwanzig Sekunden ertönte draußen das kurze, harte Plocken des Golfschlägers gegen den Plastikball, gefolgt von einem hohlen Klicken bei seinem Aufprall gegen die Gartenmauer. Sie kniete sich neben ihn und küßte schweigend seine Brust. Es gab keinen Grund mehr zu reden. Sie hatten die Sprache hinter sich gelassen und das wortlose Verständnis von Insulanern erreicht. Sie legte sich wie eine sanfte Woge über ihn und liebte ihn. Coyne hatte das Gefühl, mit ihr in die Tiefen des Meeres hinabzugleiten, bis er sich in einer tiefblauen Grotte unter Wasser befand, in die nur noch das harte Plocken des Golfschlägers und der seufzende Widerhall von der Betonmauer drang. Er sank bis auf den Meeresgrund, hörte draußen noch ein paar letzte Schläge, bevor die Hintertür der Gillespies zuschlug und sich die Geräusche im Haus fortsetzten: das Rauschen des Wasserhahns, das Zuschieben einer Schublade, Stimmengemurmel, ein zufälliger Ellbogenstoß gegen die Wand und das leise Klicken des Lichtschalters. Danach vollkommene Stille. Das Ende der Sprache.

Mitten in der Nacht wachte Coyne mit panischem Schrecken auf. Der Digitalwecker zeigte 3:33, als sein Körper wie eine Bärenfalle hochschnappte. Gespannt horchte er auf das leiseste Anzeichen eines Einbrechers. Er hörte Glas splittern und sprang aus dem Bett, um aus dem Fenster zu sehen. Zuerst konnte er vor lauter Schlaftrunkenheit nichts erkennen. Die Cunninghams, dachte er. Der Tag der Abrechnung war gekommen. Er zog den Hammer unter dem Bett hervor, rannte zum Treppenaufgang und blickte nach unten. Dem Lärm nach, den er immer noch hörte, mußte das Geräusch von draußen kommen.

Berstendes Autoglas. Coyne rannte in Jimmys Zimmer. Als er aus dem Fenster blickte, sah er einen jungen Mann mit einem mächtigen Stein die Scheibe seines Wagens zertrümmern.

»Verdammte Scheiße«, flüsterte Coyne. Beilschwinger Perry hatte beschlossen, endlich Rache zu üben. Coyne sah dem Zerstörungswerk einen Augenblick fassungslos zu, bevor er zurück ins Schlafzimmer rannte und in seine Schuhe schlüpfte. Dann raste er die Treppe hinunter, warf sich den

Garda-Mantel über die nackte Brust und riß die Tür auf, doch das Sackgesicht Perry hatte bereits das Weite gesucht. Wie eine Katze auf Ecstasy rannte er die Straße hinab. Mit dem Hammer in der Hand und unter dem Garda-Mantel hervorlugenden nackten Beinen nahm Coyne die Verfolgung auf. Doch seine Lungen machten bald schlapp.

»Du miese kleine Ratte, Perry.«

In hilfloser Wut warf er den Hammer nach Perry, der gerade über eine Mauer kletterte und verschwand. Coyne ging zum Haus zurück. Die eiskalte Luft schmerzte in seinen Lungen, so daß er nur stolpernd vorwärts kam. Von seinem komischen Aufzug ganz zu schweigen – nur im Garda-Mantel, ohne Socken und Hose.

Er sah sich seinen Wagen an und stellte fest, daß Perry das Seitenfenster auf der Fahrerseite eingeschlagen hatte. Gerade so, als ob der Schaden, den Coyne an Cunninghams Wagen verübt hatte, nun in Raten zurückgezahlt würde. Obwohl Perry wohl kaum im Auftrag der Cunninghams arbeitete. Scheiben einzuschlagen war nicht ihr Stil. Die gaben sich nicht mit solchen Spielereien ab. Coyne spürte Haß in sich aufsteigen und begann, süße Mordpläne zu schmieden. Entweder er würde seine Feinde aus dem Weg räumen, oder er würde selbst dran glauben müssen.

In seinem halbwachen, verstörten Zustand sah er sich in der Rolle des gutherzigen Diktators, der den Widernissen der Welt die Stirn bot und zur Rettung der Nation und des Planeten angetreten war. Kein Öko-Faschist, sondern ein Erlöser, der die Menschheit von all ihren Geißeln befreien würde. Coynes Revolution war angebrochen. Als er jedoch die Treppe in seinem Haus hochstieg, wurde seine heroische Vision von einem Gefühl äußerster Verzweiflung und Hilflosigkeit überschattet. Die Welt trieb auf einen kollektiven Selbstmord zu.

Carmel war nicht einmal wach geworden. Sie schlummerte tief, ein Arm hing über der Bettkante und wurde kühl. Wie bei einem Kind schob Coyne ihn zurück unter die Decke. Dann zog er sich an. Danach ging er ins Kinderzimmer der Mädchen und sah ihnen schweigend zu, wie sie von wilden Tieren und Elefanten und natürlich von der Schaukel träumten. Weitere zehn Minuten verbrachte er an Jimmys Bett, um sich von ihnen allen zu verabschieden.

Er verließ das Haus mit dem unbestimmten Vorsatz, sich in den Wagen zu setzen und nach Joe Perry zu suchen. Doch der war inzwischen nicht mehr als eine Randfigur in einem gigantischen Desaster. Er wischte die Glassplitter mit dem Ellbogen vom Fahrersitz und fuhr ohne festes Ziel los, einzig darauf vertrauend, die Bewegung des Wagens werde ihn darin bestärken, daß es in seinem Leben noch eine Richtung gab.

In der Zwischenzeit hatte Fred einen weiteren Anruf von Naomi erhalten. Diesmal wollte sie ihm alles erzählen. Fred nannte ihr seine Adresse im Hafen und sagte, sie solle sich ein Taxi nehmen.

Als sie eintraf, ließ sie das Taxi vor der Tür warten. Sie sagte, sie hätte nicht viel Zeit, so daß Fred bloß aufmerksam und kopfnickend zuhörte, während sie ihm ihre Lebensgeschichte erzählte. Alles über den Drogenhandel und die Morde. Sie erwähnte auch Dermot Brannigans Kreuzigung und beschrieb, wie er mit einer schwarzen Plastiktüte über dem Kopf gestorben war.

»Sie haben mich gezwungen, bei seiner Hinrichtung zu tanzen. Sie werden auch Vinnie Foley töten. Und auch da werde ich wieder tanzen müssen.«

»Wärst du bereit, das alles vor Gericht zu wiederholen?« fragte Fred.

Die Frage machte ihr angst. Soviel konnte man von ihr nicht verlangen.

»Ich will keine Gardai«, sagte sie, erschrocken darüber, vielleicht schon zu weit gegangen zu sein. »Ich will nur Vinnies Leben retten.«

»Überleg es dir gut«, drängte Fred mit beschwörender Stimme. »Es steht in deiner Macht, die Welt zu verändern. Der Schlüssel zu einer neuen Zeit liegt in deinen Händen.«

Aber Naomi wollte davon nichts wissen. Sie hatte in ihrem Leben bereits genug Predigten von ihren Eltern und allen möglichen Sozialfürsorgern über sich ergehen lassen müssen. Sie war der Traum jedes Sozialarbeiters. Sie von der Straße zurück auf den Pfad der Tugend zu führen, war eine Lebensaufgabe.

»Ich gehe nicht zu den Bullen, wenn es das ist.«

»Wer sagt denn was von Bullen? Ich will dir doch nur klarmachen, daß du auf der Brücke ohne Wiederkehr stehst. Bring die Cunninghams hinter Gitter, und du kannst ein neues Leben anfangen.«

Fred fragte, wo sie geboren sei, und sie begann, von ihrer Kindheit in Churchtown zu erzählen. Sie würde nie wieder zu ihrer Familie zurückkehren, aber sie wollte gern wieder zurück aufs College. Nervös blickte sie immer wieder aus dem Fenster, um sich zu vergewissern, daß das Taxi auf sie wartete.

»Hörst du nicht die Hunde, Naomi?«

»Welche Hunde?«

»Die Hunde der Illusion, Naomi. Sie sind hinter dir her. Wenn du die Brücke überquerst, kannst du sie abschütteln. Wenn nicht, werden sie dich ein Leben lang jagen. Hörst du nicht, wie sie bellen?«

Sie sah Fred an wie einen Wahnsinnigen. Nichts fürchtete sie mehr als diese Art zu reden, als wolle er sie hypnotisieren und in ihrem drogenumnebelten Hirn neue Türen aufstoßen.

Vor ihr tauchte das Bild riesiger Tierherden auf einer weiten Prärie auf. Tausende pinkfarbener Mikado-Biskuits, die in flachen Seen standen und mit den Flügeln schlugen wie Flamingos. In ihren Augen lag ein merkwürdig leerer Glanz, als sähe sie bereits eine Hundemeute auf sich zustürmen.

»Er wird mich töten«, sagte sie und begann zu zittern. Dann stand sie unvermittelt auf und lief zu dem wartenden Taxi, das sie zurück zum *Fountain Club* brachte.

Dort wartete Drummer Cunningham bereits auf sie. Er hatte Mick und zwei Türsteher nach Dun Laoghaire geschickt, um Coyne aus seinem Haus zu holen. Carmel war von einem höllischen Lärm aus dem Schlaf geschreckt, als die Haustür eingetreten wurde und krachend auf das Tischchen im Flur schlug. Im nächsten Moment kamen polternde Schritte die Treppe hoch. Sie griff zu Pat hinüber, um entsetzt festzustellen, daß sein Platz im Bett leer war. Der Wecker zeigte kurz nach vier, und im Halbschlaf glaubte sie zuerst, er habe Dienst.

Zwei maskierte Männer stürzten ins Zimmer. Es war wie in einem Krimi. Carmel schnappte vor Entsetzen nach Luft. Der Anblick der Fremden erfüllte sie mit panischem Entsetzen. Sie hatte das Gefühl, sämtliche Fenster und Türen des Hauses stünden offen.

»Wo ist er?« brüllte eine Männerstimme.

»Beim Dienst«, sagte Carmel instinktiv.

Im nächsten Moment sprang einer der Männer zum Bett und zog sie an den Haaren auf den Boden. Carmel wollte vor Schmerz aufschreien, doch die Angst schnürte ihr die Kehle zu. Vielleicht hatte sie auch intuitiv entschieden, daß ihr Schrei die Kinder wecken und sie in Panik versetzen würde. Sie konnte nur hoffen, der Lärm hätte auch Mr. Gillespie aus dem Schlaf gerissen.

Dann schrillte endlos lange das Telefon, ohne daß jemand abnahm. Es war Fred, der eine dringende Nachricht für Coyne hatte.

Der Mann, zu dessen Füßen Carmel lag, trug rosa Gummihandschuhe. Sie erinnerte sich an das quietschende Geräusch, als er sie an den Haaren gezogen hatte. Sein Komplize durchstöberte unterdessen hastig die Schmuckschatulle auf dem Nachttischchen, war aber offenbar enttäuscht, weil er sie zusammen mit ihrer Unterwäsche auf den Boden fegte.

Der Mann mit den Handschuhen drückte sie mit dem Rücken gegen die Wand und hielt ihr eine mattschwarz glänzende Pistole vors Gesicht, um sie von dort langsam ihren Körper hinabwandern zu lassen. Sie lag in merkwürdig verrenkter Haltung am Boden, von der Hüfte an nackt, und spürte, wie die Waffe sanft über ihre Hüfte fuhr und sich zwischen ihre Beine schob. Sie versuchte, sie abzuwehren und ihre Blöße zu schützen, indem sie sich gerade aufsetzte. Sie schärfte sich ein, daß sie auf gar keinen Fall schreien oder ihre Bedroher in Panik versetzen durfte, auch als die kalte Mündung der Pistole in sie eindrang. Der Fremde starrte ihr in die Augen, dann zog er die Waffe zurück und hielt sie sich schnuppernd unter die Nase. Er nahm sein Handy aus der Tasche und wählte.

»Der Kerl ist ausgeflogen«, sagte er, auf weitere Instruktionen wartend.

»Wir bleiben hier«, sagte er dann zu ihr. »Sollte er nicht auftauchen, nehmen wir dich und die Kinder mit. Und keine Mätzchen, verstanden?«

Jimmy stand stumm in der Tür, als wolle er seinen Vater vertreten und sie beschützen.

Coyne war bereits unterwegs zur Leeson Street. Er hatte entschieden, nicht darauf zu warten, bis sie ihn holen kamen. Er würde den Showdown selbst in die Hand nehmen. Ziellos war er durch Dublins Straßen gekreuzt, bis seine rechte Gesichtshälfte durch das eingeschlagene Fenster halb eingefroren war und er die Außenwelt kaum mehr spürte – wie ein Frosch in der Winterstarre. Zweimal hatte er angehalten und einen Kaffee getrunken, dabei aber mit niemandem gesprochen, abgesehen von einem Mann, der ihn erkannt und gegrüßt hatte. Danach war er zu Fred rausgefahren, hatte ihn aber nicht angetroffen. Freds Abwesenheit kam ihm merkwürdig vor. Ob er ihn bewußt meiden wollte? Seine alte Welt war vollends zusammengebrochen. Coyne befand sich im Exil.

Er hatte keine andere Wahl, als den Kampf mit den Cunninghams aufzunehmen. Er machte einen Abstecher zum Haus in Sandymount, sah, daß niemand da war, und fuhr weiter zum Nachtklub. Dort stieg er bei laufendem Motor aus und brüllte von der Straße aus dem Türsteher, der von einer Horde Halbwilder umringt war, zu: »Ich will den Oberarsch Cunningham sprechen, und zwar zackig!«

In seiner Kompetenz überfordert, zog der Türsteher gehorsam ab, um die Nachricht direkt an den Boß weiterzuleiten, der in diesem Augenblick in der VIP-Lounge saß und Naomi seelenruhig den abgebrochenen Stiel eines Champagnerglases in die Brust drückte, um zu erfahren, wo sie soeben gewesen sei.

»Ich hatte Hunger und hab mir Pommes geholt«, sagte sie.

»Pommes, daß ich nicht lache«, sagte Chief. »Die erzählt Märchen, Berti.«

Sie warteten darauf, daß Mick und die Männer mit Coyne zurückkamen. Statt dessen aber war Coyne zu ihnen gekommen, wie ein lebensmüder Idiot, der sich freiwillig ihrem Gericht stellte. Der noble Insulaner Coyne, der sich aufgab und wie auf Befehl anrückte, um seine gerechte Strafe zu empfangen.

Als aber Drummer und Chief vor die Tür des Nachtklubs traten und die Eisentreppe hochblickten, stand Coyne oben am Geländer und donnerte wie ein besessener Prediger zu ihnen herab. Cunningham wünschte, er hätte eine Pistole griffbereit, auch wenn sie dem Haß, den er in diesem Moment für Coyne empfand, nicht gerecht werden würde. Er hielt Chief mit der Hand zurück und wartete gespannt darauf, was Coyne zu sagen hatte.

»Berti Cunningham, du bist das größte Stück staubtrockener Scheiße, das je Dublins Straßen beschmutzt hat«, rief Coyne von seiner Kanzel herunter. Seine Stimme war so voller Poesie und Leidenschaft, daß sie wie der Fluch eines Barden klang, wie Seanchans Worte, die er der Frau hinterherrief, die seine Socken gestohlen hatte.

»Du bist ein aufgeblasenes Arschloch und doof wie Schifferscheiße«, setzte Coyne hinzu, so daß es beinahe so klang, als wolle er Cunninghams Freund werden. »Zu blöd, um richtig zu schreiben. Es muß ›Nightclub‹ heißen. N-I-G-H-T, night, verstanden?«

Coyne hatte seine flammende Rede vor den Augen einiger Nachtschwärmer losgelassen, um Drummer abschließend zum Zeichen seiner Verachtung direkt vor die Füße zu spukken. Dann stieg er in den Wagen und fuhr los.

›Das größte Stück staubtrockener Scheiße.‹ Drummer Cunningham, der Inbegriff irischen Abschaums, hatte in seinem Leben bereits einige Schimpfworte gehört, aber noch nie war er sich so klein und unbedeutend vorgekommen wie durch die bildhafte Eloquenz dieser Schmähung. Sein Gegner hatte ihn wie bei einer archaischen Stammesfehde gekränkt, und er würde nicht eher ruhen, bis er sich am Urheber dieser Schandtat gerächt hatte.

Sie zerrten Naomi aus der VIP-Lounge und schleppten sie zu Chiefs Mazda 626. Den Pajero hatte Mick mitgenommen.

Drummer brauchte jedoch nicht weit zu fahren, da Coyne am Ende der Straße in seinem Ford Escort auf ihn wartete. Er ließ den Motor aufheulen und winkte mit einem Arm aus dem Fenster, als sehne er seinen Tod geradezu herbei. Mit dem Mazda im Gefolge raste Coyne durch Seitenstraßen, kleine Gassen und quer über Parkplätze, seine genaue Kenntnis der Dubliner Straßen großspurig ausspielend. Er hetzte seine Verfolger durch die entlegensten Ecken der Stadt, und es gelang ihm sogar, die Durchfahrt zu passieren, in der er und Naomi sich geliebt hatten, wobei er dreimal kurz hupte, als wolle er ihr, die auf dem Rücksitz neben Cunningham saß, eine geheime Botschaft übermitteln. Coyne schleuste sein Exekutionskommando zum Fluß hinunter. Die beiden Wagen rasten die Docks entlang, an Kränen und Containern vorbei. Der Fluß wand sich wie das schwarze Blut einer aufgeschlitzten Pulsader, auf dessen Oberfläche sich rote und gelbe Lichter spiegelten, aus der Stadt.

Coyne schwebte ein zweites Rennen in den Docks vor, wie er es mit Joe Perry hingelegt hatte. Diesmal würde er gewinnen. Aber der Gedanke an Naomi im Wagen ließ ihn zögern. Andererseits waren seine Verfolger ihm so dicht auf den Fersen, daß er sie unmöglich abschütteln konnte. Während er die Kaimauer entlangschoß, hielt er die Abschiedsrede an sein Publikum.

Er erklärte seinen stummen Zuhörern, wofür sie ihn in Erinnerung behalten sollten: seine Warnungen und Prophezeiungen, die überall auf taube Ohren stießen.

Drummer Cunningham überlegte kurz, auf den Wagen vor sich zu schießen, ließ es dann aber bleiben, weil er kein Aufsehen erregen wollte. Außerdem hatte Coyne inzwischen seinen Wagen mit der Handbremse herumgerissen und war in eine Art Pferch gerast, aus dem es kein Entrinnen gab. Halb hatte er gehofft, am anderen Ende des Kais eine Ausfahrt zu finden, aber der Weg war durch Ketten und Begrenzungspfeiler versperrt. Damit war sein Todesurteil besiegelt.

Unter lauten Kommandos von der Rückbank steuerte Chief den Mazda durch die Einfahrt auf das abgesperrte Gelände. Endlich hatten sie Coyne in der Falle. Er war bis zu den Begrenzungspfählen vorgefahren, hatte den Wagen ordentlich an der Kaimauer geparkt und den Motor abgestellt. Dann war er ausgestiegen und wollte zunächst zu Fuß flüchten, als er Drummer und Chief aus dem Mazda springen sah. Er setzte sich zurück in den Wagen und starrte auf das vorbeiziehende Wasser des Flusses. Immerhin hatten die Kinder ihre Schaukel bekommen.

Ohne Eile, als hätten sie alle Zeit der Welt, näherten sich die beiden Männer von zwei Seiten her Coynes Wagen. Berti Cunningham hielt in der einen Hand seine Pistole, während sein zweiter Arm in einer Schlinge ruhte. Da haben wir den Dreckskerl. Na also, du Sackgesicht. Jetzt kannst du Blut spukken.

Naomi beobachtete das Finale vom Wagen aus und wartete auf ihren Befehl zum Tanzen. Vor der Kulisse der Container würde es wohl der Tanz der Hafendocks werden. Vielleicht dachte Berti aber auch an die VIP-Lounge im Klub. Sie nahm das Handy vom Vordersitz und tippte hastig eine Nummer ein.

Als Drummer die Beifahrertür des Escort öffnete, sah Coyne ihn mit stumpfem Blick an. Er schien sich gänzlich aufgegeben zu haben und nur noch auf ein schnelles Ende zu warten. Die Pistole im Anschlag, vergewisserte Drummer sich sorgfältig, daß Coyne ohne Waffe war.

»Paß auf sie auf«, sagte er zu Chief und setzte sich zu Coyne in den Wagen. Chief ging zurück zum Mazda.

»Du willst also mit mir über Rechtschreibung reden?« wandte Drummer sich an Coyne.

Coyne saß reglos mit den Händen am Lenkrad, als wäre er ab sofort Drummers Chauffeur und warte nur auf Anweisungen, wohin die Fahrt gehen solle. Drummer zog ihm die Pistole über die Schläfe und versetzte ihm anschließend einen Fausthieb in den Magen, der ihm ein Grunzen entlockte und ihm den Atem nahm.

»Okay, mein Freund, du hast zwei Dinge zur Auswahl«, sagte Drummer. »Entweder wir bringen die Sache gleich hier am Fluß hinter uns, oder du kommst mit in den Klub und wir regeln alles in Ruhe.«

Coyne blickte ihn mit stoischem Gesichtsausdruck an, den durch den Schlag verursachten Schmerz in seinem Auge eisern niederringend. Cunningham sollte seinen ganzen Haß spüren.

»Das ist nur eine Wahlmöglichkeit«, sagte er. »Du kannst nicht mal rechnen. Bei zwei Möglichkeiten muß man aus mindestens drei Dingen wählen können.«

Damit war alles gesagt! Es war die Quintessenz der menschlichen Existenz! Coyne hatte offensichtlich allen Respekt für seine persönliche Existenz aufgegeben, aber nur, weil ihm keine Alternative offenstand. Für ihn gab es nichts mehr zu wählen, also verzichtete er grundsätzlich. Drummer lachte bloß. Er bedankte sich für den Nachhilfeunterricht und sagte, er hätte noch etwas, das ihn vielleicht interessiere.

»Wir haben deine Frau und deine Kinder, Coyne. Also los, fahren wir.« Gehorsam ließ Coyne den Motor an, während der Lauf der Pistole genau auf sein Herz zielte.

Vor Coynes Haus hatte sich ein großes Polizeiaufgebot versammelt. Mehrere Streifenwagen standen quer zur Straße, als drei Männer, unter ihnen auch Mick Cunningham, aus dem Haus geführt wurden.

Im Wohnzimmer hockte Carmel im Morgenmantel, ihre drei Kinder wie auf der Flucht um sich geschart. Einige uniformierte Gardai und Kriminalbeamte waren bei ihr, und auch Fred, der ihre Hand hielt und ihr beruhigend zuredete, alles werde wieder gut. Die Gardai wüßten, was zu tun sei. Doch ihre Anwesenheit im Haus und der Schock der erlittenen Qualen ließen sie weiterhin bleich und verängstigt aussehen.

»Er ist in Gefahr«, sagte sie.

»Machen Sie sich keine Sorgen, Mrs. Coyne«, wiederholte Fred, »die Gardai kümmern sich um diese Leute.« Fred gab sich als Quelle der Zuversicht und des Selbstvertrauens. Ob er ihr einen Tee bringen könne.

»Ich befürchte, Pat hat etwas vor«, sagte Carmel.

»Pat hat nichts vor«, beschwichtigte Fred. »Er weiß, was er tut. Ihm wird schon nichts zustoßen.«

Naomi sah, wie Chief zurückkam, und ließ das Telefon fallen. Sie hatte die Gardai angerufen. Der Verrat stand ihr ins Gesicht geschrieben.

»Du verdammte Hure«, brüllte Chief und sprang auf den Wagen zu. Doch im gleichen Moment fuhr er herum und starrte auf den Escort, dessen Motor wütend aufheulte. Coyne hatte zurückgesetzt, aber anstatt in Richtung des Mazda zu fahren, hatte er den ersten Gang eingelegt und raste direkt auf den Rand der Kaimauer zu, das Gesicht zu einer verzweifelten Grimasse verzerrt. Drummer war völlig baff und saß hilflos auf dem Beifahrersitz, als Coynes Wagen kopfüber in den Fluß stürzte. Verdammte Scheiße, der Kerl wollte sich umbringen. Chief rannte zur Kaimauer und sah gerade noch, wie das Dach des Escort steil im Wasser versank, während die Lichtkegel der Scheinwerfer sich durch die trübe, grünbraune Brühe bohrten. Der Motor zog den Wagen wie ein Senkblei in die Tiefe. Aus dem Wageninnern ertönte ein dumpfer Schuß, bevor die Rücklichter wie blutende Wunden verschwanden. Sekunden später war alles vorüber. Drummer

Cunninghams letzte Flüche schienen mit den Luftblasen an die Oberfläche zu treiben.

Coyne spürte den Widerstand des Wassers, zuerst wie eine Betonmauer, dann wie ein weiches Kissen, auf dem der Wagen langsam in die Tiefe glitt. Neben ihm brüllte Berti Cunningham und zielte mit der Pistole direkt auf seinen Kopf. Instinktiv duckte sich Coyne genau in dem Moment, als der Schuß losging und die Kugel durch die Windschutzscheibe schlug, um irgendwo im Fluß zu versinken, während eine Wasserflut über sie hereinbrach. Drummer versuchte aus seiner Schlinge freizukommen, die ihm im Wasser nur hinderlich sein konnte. Er stemmte sich gegen die Tür, die sich jedoch durch den Druck von außen nicht öffnen ließ. Eiskaltes Wasser drang zu ihnen herein. Coyne spürte die unter seiner Kleidung gefangenen Luftblasen. Er hatte den Fuß immer noch auf dem Gaspedal und die Hände am Lenkrad, als wolle er unter Cunninghams Anweisung weiterfahren, sobald der Wagen auf dem Flußbett aufsetzte. Er fühlte, wie das kalte Wasser seine Achselhöhle erreichte.

Zuerst soff der Motor ab. Dann gingen die Lichter aus. In der völligen Stille war Coynes einziger Gedanke bei Carmel. Einen Augenblick lang hatte er panisch gegen das eindringende Wasser angekämpft, doch dann war eine seltsame Ruhe über ihn gekommen und er dachte daran zurück, wie sie sich erst wenige Stunden zuvor geliebt hatten. Er sah alles genau vor sich, während das Wasser sein Gesicht erreichte und ihm in die Nase drang – Carmels Nähe, die unvergleichliche Abwesenheit von Worten und das schwindelnde Gefühl von Ewigkeit, als ihre Körper aufeinanderlagen. »Ich liebe dich, Carmel.« Die Worte, die ihm nie zuvor über die Lippen gekommen waren, die er immer nur durch Tausende unbeholfener kleiner Gesten hatte ausdrücken können, stiegen nun eingeschlossen in kleine Luftbläschen nach oben.

Die Strömung wirbelte den Wagen herum. Noch bevor er im Schlamm des Flußbetts versackte, wurde er ein Stück in Richtung Meer hinausgezogen und blieb schließlich auf dem Dach liegen. Coyne spürte, wie Cunninghams Hand sich in einer Art Todesgriff in seinen Arm krallte, als würden sie im Tod zu Freunden vereint. Mit aller Kraft versuchte er, in der Schwärze des Wassers von seinem neuen Gefährten freizukommen. Er strampelte mit den Beinen, streckte die Hände aus dem Fenster und klammerte sich an der Tür fest. Das verzweifelte Ringen nach Luft erstickte jeden anderen Gedanken.

Coyne spürte die wirbelnden Wassermassen. Er war unfähig, sich zu bewegen, umgeben von Millionen bräunlicher Luftbläschen, die wie in einem Pint Guinness nach oben stiegen. Er blickte aus dieser Welt in eine andere, stieg empor in ein höheres Dasein, eine sahnige Schaumkrone. Seine Seele verließ seinen Körper, der die Schwärze des Flusses in sich einsog. »Carmel, ich liebe dich.«

Chief hatte einen Rettungsring aufgetrieben und rannte damit zur Kaimauer. Ein Kopf war wie eine zähe Wasserratte aus dem Fluß aufgetaucht. Er hörte Drummers heiseres Schreien aus dem Wasser, ein hohles, verzweifeltes Brüllen, das von der gegenüberliegenden Kaimauer zurückgeworfen wurde und durch die hohlen Räume zwischen den Schiffen und der Hafenmole hallte. Er warf den Rettungsring nach unten und half seinem Boß an Land, indem er ihn bis zum nächsten Treppenaufgang zog, wo Drummer aus dem Wasser steigen konnte.

Inzwischen jedoch blitzten zahllose Blaulichter auf dem Wasser. Streifenwagen rasten die Docks entlang auf Naomi zu, die winkend neben dem Mazda stand.

Als Drummer triefend und erschöpft auf der Hafenmole erschien, warteten bereits die Gardai auf ihn. Der Fluß und die Hafenanlagen leuchteten wie bei einem Fest. Überall standen Einsatzwagen. Drummer zwang sich zur Ruhe. Er hatte schon Schlimmeres erlebt. Seine Kenntnis von Recht und Verfassung würde ihn auch diesmal retten.

Dann aber sah er Naomi, die von einer Bangarda weggeführt wurde. Genau in dem Moment, als sie ihm die Handschellen anlegten und ihn auf den Rücksitz einer Streife zwängten, drehte er sich nach ihr um. Ihre Blicke begegneten sich, und er wußte, daß sie ihn verraten hatte. Zitternd und öliges Wasser aus seinen Lungen spuckend, erkannte er das Ausmaß ihrer Untreue. Er wußte, sie hatte ihn mit dem Gesetz betrogen.

Im Morgengrauen, als graues Licht langsam die Flußmündung hinaufzog, entdeckten Froschmänner der Garda das umgekippte Fahrzeug auf dem Grund des Hafenbeckens, bereits zur Hälfte im Schlick eingesunken. Herbeigerufene Kranwagen zogen das Wrack schließlich ans Ufer. Carmel war bei der Bergung zugegen. Die Kinder hatte sie bei ihrer Mutter gelassen. Fred und McGuinness hielten sie stützend in ihrer Mitte.

Zahlreiche Schaulustige hatten sich eingefunden. Leute, die auf dem Weg zur Arbeit angehalten hatten, um das Geschehen aus nächster Nähe zu verfolgen. Zwei junge Männer hatten eine Videokamera auf einem Stativ in Stellung gebracht und warteten darauf, daß die Kräne in Aktion traten. Als die Ketten sich spannten und die Räder aus dem Wasser tauchten, dachte Carmel zuerst, sie hätten den falschen Wagen am Haken, da die Farbe unter dem Schlamm kaum noch auszumachen war. Plastiktüten und eine schleimige graue Schlickschicht klebten auf der Karosse und verliehen ihr das Aussehen eines uralten Wracks. Das Dach war zerknautscht und eingedrückt, so daß vom Wageninneren nichts zu sehen war. Sie hatte erwartet, ihren Mann auf dem Kopf hängend zu sehen, eingezwängt hinterm Lenkrad. Als aber das Wasser in breitem Strahl aus den Fenstern und Türen geschossen kam, war niemand zu sehen. Das Nummernschild stimmte. Es war eindeutig ihr Wagen. Nur Coyne fehlte.

Er hatte eine Stahlleiter an der Kaimauer entdeckt und war daran hochgestiegen. Nachdem er im Schutz einiger Container beobachtet hatte, wie Berti Cunningham der Rettungsring zugeworfen wurde, war er durch Nebenstraßen zurück in Richtung Stadt gerannt. Er hatte so viel Salzwasser ausgespuckt, daß er wie benommen war und das Gefühl hatte, schwarzes Spülmittel getrunken zu haben. Vielleicht hatte er auch ein verdorbenes Pint erwischt. Im Glauben, er sei bereits tot und in ein anderes Leben übergetreten, schleppte er sich naß und triefend durch die menschenleeren Straßen. Seine Hose klebte schwer an seinen Beinen, und er war steif vor Kälte.

Er hatte sein altes Ich abgestreift. Während er durch die frühmorgendlichen Straßen wanderte, auf denen die Pendler zur Arbeit eilten, überkam ihn ein plötzliches Gefühl des Triumphs. Coyne war ein neuer Mensch. Er hatte überlebt, und er hatte sich von dem Besitzstück getrennt, das ihm das meiste Kopfzerbrechen bereitet hatte. Er hatte seinen Privatwagen weggegeben wie eine Muschel. Jetzt konnte er ein neues Leben beginnen.

Bei einer Anlaufstelle für Obdachlose holte er sich neue Kleidung. Niemand erkannte ihn in seiner Uniform, obwohl er oft genug Penner hier abgeliefert hatte. Er bekam ein Frühstück und stand da im Kreis der altbekannten Gesichter, trank seinen Tee und erzählte ihnen vom Fluß. Er war jetzt einer von ihnen. Gespannt hörten sie seiner Geschichte zu, wie er sich an der Leiter hochgezogen und wie der Fluß ihn reingewaschen hatte. Er erzählte ihnen auch, daß er seinen Wagen aufgegeben hatte. Dort im Fluß sei er ein neuer Mensch geworden, weil er diese schwere Last einfach abgestreift habe. Es gebe zuviel Privatsphäre, erklärte er ihnen. »Wir sind alle Opfer von anderer Leute Privatsphäre.«

Sie waren sprachlos. Stumm kauten sie vor sich hin oder stimmten ihm mit leisem Gemurmel zu. Einer summte *The Rocks 'a Bawn*, verstummte aber nach wenigen Takten. Alle waren sie mit ihren eigenen Sorgen beschäftigt, hingen ihren eigenen einsamen Gedanken nach. Coynes Botschaft kam über sie wie die Worte eines Propheten. Er sprach aus, was jeder von ihnen unzählige Male entdeckt hatte, ohne es je weiterreichen zu können, weil ohnehin niemand zuhören wollte. Sie waren eine schweigsame Gemeinschaft, in der man nur den Mund aufmachte, um nach dem Preis für ein Bier oder nach einer Zigarette zu fragen. Ihre Augen ruhten auf Coyne, der neuen Stimme der Obdachlosen, der einen Vortrag über das Lachen hielt. Die entscheidende Frage war, wer über wen lachte. Sie saßen oder standen um ihn herum und sahen ihn mit Blicken stiller Übereinkunft an. Einige schlurften umher und dachten über seine Worte nach. Lachen! Hier lachte niemand. Ein Mann, der ein Bündel Zeitungen unter den Arm geklemmt hatte, starrte ihn in Erwartung weiterer Offenbarungen aus großen Augen an. Coyne hatte endlich sein Publikum gefunden.

Mit einem Gefühl stillen Triumphes machte Coyne sich wieder auf den Weg. Die Tatsache, daß er die Kleidung eines Fremden trug, versetzte ihn in einen seltsamen Schwebezustand. Eigentlich sollte er tot sein, und irgendwie war er das auch. Er existierte in einer Art Schattenwelt, einem zweiten Leben oder einer Art Engelsdasein nach dem Tod, während er mit Gulliver-Schritten gegen den Strom der Berufspendler anging. Das Gesicht dem Wind zugewandt, bewegte er sich wie ein unsichtbares Gespenst durch den vorbeirauschenden Verkehr. Er sah Gesichter hinter Busfenstern, die durch ihn hindurchsahen, als wären sie blind. Zuerst wollte er ihnen zuwinken, marschierte dann aber weiter, vorbei an den Gittern des Trinity College und am Merrion Square, wo er kurz vor einem Kiosk Halt machte und den vorbeieilenden Leuten zusah, die sich eine Zeitung, Kleenex-Taschentücher oder Polo Mints fürs Büro kauften. Andere eilten breite Granitstufen empor und verschwanden in georgianischen Gebäuden. Autofahrer kämpften um die letzten Parkplätze, während Coyne unbemerkt aus der Stadt schlich. Weiter draußen blieb er an einer Bushaltestelle stehen und blickte dem endlosen Strom der Fahrzeuge entgegen. Es herrschte eine fast vollkommene Stille, als ob der Verkehrslärm ganz plötzlich ausgesetzt hatte oder durch brandende Wellen ersetzt worden war und er auf einem weit vorgelagerten Felsen stand und aufs Meer hinaussah. Das war das Leben nach dem Tod. Coyne, der an einer Bushaltestelle stand, beide Arme zum Himmel erhoben hatte und die Verkehrsflut der Rush Hour segnete. Als sein Bus schließlich kam, stieg er ein; ein einsamer Fahrgast auf dem Oberdeck.

Fred erzählte Carmel, in der Regel würden die Leichen innerhalb von zehn Tagen gefunden. Er fragte, ob er irgend etwas für sie tun könne und bot ihr an, für ein paar Tage bei ihnen im Haus zu wohnen, damit sie in ihrem Schmerz nicht allein sei. Es sei eine furchtbare Tragödie. In diesem Moment stünde die ganze Nation hinter ihr, versicherte er. Sie holten Mrs. Gogarty und die Kinder ab und fuhren zurück nach Hause. Als sie dort eintrafen, waren die Beamten bereits abgezogen. Nur eine Garda-Streife in Zivil hielt auf der anderen

Straßenseite Wache. Kaum waren sie im Haus, rief Hauptkommissar Molloy an und sprach ihr sein Beileid aus, darauf beharrend, daß die Gardai sämtliche Vorbereitungen für die Beerdigung übernehmen würden. Coyne sei der Held der Stunde. Er habe die ärgsten Feinde der Stadt besiegt. Man werde ihm posthum einen Orden verleihen. Selbstverständlich, versicherte Molloy, werde er in den nächsten Tagen zu einem persönlichen Kondolenzbesuch vorbeischauen.

Mrs. Gogarty brach in der Küche in Tränen aus. Die Kinder sahen sie fragend an. Warum weinte sie? Carmel suchte nach einer Erklärung – euer Vater mußte vorübergehend verreisen. Aber wie sollte sie ihnen beibringen, daß er nie mehr zurückkehren würde? Sie maßen seine Abwesenheit in Dienststunden, bis sie seine dunkelblaue Uniform in der Tür auftauchen sahen. Den Sinn von Wörtern wie ›ewig‹ und ›niemals‹ konnte nur Coyne ihnen erklären.

Carmel versammelte die Kinder um den Küchentisch. »Euer Dad«, sagte sie, »ist für immer von uns gegangen.«

Mrs. Gogarty sah sie aus geröteten Augen an und wartete, daß der Schock der Nachricht sich auf ihren Gesichtern spiegelte. Carmel versuchte, alle bei der Hand zu nehmen. Sie schienen verwirrt. Was sollte das heißen, für immer von uns gegangen? Sie blickten in die todernsten Gesichter der Umstehenden, Carmel, Mrs. Gogarty und Fred, als verlangten sie nach einer Erklärung für das, was hier vorging.

In dem Moment schaute Nuala durch das Glas der Hintertür in den Garten und sah ihren Vater auf der Schaukel sitzen. Langsam hin und her schwingend, starrte er in den Himmel und schien ihre Rückkehr nicht bemerkt zu haben.

»Da draußen ist er«, rief sie lachend. »Er hat sich auf der Schaukel versteckt.«

Alle sprangen auf und sahen Coyne in seinem viel zu großen Anzug auf der Schaukel sitzen. Tränen schossen Carmel in die Augen, als sie die Tür zum Garten aufriß. Doch dann konnte sie ihr Lachen nicht unterdrücken. Das sieht einfach zu komisch aus, dachte sie, während alle Coyne in seiner ungewohnten Verkleidung bestaunten. Er lächelte ihnen zu und prüfte die Zugkraft der Seile. Dann winkte er ihr, zu ihm zu kommen und sich auf seinen Schoß zu setzen.

Sie rannte zu ihm, setzte sich auf seine Knie und hielt sich an ihm fest.

»Warum malst du mich nicht auf der Schaukel?« sagte er und schloß sie in die Arme.

»Du meinst, in dem Aufzug?« erwiderte sie, blickte an ihm herab, drückte ihr Gesicht an seine stoppelige Wange und fuhr ihm mit der Hand durch das zottelige Haar.

Jimmy kam aus dem Haus gelaufen und begann, sie langsam hin und her zu schaukeln. Im Nu waren auch Nuala und Jennifer da, und alle drei schubsten, als dürfe die Schaukel nie mehr anhalten. Als wollten sie sichergehen, daß Coyne und Carmel immer weiterschaukelten, sich nie mehr aus den Armen ließen und daß Carmel nie mehr aufhörte, Coynes Gesicht zu küssen. Vom Küchenfenster aus sahen Fred und Mrs. Gogarty verwundert zu. Im gleichen Moment tauchte das verdutzte Gesicht von Hauptkommissar Molloy auf, der mit einem riesigen Blumenstrauß in der Hand in der Hintertür stand. Von nebenan verfolgte Mr. Gillespie mißtrauisch das seltsame Treiben. »Jetzt sind sie völlig übergeschnappt«, murmelte er, während er sich bückte, um einen Golfball aus dem Loch zu fischen.

GÜNTER GRASS/HELEN WOLFF

Briefe 1959–1994

Herausgegeben von Daniela Hermes
576 Seiten, Leinen, € 24,50

*

Er berichtet von seiner »Seelen- und Manuskriptlage«, sie freut sich »auf den Butt und Dich, was aufs gleiche herauskommt. Von der »Blechtrommel« bis zu den »Unkenrufen« betreute Helen Wolff als amerikanische Verlegerin das Werk von Günter Grass. Mehr als 350 Briefe haben sie einander geschrieben. Doch Helen Wolff war für Günter Grass weit mehr als seine wichtigste ausländische Verlegerin. Früh schon entstand zwischen beiden eine enge Freundschaft, wurde Helen Wolff zu seiner mütterlichen Ratgeberin. Wie sonst niemand begleitete sie jahrzehntelang seinen »Schreib- und Lebensprozeß«. Im brieflichen Gespräch paaren sich herzlicher Zuspruch und Anteilnahme mit Witz und Ironie, Informationen zu den wachsenden Familien mit Kommentaren aus kritischer Zeitgenossenschaft.

GÜNTER GRASS

Vatertag

Erzählung
stb 131, 96 Seiten, € 5,00

*

Himmelfahrtstag 1962 im Berliner Grunewald. Mittendrin feiern vier lesbische Frauen auf ihre Weise: Billy, Fränki, Siggi und das Mäxchen wollen als »willentliche, eigentliche, übernatürliche, weil bewußte Männer« Zeichen setzen im Kräftemessen, bis hin zu einem entsetzlichen Ende.
Grass' Auseinandersetzung mit der »lauthals männlichen Gewalt«, wie sie am ›Vatertag‹ Auslauf sucht, scheiterte Anfang der sechziger Jahre als Filmprojekt, wurde in der hier vorliegenden Prosafassung berühmt als »Achter Monat« des Romans *Der Butt* und führte schließlich zum Lithographiezyklus »Vatertag«.

A. L. KENNEDY

Einladung zum Tanz

Roman
Aus dem Englischen von
Ingrid von Rosenberg und Gerd Stratmann
stb 177, 320 Seiten, € 9,50

*

Eine Zugfahrt von Glasgow nach London wird für Margaret Hamilton zu einer Reise in die Vergangenheit. Während die Landschaft an ihr vorüberzieht, überläßt sie sich ihren Träumen und Erinnerungen: an die Kindheit ohne Mutter, an den Geruch ihres geliebten Vaters beim Tanz, an Colin, ihren Verlobten, dessen Liebe sie sucht, auf die sie sich aber nicht einlassen kann. Denn in der Nähe zu anderen Menschen lauert der Verlust: Trennung, Tod, ein Adreßzettel, den der Wind davonträgt.

Das hochgelobte Debüt der schottischen Autorin A. L. Kennedy ist ein so raffinierter wie lakonischer Roman über Sehnsucht und Liebe. Leichtfüßig und schwebend wie in einem Tanz bewegt sich die Erzählerin zwischen Vergangenheit und Gegenwart, zwischen Nähe und Distanz, Traurigkeit, beißender Komik und brutaler Realität. »Eine Liebesgeschichte wie sie selten so frisch und klischeefrei erzählt worden ist.« *Frankfurter Allgemeine Zeitung*

HALLDÓR LAXNESS

Am Gletscher

Roman
Aus dem Isländischen von Bruno Kress
stb 35, 264 Seiten, € 9,50

*

Im äußersten Westen Islands am Fuß des Snaefellsgletschers versieht Pfarrer Jon Primus sein Amt. Doch die Seelsorge, die er den Menschen (und Tieren) angedeihen läßt, ist von ganz eigener Art. Was dem Bischof davon zu Ohren kommt, gibt Anlaß zur Besorgnis: Der Mann repariere die Kirche nicht, taufe die Kinder nicht, beerdige die Toten nicht. Und was hat es mit der Leiche auf sich, die auf den Gletscher geschafft worden sein soll?
All dies zu erkunden ist keine leichte Aufgabe für den jungen Theologen, der sich als Vertreter des Bischofs – kurz »Vebi« – mit Tonbandgerät und Stenoblock in die Abgeschiedenheit des Gletschers begibt. Er macht skurrile Bekanntschaften, hört sagenhafte Erzählungen und wird in krude Dispute verwickelt. Und er trifft auf eine »Wahrheit«, die sich nicht protokollieren läßt.

MAEVE BRENNAN

Die Besucherin

Novelle
Aus dem Englischen und mit einem
Nachwort von Hans-Christian Oeser
96 Seiten, Halbleinen
€ 14,00

*

Nach dem Tod ihrer Mutter Mary kehrt die junge Anastasia King traurig und einsam zu ihrer Großmutter nach Dublin zurück. Doch die Großmutter denkt gar nicht daran, ihr Trost zu spenden. Kaltherzig gibt sie Anastasia zu verstehen, daß sie in dem Haus ihrer Geburt nur mehr als Gast geduldet wird. Aber auch Anastasia ist der Liebe, die sie so verzweifelt herbeisehnt, unfähig. Denn als es eines Tages darum geht, den letzten Wunsch einer alten Freundin zu erfüllen, versagt sie kläglich.
Der irischen Schriftstellerin Maeve Brennan entgeht nicht die leiseste Gefühlsregung. Mitleidlos und genau erzählt sie von unausgesprochener, unterdrückter, verweigerter und pervertierter Liebe. *Die Besucherin* ist ein intimes Charakterporträt voll psychologischer Einsicht und atmosphärischer Dichte.

HALLDÓR LAXNESS

Weltlicht

Roman

Aus dem Isländischen von Hubert Seelow

stb 183, 664 Seiten

€ 12,00

*

Olafur Karason ist ein Fremdling. Seine Leidenschaft und sein Talent gelten einzig der Literatur, insbesondere der Dichtkunst. In den Augen seiner Mitmenschen ist er nur ein Faulpelz, der Krankheiten vortäuscht und auf Kosten anderer lebt. Was immer er versucht und wohin er sich auch zurückziehen möchte, seine Umgebung duldet ihn nur voller Unwillen. Von seinen Eltern verstoßen, wächst Olafur als Gemeindepflegling heran. Auf einem Bauernhof muß er schwere körperliche Arbeit verrichten, er leidet unter Hunger, Schlägen und menschlicher Kälte. Später lebt er in ärmlichen Verhältnissen an der Seite einer ungeliebten Frau, seine Kinder sterben, wegen Vergewaltigung kommt er ins Gefängnis. Dort hat er eine Vision, und nach seiner Entlassung erfüllt sich doch noch sein Traum von Schönheit und Vollkommenheit. *Weltlicht,* 1937–1940 in vier Teilen niedergeschrieben, ist einer der schönsten und poetischsten Romane von Halldór Laxness.

Steidl Verlag · Düstere Str. 4 · 37073 Göttingen
www.steidl.de